BLITZ-VERLAG, WINDECK

Al Wallon & Marten Munsonius

Der lange Weg nach NIPUUR

FANTASY-ROMAN

BLITZ-VERLAG
Postfach 11 68 · 51556 Windeck · Fax: 02292/6340
www.blitz-verlag.de
Mail: Festa@blitz-verlag.de

Sollte Ihre Bezugsquelle nicht alle Titel des BLITZ-Verlages verfügbar haben, können Sie fehlende Bände im Internet unter www.blitz-verlag.de oder bei folgender Adresse nachbestellen.

ROMANTRUHE-BUCHVERSAND
Hermann-Seger-Straße 33-35 · 50226 Frechen
Fon: 02234/273528 · Fax: 02234/273627
www.Romantruhe.com · Mail: Info@Romantruhe.com

Cover: Kelly, Ken

Gesamtherstellung: BLITZ-VERLAG

Unverlangte Manuskripteinsendungen bitte nur in Kopie (Rücksendung nicht möglich) an:
BLITZ-VERLAG · Andreas Kuschke · Billerbeck 25 · 29465 Schnega

1. Auflage
© 1999 BLITZ-VERLAG
Alle Rechte vorbehalten

ISBN 3-932171-63-2

Prolog

Dunkle Gestalten huschten an den grauen Steinen der Hafenmauer entlang, erreichten schließlich wenige Augenblicke später unbemerkt den schwankenden Steg, der an Bord des Handelsschiffes führte. Die leise, aber dennoch klar zu verstehende Stimme des Kapitäns mahnte zur Eile – und die Seeleute, die die bewußtlosen Männer an Bord trugen, führten die Befehle ohne zu zögern aus. Es war eine wolkenverhangene Nacht, und drüben vom offenen Meer kam eine leichte Brise, die allmählich immer stärker auffrischte – Ausläufer eines Sturms, der irgendwo jenseits des Horizonts sein Zentrum hatte und dort die Wellen meterhoch schlagen ließ.

Kapitän Rahab runzelte unwillig die Stirn, als er den Wind in seinem lockigen, aber langsam grau werdenden Haar spürte. Er war ein erfahrener Seemann, der diese Anzeichen richtig zu deuten wußte. Es war nicht das erste Mal, daß er in See stach und wenig später das Wetter rasch umschlug. Somit würde es keine leichte Überfahrt werden, wenn das Schiff erst das offene Meer erreicht hatte – aber der Preis, den ihm die geheimnisvolle rothaarige Frau im voraus gezahlt hatte, war hoch genug, um eigentlich keinen einzigen Gedanken mehr verschwenden zu müssen.

Kapitän Rahab beobachtete mit seinen immer noch scharfen Augen, wie seine Männer die bewußtlosen Fremden unter Deck schafften. Ein dumpfes Poltern war zu hören, dann herrschte auch schon wieder Stille. Über die bärtigen Züge des Kapitäns huschte ein kurzes Lächeln – es war leichter gewesen, als er und seine Männer vermutet hatten. Die Fremden waren wie ahnungslose Ratten in die Falle getappt – und als sie es gemerkt hatten, war es bereits zu spät gewesen. Nun würden sie *sehr bald* am eigenen Leibe zu spüren bekommen, was es bedeutete, sich in Dinge einzumischen, aus denen sie sich besser hätten heraushalten sollen...

Hastige Schritte erklangen hinter dem Kapitän, der noch immer am Ladesteg verharrte und seine Blicke über den Hafenkai schweifen ließ. Nach wie vor war alles ruhig – und der dicke Tarion war der einzige, der unten an der Mauer abwartend lauerte und fast ein wenig zu ungeduldig zu ihm heraufblickte. Rahab konnte sich sehr gut vorstellen, was Tarion in diesem Augenblick alles durch den Kopf ging. Gedanken, die einzig und allein um Silbermünzen kreisten!

»Es ist alles erledigt, Kapitän«, sagte einer der Männer, der, immer noch vor Anstrengung keuchend, zu ihm getreten war. Er war von großer, gedrungener Gestalt und hatte einen kahlen Kopf. »Wir haben sie in Eisen gelegt – wenn sie aufwachen, bleibt immer noch genügend Zeit, um sie in ihre neuen Aufgaben einzuweisen...«

Seinen letzten Worten folgte ein gehässiges Lachen.

»Du bist dafür verantwortlich, daß sie ihre Arbeit tun, Kaal«, richtete Kapitän Rahab nun das Wort an ihn. »Wenn sie nicht spuren, dann sollen sie die Peitsche fühlen. Zögere nicht, sie einzusetzen.«

»Das werde ich – ganz sicher sogar«, antwortete Kaal und rieb sich dabei beide Hände in stiller Vorfreude. Der bullige Seemann mit den spärlichen Augenbrauen gehörte zu der Sorte Menschen, denen es Spaß machte, Schwächere einzuschüchtern und zu quälen. Vor allen Dingen dann, wenn sie sich nicht wehren konnten.

Und dazu würde sich einem grobschlächtigen Menschen wie Kaal während der langen Überfahrt nach Pernath sehr viel Gelegenheit bieten. Denn an Bord befanden sich nicht nur zahlreiche Handelsgüter für die neue, aufstrebende Kolonie jenseits des Südlichen Meeres, sondern auch *menschliche* Fracht. Gut fünfzig Sklaven hatte man noch unterhalb der Laderäume eingepfercht und dort wie Tiere angekettet – kräftige Männer, deren Verschwinden nur wenigen Menschen auffallen würde. Sie sollten nach Rahabs Plänen in Pernath einen guten Preis bringen und somit den Verdienst des Kapitäns und seiner Mannschaft noch prächtig erhöhen. Ganz zu schweigen von dem zusätzlichen Lohn, den ihm die rothaarige Frau im voraus gezahlt hatte – verschwiegen und unter vier Augen.

Rahab wußte nicht viel über diese Frau, die jetzt unter Deck in ihrer Kabine weilte und wahrscheinlich schon längst schlief. Sie hatte ihm nur ihren Namen genannt – Rica – und, daß sie ebenfalls nach Pernath wollte.

Der Kapitän des Handelsschiffes war ein Menschenkenner und hatte deshalb sofort begriffen, daß die schöne Frau ein Geheimnis verbarg. Aber der Beutel mit Goldmünzen, den sie ihm in die Hand gedrückt hatte, reichte vorerst aus, um weitere neugierige Gedanken des Kapitäns und seiner Mannschaft im Keim zu ersticken.

Die rothaarige Frau hatte sich seitdem nicht mehr blicken lassen. Wenn sie Wert auf Abgeschiedenheit und Distanz legte – dann würde sie damit Probleme bekommen. Denn an Bord dieses Schiffes gab es so gut wie keine Möglichkeit dazu. Es sei denn, sie verriegelte die Tür zu ihrer Kammer und blieb darin, bis die Küste von Pernath in Sicht kam. Aber bis dahin würde noch viel Zeit vergehen.

Sie konnte sich nicht den ganzen Tag vor den gierigen Blicken der übrigen Seeleute verbergen. Die hatten die Frau zwar bisher nur ganz kurz gesehen, aber diese winzige Zeitspanne hatte ausgereicht, um die lüsternen Phantasien der grobschlächtigen Männer gewaltig anzufachen. Schließlich weilte eine solch schöne *und* geheimnisvolle Frau nicht alle Tage an Bord ...

»Kapitän Rahab«, riß ihn nun die Stimme Kaals aus seinen Gedanken, der mit wuchtigen Schritten auf ihn zu trat. »Dort unten wartet noch jemand ...«

Rahabs Blicke folgten dem Fingerzeig Kaals, und dann begriff er, was der glatzköpfige Seemann damit meinte. Natürlich – es ging um den dicken Tarion, der die Fremden in die Falle gelockt hatte und ganz stolz darauf war. Er hatte seinen Judaslohn für diesen Verrat doch bekommen – also, was wollte er dann noch von ihm und seinen Männern? Ob er den Hals noch nicht voll genug bekommen hatte? Bei solchen habgierigen Bastarden wie Tarion war schließlich alles möglich.

»Ich glaube, es wäre nicht gut, wenn wir ihn gehen lassen«, raunte Kaal seinem Kapitän zu, und auf seiner blank poliert wirkenden Glatze spiegelte sich das Licht einer der Schiffslaternen wider.

»Der Dicke wird sonst noch zuviel ausplaudern. Es ist am besten, wenn wir das verhindern.«

»Damit hast du nicht ganz unrecht, Kaal«, nickte der Kapitän schließlich und deutete ihm mit einer knappen Handbewegung an, zu folgen.

Der bullige Seemann mit den sehnigen Armen grinste und tastete mit der rechten Hand unwillkürlich nach dem scharfen Dolch, den er an einem ledernen Gürtel trug. Kaal wußte diese Waffe zu gebrauchen – es war auch nicht das erste Mal, daß er sie auf Befehl seines Kapitäns einsetzte. Vielleicht würde sich ihm gleich wieder eine solche Gelegenheit bieten! Er sog die salzige Hafenluft tief in sich ein, als müßte er jeden Augenblick einzeln genießen. *Ich werde ihm ganz einfach die Kehle durchschneiden, wenn dieser Hund zu hohe Forderungen stellt*, dachte er in stiller Vorfreude. *Er wäre nicht der erste, der mit seinem Leben dafür zahlt, daß er einmal zuviel die Hand aufgehalten hat ...*

Die Planken des Steges knarrten, als der Kapitän mit seinem »Offizier« von Bord ging. Für einen kurzen Moment tauchte der Mond zwischen den dichten Wolken hervor, überzog den Hafenkai mit seinem silbrigen, unwirklichen Licht und erhellte die Gebäude der Schuppen und Lagerhallen. Zwar nur für wenige Augenblicke, aber es reichte aus, um den gierigen, ungeduldigen Blick des dicken Tarion zu erkennen, der beide Hände unter seinem Umhang verborgen hatte und immer wieder nach links und rechts schaute.

Das schlechte Gewissen stand ihm ins Gesicht geschrieben, und nun schien er Angst zu haben, daß ihn irgend jemand gesehen hatte.

»Was ist?« richtete Kapitän Rahab nun das Wort an den Verräter, der in seinen Augen ein jämmerlicher Feigling war – was auch die Stimme bereits ausdrückte. Sie klang irgendwie schleimig und anbiedernd. »Was hast du hier noch verloren? Verschwinde endlich, oder willst du, daß dich noch jemand sieht, wie du...« Er brach mitten im Satz ab und genoß es, wie Tarion zusammenzuckte.

»Verzeiht, Herr«, kam es nun mit stockender Stimme über die Lippen des Verräters. »Aber ich denke, daß wir noch einmal über alles reden sollten. Ich ...« Kleine Schweißperlen standen auf seiner Stirn, als er fortfuhr. Tarion hatte plötzlich das Gefühl, einen Schritt zu weit gegangen zu sein, einen großen Schritt sogar, und jetzt tat sich vor ihm eine unüberwindliche Schlucht auf, ohne daß er umkehren konnte. Dazu war es schon längst zu spät. Vielleicht wäre es besser für ihn gewesen, wenn er sich mit seinem Verräterlohn zufriedengegeben und längst das Weite gesucht hätte. Aber jetzt ...

Er räusperte sich, suchte nach Worten, aber die eiskalte Ruhe des Kapitäns machte ihn nur noch nervöser. Und dann war da noch der Fleischberg von Seemann hinter seinem Kapitän, der unruhig mit dem Kopf pendelte und Tarion ständig mit dem Blick fixieren wollte. Es war ein unangenehmer Blick, der bis ins Tiefste von Tarions Seele tauchte und dort alles *erkannte*, was dem Dicken jetzt durch den Kopf ging.

»Vielleicht könntet Ihr daran denken, daß ich ... womöglich Ärger bekomme, wenn mich jemand mit den Fremden zusammen gesehen hat, Kapitän Rahab«, stieß Tarion nun mit hastiger Stimme hervor. »Womöglich wird man mir unangenehme Fragen stellen, und dann muß ich eine rasche und glaubwürdige Antwort parat haben. Es wäre gut, wenn Ihr noch einmal über meinen Lohn nachdächtet. Schließlich war es keine leichte Aufgabe für mich – diese Hunde hätten beinahe etwas gemerkt, als ich sie in die Falle gelockt habe. Es hätte auch ganz anders ausgehen können, und ...«

Im ersten Moment blickte ihn Rahab sprachlos an. Dieser Hund gab sich tatsächlich nicht mit dem zufrieden, was er schon bekommen hatte! Dabei war sein Lohn doch mehr als großzügig gewesen – und Tarion hatte sich für diesen Verrat noch nicht einmal besonders anstrengen müssen. Kurz zuvor hatte Rahab innerlich noch gezögert, das zu tun, was ihm Kaal geraten hatte. Aber aufgrund der Gier des dicken Tarion fiel ihm eine Entscheidung jetzt um so leichter.

»Du Bastard«, kam es wütend über die Lippen des Kapitäns. »Du hast immer noch nicht genug, wie? Du willst also noch mehr Lohn haben? Gut, den sollst du bekommen. Gib ihm, was er verdient hat, Kaal – und beeil dich dabei!« Kapitän Rahab hatte an den Schläfen geschwollene Zornesadern, und das war das deutlichste Indiz dafür, daß Tarion den Bogen viel zu weit überspannt hatte.

Der bullige Seemann trat einen Schritt nach vorn. Seine Muskeln und Sehnen traten deutlich hervor, und das sah für den dicken Tarion äußerst bedrohlich aus. Er packte Tarion am Kragen seines schmutzigen Hemdes und riß ihn mit ungezügelter Gewalt zu sich heran. Das geschah so schnell, daß Tarion gar nicht begriff, wie ihm geschah. Gleichzeitig bohrte sich etwas, was sich glühend heiß anfühlte, in den Magen des Unglücklichen und ließ ihn vor Schmerz aufstöhnen. Aber diesen Laut unterdrückte Kaal im Ansatz bereits Bruchteile von Sekunden später, als er Tarion seine nervige Hand auf den Mund legte und ihn damit am Schreien hinderte.

Der Körper des Dicken begann zu zucken, während Kaals Klinge sein Leben auslöschte. Der Todeskampf Tarions dauerte nicht lange an, dann erschlaffte die dicke Gestalt im Griff Kaals.

Der Bullige ließ ihn daraufhin zu Boden gleiten und zog die blutige Klinge aus der Wunde, wischte sie mit tiefer Verachtung im Gesicht am Umhang Tarions ab. Anschließend machte er sich an der Kleidung des Verräters zu schaffen. Ohne eine Gemütsregung suchten seine Hände in dem blutbesudelten Stoff.

Nur wenige Augenblicke später hatte er dann auch schon den Lederbeutel mit den Münzen in der Hand. Wortlos reichte er ihn seinem Kapitän, der ihn öffnete, einen kurzen Blick auf den Inhalt warf und dann verächtlich auf den toten Tarion blickte.

»Er hatte noch keine Gelegenheit, etwas verschwinden zu lassen – um so besser für uns«, murmelte er, holte einige Münzen heraus und gab sie Kaal – als Lohn für den soeben im Auftrag seines Kapitäns begangenen Mord. Die Augen Kaals leuchteten kurz auf, als er das Geld nahm und einsteckte. Mit solchen Belohnungen konnte man seine Dienste um so eher in Anspruch nehmen.

»Wirf ihn ins Wasser«, befahl Rahab mit rauher Stimme seinem treuen Gefolgsmann – den er aber dennoch besonders im Auge behalten mußte. »Und dann wird es Zeit für uns, dieser Stadt den Rücken zu kehren ...«

Kaal nickte nur. Er verstaute sein Messer wieder im Gürtel,

bückte sich in einer fließend anmutenden Bewegung nach dem Toten und hob ihn ohne große Kraftanstrengung hoch. Kaal war ein bärenstarker Kerl, der harte Arbeit gewohnt war – und deshalb bereitete es ihm wenig Mühe, sich des Toten auf seine Weise zu entledigen. Er stopfte dem Toten einige Steine in den Umhang, verknotete den Kilt, wo es nötig war – und dann wuchtete er Tarion über die Mauer hinweg ins brackige Wasser des Hafens. Mit einem klatschenden Geräusch landete der Leichnam im Wasser, ließ einige Wellenberge entstehen, die sich aber fast so schnell verflüchtigten wie der mit den Steinen beschwerte Tote. Die Wellen schlugen über ihm zusammen, und dann war nichts mehr von ihm zu sehen. Aber es würde nicht lange dauern, bis das von den Schiffen aufgewühlte Wasser die Leiche wieder zurück an die Oberfläche brachte und, hoffentlich an anderer Stelle, irgendwo, an Land spülte. Bis dahin würden sie jedoch den Hafen längst verlassen haben und auf offener See sein! Außerdem würde es ohnehin keine Spuren geben, die darauf hinwiesen, daß entweder Rahab oder einer seiner Männer bei diesem Mord die Hände im Spiel gehabt hatte!

Kapitän Rahab verschwendete keinen weiteren Gedanken an den Verräter. Solche kriecherischen Hunde waren es einfach nicht wert, sich den Kopf über sie zu zerbrechen. Tarion hatte nur das bekommen, was er auch verdient hatte – so einfach legte Rahab sein *Gesetz* aus. Und dieses verlieh ihm unumschränkte Macht an Bord der *My-Bodick*.

Er wandte sich ab und ging mit Kaal zusammen wieder an Bord des Schiffes. Am fernen Horizont zeigte sich bereits der erste helle Schimmer der bevorstehenden Morgendämmerung. Höchste Zeit also, in See zu stechen ...

———◆———

Rica verfolgte aus einem winzigen Fenster der Kammer die Geschehnisse draußen an der Hafenmauer. Ein kaum zu beschreibendes Gefühl der Erleichterung erfaßte die rothaarige Frau, als sie sah, wie Kapitän Rahabs Männer die bewußtlosen Gefangenen in Windeseile an Bord brachten. Endlich war die Gefahr durch den allzu neugierigen Kang und dessen hündische Gefolgsleute gebannt! Nun wurden sie unter Deck gebracht, und Rica hörte anhand der schweren polternden Schritte, daß es in Richtung Laderaum ging.

Sie vernahm undeutliche Stimmen und einen kurzen Fluch, gefolgt von einem leisen Lachen – dann herrschte wieder Stille, und die Schritte entfernten sich. Kapitän Rahabs Männer leisteten ganze Arbeit. Sie brachten ihre Gefangenen sofort unter Deck zu den dort bereits angeketteten Sklaven, und es bedurfte keiner großen Phantasie, sich auszumalen, daß Kang und seine Männer ein ähnliches Schicksal erwartete. In Pernath schließlich machte man keine allzu großen Unterschiede zwischen Sklaven und Gefangenen. Beides ließ sich gut an den Mann bringen, wenn nur der Preis stimmte!

Rica war das jedoch völlig gleichgültig – es interessierte sie auch nicht, was aus diesen Männern wurde. Im Grunde genommen war es ein Fehler gewesen, sich mit diesem Kang überhaupt einzulassen. Aber als sie ihm in der Schänke begegnet war, da hatte sie irgend etwas gespürt, was diesen Mann gründlich von anderen Männern unterschied – und genau das hatte sie auch neugierig gemacht.

Sie dachte nicht mehr an das, was sich oben im Zimmer über dem Schankraum abgespielt hatte, und verdrängte auch den kurzen, aber um so heftigeren Kampf aus ihrem Gedächtnis. Im Grunde genommen war es nicht wichtig, was zwischen ihr und diesem älteren (und dennoch so starken!) Mann geschehen war. Liebe und Leidenschaft – das war nicht alles, was zählte. Und doch hatte Rica das Gefühl, als wäre es ein großer Fehler gewesen, sich mit diesem Mann überhaupt einzulassen.

Ja, er war sehr hartnäckig gewesen und hatte sich sofort auf ihre Spur gesetzt – und es war ihm verteufelt schnell gelungen, sie wiederzufinden. Aber Rica brauchte niemanden, der sie jetzt davon abhielt, so schnell wie möglich das Ziel ihrer Bestimmung zu erreichen – und dieses Ziel befand sich jenseits des Horizonts. Viele Tagesreisen entfernt von dieser ungemütlichen Stadt befand sich der Ort, den sie unbedingt erreichen mußte, denn jede weitere

Verzögerung konnte unter Umständen Probleme mit sich bringen. Am Ziel ihrer Reise erwartete sie bereits ihre *Ordensschwester* Kara Artismar. An einem Ort, den man *Stadt der verlorenen Seelen* nannte...

Ricas Gedanken brachen kurz ab, als in ihr plötzlich ein ganz merkwürdiges Gefühl aufkam und ihr Bewußtsein zu blockieren begann. Gleichzeitig sah sie aus dem winzigen Fenster und erkannte, wie Kapitän Rahab und dieser widerwärtige Lakai Kaal das Schiff noch einmal verließen. Sie gingen den Laufsteg hinunter und sprachen dort mit dem dicken Tarion, der Kang und seine Leute in die Falle gelockt hatte.

Sie war zu weit entfernt, um das Gespräch mit anhören zu können – und selbst wenn es so gewesen wäre, hätte sie zumindest in diesen Sekunden große Schwierigkeiten gehabt, sich darauf zu konzentrieren.

Denn mitten in ihrem Hirn entlud sich ein greller Blitz, der ihr Bewußtsein ins Wanken brachte, gefolgt von einem Aufschrei des Zorns, den nur sie in ihrem Innersten hören konnte.

Die rothaarige Priesterin wankte, als wäre sie betrunken, preßte die linke Hand gegen ihre Schläfe und mußte sich mit der anderen Hand, blind um sich tastend, festhalten, um nur nicht zu stürzen. Für einen Augenblick zeichnete sich vor ihrem geistigen Auge eine unwirkliche Szene ab, die dennoch seltsam intensiv war – und dann war das Bild auch schon wieder verschwunden. Ebenso wie der kurze mentale Kontakt zu ihrer *Ordensschwester* Kara Artismar. Rica hatte die Botschaft jedoch nicht verstehen können – sie war noch von anderen, kaum zu begreifenden Empfindungen überlagert worden. Und was noch schlimmer war – jetzt war der mentale Kontakt ganz erloschen. Als hätte er nie existiert!

Als sich ihre Blicke klärten, nur Sekunden später, erfaßte sie, wie Kaal plötzlich seine Hand nach dem dicken Tarion ausstreckte und ihn zu sich zog. Seine andere Hand hielt ein Messer, und er stieß es dem Ahnungslosen in den Bauch. Rica sah, wie der Dicke ein Stück hochgehoben wurde, wie er mit den Armen und Beinen unkontrolliert zu zucken begann und dann in den Händen des bulligen Kaal starb, der ihn dabei an sich zog wie einen guten, alten

Freund. Erneut folgte ein kurzer Wortwechsel, dann packte Kaal Tarion, machte sich noch an der Leiche zu schaffen und warf sie kurzerhand ins Wasser des Hafens. Obwohl Rica Zeugin dieses Mordes geworden war und vielleicht für eine Minute gespürt hatte, wie die Blicke des Kapitäns im Moment der Bluttat zu der Stelle glitten, wo sich das kleine Fenster ihrer Kabine befand, war ihr Geist jedoch immer noch überlagert von anderen Empfindungen, die erst ganz langsam abzuklingen begannen.

Rica wußte nicht, wie lange sie gebraucht hatte, um ihre Gefühle wieder unter Kontrolle zu bekommen. Aber ihr war klar, daß etwas Verhängnisvolles geschehen war. Etwas, das in der *Stadt der verlorenen Seelen* seinen Ursprung gefunden, wahrscheinlich das *Erwachen der Schwärze* verzögert und womöglich sogar noch verhindert hatte.

Auf jeden Fall war der mentale Kontakt jetzt völlig abgerissen, und Rica wußte sich keinen Reim darauf zu machen, was das zu bedeuten hatte.

Sie und ihre anderen *Ordensschwestern* hatten immer Kontakt zueinander gehabt – nicht immer regelmäßig und erst recht nicht häufig. Aber dennoch existierte ein unsichtbares Band, das sie zu einer verschworenen Gemeinschaft zusammenschloß. Genau dieses Band schien jetzt zerrissen zu sein, ohne daß sich Rica das erklären konnte. Und das gefiel Rica ganz und gar nicht – denn sie war noch weit entfernt vom Ort dieses Geschehens und konnte bestenfalls *ahnen*, was sich dort abgespielt haben mochte. Aber die innere Unruhe, die die rothaarige Frau befallen hatte, wurde jetzt immer stärker.

Wieder klangen Schritte über ihr an Deck, gefolgt von lauten Befehlen. Polternde Schritte erklangen, dazwischen das Knallen einer Peitsche – und dann spürte Rica, wie sich das Schiff allmählich in Bewegung setzte. Es entfernte sich von der Hafenmauer, nachdem einige Männer die Taue gelöst hatten, und nahm nun Kurs auf die offene See.

Irgendwo fern am Horizont begann es heller zu werden. In wenigen Stunden würde der neue Tag anbrechen, aber bis dahin hatten sie diese Küste längst hinter sich gelassen. Es würde in der Stadt keinen Hinweis mehr auf Rica geben (und wahrscheinlich auch nicht mehr auf Tarion).

Diejenigen, die sie verfolgt hatten, befanden sich nun an Bord und würden keine Gelegenheit mehr haben, etwas von dem zu verraten, was sie womöglich schon wußten. Dafür würde der Kapitän schon sorgen, und der erschien Rica äußerst zuverlässig, was das Handhaben solcher *Probleme* betraf.

Plötzlich klopfte es an der Tür zu ihrer Kammer. Rica war so mit ihren eigenen Gedanken beschäftigt gewesen, daß sie die näherkommenden Schritte gar nicht gehört hatte. Fast erschrocken fuhr sie herum und blickte zur verschlossenen Tür.

»Ich bin es – Kapitän Rahab«, hörte sie die Stimme des Schiffseigners. »Ich wollte Euch nur sagen, daß wir alles in Eurem Sinne erledigt haben. Wenn Ihr wollt, könnt Ihr Euch selbst davon überzeugen. Wir haben die Gefangenen nach unten zu den Sklaven gebracht und sie dort in Eisen gelegt. Sie werden dort ...«

»Ich danke Euch, Kapitän«, fiel ihm Rica ins Wort und dachte nicht daran, jetzt die Tür zu öffnen. »Ich bin sicher, daß ich mich in dieser Hinsicht voll und ganz auf Eure Männer verlassen kann. Wann werden wir Pernath erreicht haben?«

»Zwei Wochen sind wir bestimmt unterwegs«, kam es von der anderen Seite der Tür. »Vielleicht auch noch länger – denn jenseits des Horizonts tobt ein Sturm. Der Wind ist stärker geworden, und das sind die ersten Anzeichen für einen Wetterumschwung. Die nächsten Stunden könnte es etwas ungemütlich werden, und...« Er zögerte kurz und sprach dann rasch weiter. »Wenn Ihr wollt, kann ich ja noch hineinkommen, und...«

»Ich komme schon zurecht«, unterbrach sie ihn erneut. »Ihr braucht Euch nicht um mich zu kümmern. Laßt mich jetzt allein – ich bin müde und möchte einige Stunden schlafen. Ich fühle mich nicht ganz wohl.«

Das war noch nicht einmal gelogen.

Der kurze mentale Kontakt und die Bilder in ihrem Hirn hatten etwas in Rica ausgelöst, was ihr große Sorgen bereitete. Ihre *Ordensschwester* Kara Artismar befand sich in großer Gefahr! Und es bereitete Rica mehr als bloße Sorgen, daß sie auch den eigentlichen Grund dafür mit ihren feinen und ausgeprägten Sinnen bisher noch nicht hatte erkennen können.

Dazu waren die Bilder zu schnell und zu verwirrend vor ihrem geistigen Auge abgelaufen.

Sie wartete ab, bis sich die Schritte Kapitän Rahabs vor ihrer Kammer entfernten, dann kniete sie sich auf den Boden und konzentrierte sich auf ihr innerstes Ich. Kräfte begannen sich zu entwickeln, die Kapitän Rahab und seine Männer wahrscheinlich in Angst und Panik versetzt hätten, wenn sie von deren Existenz etwas geahnt hätten.

Denn sie sahen in Rica nur die schöne, wohlhabende und höchstens ein wenig geheimnisumwitterte Frau, die viel Geld dafür bezahlt hatte, um an Bord dieses Schiffes zu kommen. Sie mußte einen guten Grund dafür gehabt haben, die Stadt praktisch Hals über Kopf zu verlassen.

Aber wenn der Preis stimmte, dann wurden auch keine unangenehmen Fragen mehr gestellt...

Ricas Geist wurde frei und nahm Kontakt auf, mit den anderen *Ordensschwestern* in *SchaMasch*... Und was sie dann auf geistigem Wege erfuhr, ließ sie selbst in diesem Zustand der Trance zusammenzucken.

Du mußt umkehren, Schwester, hörte sie eine vertraute Stimme in ihrem Kopf. *Wir werden kommen, um dich abzuholen. Du wirst jetzt auf* SchaMasch *gebraucht – auch Kara Artismar wird zurückkommen.*

Wir müssen uns mit unseren Kräften vereinen, nur so werden wir die Schwärze erwecken können. Es ist zu viel geschehen...

Als der mentale Kontakt Minuten später wieder endete, wußte Rica, welche Aufgabe sie erwartete.

Und das vertrieb die Sorgen um Kara Artismar, die wohl an der Erfüllung ihrer Aufgabe von unbekannten Kräften gehindert worden war.

Aber wenn auch ein einzelner kurz ins Wanken geriet, würde das die Gruppe der *Ordensschwestern* nicht niederwerfen, denn die starke Macht der *Priesterinnen der Sternensteine* geriet nicht so schnell ins Wanken...

Kapitel 1: Auf dem Sklavenschiff

Sein Name war Sörndaak, und er stammte aus der Hafenstadt Gara, wo er aufgewachsen war. Schon als Kind hatte er das Meer gemocht – er wurde förmlich angezogen von einer unerklärlichen Faszination, die die blauen Wellen und ihre weißen Schaumkronen auf ihn ausübten. Sörndaak hatte deshalb schon mit jungen Jahren auf einem kleinen Fischerboot angeheuert, war die Küste auf- und abgefahren und hatte bei den alten Männern das Handwerk des Fischens gründlich gelernt.

Er kannte die Märkte entlang der Küste des Großen Salzmeeres bis zum Sumpfdelta an den südöstlichen Gestaden, wo die Wege im Nirgendwo endeten und menschliche Ansiedlungen spärlich waren. Doch später wollte er mehr und heuerte auf einem großen Schiff an, das auch ferne Länder ansteuerte. Das war sein Fehler – denn Kapitän Rahab war ein launischer Mann, und Sörndaak war schnell bei ihm und der Mannschaft in Ungnade gefallen, weil er die absolute Macht und den Entscheidungswillen des Kapitäns anzuzweifeln gewagt und einige andere Seeleute gegen Rahab aufzuhetzen versucht hatte. Er hatte Glück, daß er trotzdem noch lebte und daß der Kapitän ihn zumindest bis jetzt noch nicht auf den Sklavenmärkten fremder Küstenstädte verkauft hatte.

So hatte er als Gefangener viele Fahrten mitgemacht, hatte die Unglücklichen kommen und gehen sehen – und auch erlebt, wie so mancher Fremdling als Futter für die Haie endete. Rahab war ein mitunter recht jähzorniger Kapitän, und er entschied immer sehr hart, wenn ihm etwas gegen den Strich ging. Das hatten schon viele hier an Bord büßen müssen ...

Sörndaak war nicht einmal dreißig Sommer alt, doch in dem verfallenen Mann mit den wenigen ausgefransten Strähnen, den fauligen Zahnstummeln und seiner roten, aufgekratzten Haut hätte nicht einmal seine eigene Mutter ihren »gefallenen« Sohn wiedererkannt. Die Jahre an Bord hatten ihn verändert, und er war jetzt nur noch ein Schatten seiner selbst. Von dem kräftigen jungen Seemann von einst war nicht mehr viel übriggeblieben – eigentlich nur noch Haut und Knochen, wenn man es ganz genau nahm.

Neue Sklavenfracht war in den Frachträumen angekommen, wie Sörndaak mitbekommen hatte. Er kratzte sich eine wunde Stelle am Kopf, die leicht wässerte, doch eine Schiffsratte lenkte seine Aufmerksamkeit auf die neuen Gefangenen, als sie an den wie leblos daliegenden Körpern schnupperte. Die Ratte schlich über die Planken, jederzeit zu einer schnellen Flucht bereit.

Sörndaak tastete im Dunkeln den Plankenboden um sich herum ab, in der Hoffnung, irgend etwas zu finden, was er als Waffe benutzen konnte. Er fand einen rostigen Napf in der Ecke hinter sich, den der dort angekettete und schlafende Sklave mit Sicherheit gerade nicht brauchte, und warf mit seiner freien Hand gut gezielt nach dem Tier, das sich gerade anschickte, in einen Hemdsärmel zu schlüpfen. Er traf – und mit einem schrillen Fiepen verschwand die Ratte in der Dunkelheit, in Richtung des Achterstevens. Doch lange würde es die Ratte da nicht halten. Nagetiere waren immer neugierig, wenn sich etwas an Bord (oder genauer gesagt, unter Deck) veränderte.

Es entstand Unruhe unter den Gefangenen. Aber niemand von den Eingepferchten wagte, etwas zu sagen. Denn sollte Kaal oder einer der Aufseher etwas von der Unruhe unter Deck bemerken, würden sie alle schnell die Peitsche zu spüren bekommen.

Kaal hatte die letzten Neuankömmlinge besonders roh und brutal behandelt, denn das war ein Teil seines Charakters. Er hatte die leblosen Körper wie Säcke auf die nackten Decksplanken geworfen und die Ketten mit achtloser Gewalt um Hand- und Fußgelenke gepreßt, daß die Gliedmaßen später taub sein würden.

Sörndaak versuchte, an einen der leblos daliegenden Körper näher heranzukommen. Der Mann wirkte selbst im liegenden Zustand noch wie ein Hüne. Breite Schultern, dazu Arme wie Unterschenkel kündeten von der Kraft des Bewußtlosen. Sörndaak versuchte, den Kopf des Fremden auf einen der mächtigen Arme zu betten. Dabei sah er in dessen Gesicht, das kantig war, mit ausgeprägten Zügen, die die Zeit selbst mit fortschreitendem Alter immer deutlicher in ein Gesicht meißelte. Ein Gesicht, das markant und irgendwie fest entschlossen wirkte – gar nicht wie ein Sklave, der sich jetzt in sein Schicksal zu ergeben hatte.

Sörndaak zog sich befriedigt wieder zurück, mehr konnte er für den Neuankömmling nicht tun. Dabei blickte er aber noch einmal in dessen Gesicht, registrierte die buschigen Augenbrauen ... und erschrak, als sich plötzlich die Augen öffneten. Sie glommen einen Moment wie zwei Edelsteine, und aus ihnen funkelte der blanke Haß. Der Fremde stöhnte und versuchte, sich die schmerzende Beule am Hinterkopf zu reiben, aber er wurde von der kurzen Kette behindert, die seine Hände fesselte.

»Wo... wo bin ich?« hörte Sörndaak den Mann murmeln, aber er gab ihm keine Antwort. Keiner der anderen Sklaven unter Deck tat das. Statt dessen blickten die meisten von ihnen teilnahmslos vor sich hin und nahmen ihre nähere Umgebung gar nicht wahr.

Durch die geschlossene Tür des Laderaumes mit seinen Gefangenen konnte Sörndaak den Kapitän hören, wie er Befehle an den Rudergänger gab. Der Wind würde einige Meilen außerhalb der schützenden Hafenbucht aufbrisen und das Schiff mit seinen Segeln, die sich zunehmend blähten, den Sklaven an den Hilfsrudern die Arbeit abnehmen. Er hörte das schwache Echo, als die Ruder am Unterdeck eingezogen wurden.

»Wer bist du?« fühlte Sörndaak jetzt auf einmal das Wort an sich gerichtet. »Warum starrst du mich so an?«

Im ersten Moment zuckte Sörndaak kurz zusammen, aber dann konnte er sich dem prüfenden Blick dieses Mannes einfach nicht mehr entziehen – und er gab ihm Antwort.

So lernte Sörndaak Kang kennen, den früheren Heerführer des Lichts, General Kang, den man einst auch *den Gerechten* genannt hatte...

Die ersten beiden Tage auf See waren für Kang und seine vier Mitstreiter die schlimmsten. Waalang hatte zudem mit einer mittelschweren Fleischwunde zu kämpfen, die sich zu entzünden drohte. Kapitän Rahab sorgte jedoch für den neuen Sklaven, denn nur ein halbwegs gesunder und kräftiger Mann würde in Pernath genug Gold für ihn und seine Mannschaft bringen. Albiron benahm sich seltsam, aber er war wenigstens nicht verletzt, wie Mol und Berak, die am ganzen Körper blaue Flecken aufwiesen. Die Handlanger des Kapitäns waren nicht gerade zimperlich mit ihnen umgegangen, nachdem Tarion sie in die Falle gelockt hatte. Berak fehlte ein Zahn, und wenn er sprach, zischte mit den Worten Luft durch die Zahnlücke. Das Zahnfleisch hatte sich entzündet, und die kargen Mahlzeiten und das brackige Wasser trugen nicht gerade zur Gesundung der geschundenen Körper bei.

»Kang...«, stöhnte Waalang und verzog schmerzhaft das Gesicht. »Hilf mir – es brennt – es frißt mich regelrecht auf...«, stieß der untersetzte Mann erschöpft hervor, und seine Stimme klang schwach. Kang, der sich wieder besser fühlte, robbte vor, soweit die Fußketten es erlaubten, um seinen Mitstreiter näher in Augenschein zu nehmen. Das Messer der Helfer des schurkischen Verräters Tarion aus Samorkand war schlecht gezielt in die seitliche Leistengegend eingedrungen und am Beckenknochen abgeglitten. Die Wunde eiterte trotz der aufgelegten Kräuter und sah selbst im Halbdunkel des Laderaumes schlimm aus.

»Wir müssen ihm helfen«, stieß Albiron hervor, der jetzt aus seiner Lethargie erwachte, wie aus einem bösen Traum.

»Genug – wir haben getan, was wir konnten, und die Herren des Schiffes haben ihn ordentlich verbunden. Aber die Heilkräuter brauchen wohl ihre Zeit, um die Wirkung voll zu entfalten.«

»Wir werden alle sterben«, flüsterte Berak, und aus seiner Zahnlücke pfiff es unheilvoll. Die anderen Gefangenen und selbst Sörndaak hatten der ganzen Szene schweigend beigewohnt. Sie waren vermutlich noch ganz andere Dinge gewohnt.

Ab und zu hörte man Ketten rasseln, begleitet von scharrenden Geräuschen und den leise tippelnden Schritten der Schiffsratten, die sich ihre Passagen selbst durch die kleinsten Spalten in den Schiffszwischenräumen suchten.

»Was geschieht mit uns?« wollte Mol wissen, der mit seinem halblangen Haar und seinem feingliedrigen Körperbau eher wie ein Knabe oder ein kräftiges junges Mädchen aus den Gossen des untergegangenen Ghardor aussah.

Ein großgewachsener Seemann, gepreßt wie Kang und seine Getreuen, meldete sich mit schwacher Stimme zu Wort: »Ob ihr es glaubt oder nicht, aber ihr befindet euch auf eurer letzten Reise – und die führt euch in einen der miesesten Winkel der bekannten Welt – nämlich nach dem *sagenumwobenen* Pernath. Ihr werdet schon noch merken, was es mit diesem Ort auf sich hat...«

Er hustete schwer, und sein ausgemergelter Körper schüttelte sich dabei wie unter Krämpfen. Sein nackter Oberkörper glänzte vor Schweiß, denn bei Tag brannte die Sonne über dem Schiff unbarmherzig. Unter Deck, wo fast alle Luken geschlossen waren, fiel jedem der Männer das Atmen schwer.

»Ich glaube, ihr wißt immer noch nicht, was euch in den nächsten Tagen und Wochen erwartet«, fuhr der Seemann nun fort. »Ihr seid hier auf einer Art Sklavengaleere, unterwegs zu der *bezaubernden* Stadt Pernath, der Hölle unter den aufstrebenden Städten nach dem *Dunklen Zeitalter*. Dort braucht man Frischfleisch jeder Art. Denn die Ostländer und ihre dunklen Geheimnisse verbuchen einen mächtigen Blutzoll unter dem Menschengeschlecht...«

Wieder hustete der Seemann, von dem Kang nicht einmal den Namen wußte. Er spie aus, aber seine Stimme klang danach nicht wesentlich besser. Um die Gesundheit des Mannes schien es alles andere als gut bestellt zu sein. Der Husten saß tief und fest, und bisweilen röchelte der Mann sogar, bevor er wieder weitersprechen konnte.

»Es heißt, daß die Höhlen der *Hirnkind-Fogger* unendlichen Reichtum bergen.« Er seufzte ergeben. Seine Brust hob und senkte sich im Rhythmus der Wellen. Das Schiff schaukelte stärker.

Kang bemühte sich, keine Überraschung zu zeigen, denn ihm war die Konstellation unter den Gefangenen noch nicht ganz klar. Er hörte viel Neues, aber jetzt war möglicherweise nicht der rechte Zeitpunkt, näher danach zu fragen. Er nahm sich vor, den Mann später noch einmal auszuhorchen.

Jetzt aber öffnete sich eine der Luken, die auf das Achterdeck des Schiffes führten, und Kaal kam herein, umgeben von einer Flut gleißenden Sonnenlichts. Ihm folgten auf dem Fuße zwei Männer, und dann wurde die Luke mit einem gewaltigen Krachen wieder hinter ihnen geschlossen, das Meeresrauschen ausgesperrt sowie die Sonne und die reine Luft des Meeres. Schattengleich blieben nur die Silhouetten der drei Männer, die drohend in der urplötzlichen Düsternis standen wie Statuen aus einer anderen Welt. Das Knallen einer Peitsche ließ selbst die Hartgesottenen unter den Gefangenen zusammenzucken – das war eine unausgesprochene Drohung, die aber dennoch deutlich für jeden der Gefangenen war.

Kaal, der bullige Seemann mit der Glatze und den spärlichen Augenbrauen, stakte schweren Schrittes die letzten Stufen zum Laderaum hinunter. Er hatte ein unergründliches Lächeln auf den Lippen, als er im Halbschatten unter Deck die bleichen Gesichter der Gefangenen betrachtete. Seine sehnigen Arme hingen locker an den Seiten herab. Er strahlte die unbändige Kraft eines wilden Tieres aus, und die Enden der Peitsche mit den winzigen Metallkugeln schleiften drohend über die Planken.

Niemand regte sich oder wagte auch nur geräuschvoll zu atmen. Kangs kräftige Nackenmuskeln schwollen an. In ihm stieg ein unbändiger Zorn auf. Selbst mit einem Gefangenen wurde nicht so entwürdigend umgegangen.

»Wir brauchen einen Freiwilligen«, dröhnte Kaals Stimme gehässig. »Einer der Ruderer ist ausgefallen! Gibt es Freiwillige? Na los – wer von euch will diese Aufgabe übernehmen? Oder muß ich erst einen dazu *überreden*?«

Er begann über die Ironie seiner Frage zu lachen, und seine beiden Begleiter fielen sofort mit ein. Keiner der Sklaven wagte auch nur ein Wort.

»Also, wer meldet sich nun von euch? Es gibt auch etwas Pökelfleisch und ein Stück Brot dazu... damit ihr wieder zu Kräften kommt!« Lachend ging er zwischen den Geketteten hindurch und näherte sich der auf dem Boden kauernden Gestalt Kangs.

Doch bevor der einstige Feldherr etwas Unüberlegtes tun konnte, war Kaal bereits vor dem namenlosen Seemann stehengeblieben, dessen große Brust sich rasch hob und senkte und dessen

Gesicht in schneller Abfolge eine Reihe von Gemütszuständen von unbändiger Mordlust bis zu völliger Resignation widerspiegelte.

»Der da«, sagte Kaal und zeigte auf den versklavten Seemann, »der wird unseren Ruderer bestens ersetzen. Los, steh auf, du fauler Hund, sonst kannst du etwas erleben!«

Die Peitsche pfiff durch die Luft und klatschte über einen Arm. Kaal holte noch einmal aus, und wieder sang die Peitsche, und dann noch ein drittes Mal. Einige der Männer stöhnten unterdrückt, als sie Blut fließen sahen. Kang beobachtete den Vertrauten des verbrecherischen Kapitäns verstohlen und bemühte sich dabei, teilnahmslos dreinzublicken. Aber das fiel ihm wirklich nicht leicht, angesichts dieses blanken Terrors, den der Glatzkopf hier ausübte.

Kang kannte sich mit Leuten aus, die einem anderen Mann bedingungslos gehorchten. Und er spürte mit jeder Faser seines Körpers: Kaal gehörte zu denen, die den Auftrag ihres Herren ohne zu zögern und bis in letzte Konsequenz ausführten.

Dennoch konnte er nicht weiter untätig zusehen, als wäre gar nichts geschehen. Kang ließ sich hinreißen einzugreifen, als die Peitsche zum wiederholten Mal mit echter Leidenschaft über den geschundenen Körper eines der Gepreßten gezogen wurde und in dem ausgemergelten Fleisch einen weiteren blutigen Striemen hinterließ.

Der Knall und das unterdrückte Stöhnen waren noch nicht verebbt, da griff er mit seinen gefesselten Händen nach dem Ende der Peitsche und zog mit aufgestauter Wut im Bauch an dem blutfeuchten Leder. Die Peitsche wurde dem überraschten Kaal aus der Hand gerissen.

Die beiden anderen Seeleute hielten mit der Arbeit inne, dem Namenlosen die Ketten aufzumachen, und starrten Kaal abwartend an. In ihrer lauernden Haltung lag etwas tödlich Drohendes. Denn ihnen war natürlich klar, daß Kaal solche Respektlosigkeit (er würde es wahrscheinlich »offenen Widerstand« nennen, wenn man ihn jetzt danach gefragt hätte) niemals duldete.

Kang hörte ein Flüstern neben sich. »Gnade. Sie werden uns töten...« Und dann versiegte die Stimme Sörndaaks wieder zu

23

einem undeutlichen Flüstern, von der gischtigen See außerhalb des Schiffes übertönt.

Kaal hob die rechte Hand und bedeutete den beiden Seeleuten, mit ihrer Arbeit fortzufahren. »Kümmert euch um den neuen Ruderer und bringt ihn schon mal nach oben. Ich werde mit dem aufsässigen Gefangenen gut allein fertig ...«

Er näherte sich Kang, der überlegte, wie weit er noch gehen konnte und ob die Situation sich vielleicht entschärfte, wenn er die Peitsche ohne Widerstand wieder herausgab. Kaal fühlte sich unendlich überlegen – an körperlicher Masse, aber auch aufgrund der Tatsache, daß der Sklave in Ketten vor ihm auf dem Boden lag.

Kang streckte die Peitsche schräg nach oben und senkte den Kopf. »Verzeiht meine Torheit, Herr ...« Vermutlich würde ihn gleich der erste Tritt in die Rippen treffen, gefolgt von einem Wutausbruch. Kang kannte Männer wie die rechte Hand des verbrecherischen Kapitäns zur Genüge.

Unerwarteterweise geschah nichts dergleichen. Kang hob erstaunt den Kopf. Noch immer hielt er den Stiel der Peitsche fest umklammert, und Kaal, der bullige Seemann mit den rohen Kräften eines Tieres, hatte das freie Ende fest in der Hand. Sie rangen schweigend. Niemand sah ihnen die Anstrengung an... der Kampf zweier Giganten.

Die letzten Tage hatten Kang aber doch zu sehr geschwächt. Er merkte, wie er nachgeben mußte. Stück für Stück. Doch auch Kaals Armsehne zitterte – ein deutlicher Beweis dafür, welch unerwarteter Widerstand ihm entgegengesetzt wurde.

Der einstige General der Truppen des Lichts musterte den Feind, nahm jede Einzelheit in sich auf. Den grobschlächtigen, muskulösen Körper, den knotigen Hals, die fleischige Nase – aber am markantesten waren die Augen, die sprühten wie bei einem wilden, seelenlosen Tier.

Kang ließ endlich los. Und nicht nur auf den Lippen der Versklavten war ein Stoßseufzer der Erleichterung zu hören. Kaals freie Hand schoß vor, so schnell wie eine Schlange, die ihr Opfer packte. Seine Finger legten sich wie Daumenschrauben um Kangs Hals. Er kam mit dem Gesicht näher, um den Gefangenen im

Halbdunkel besser erkennen zu können, und Kang roch den säuerlichen Atem, der tief aus Kaals Kehle kam.

»Wenn ich mich nicht irre, bist du einer der Neuankömmlinge«, sagte er zu ihm und dachte einen Moment nach. »Dein Name, sagte mir der Kapitän, sei Kang – und du seist ein äußerst gefährlicher Bursche, der aber auf dem Sklavenmarkt von Pernath einen Batzen Goldstücke bringen werde.« Er richtete sich bei diesen Worten rasch auf.

»Für diesen Mann hier«, dabei zeigte er auf Kang, »gibt es drei Tage nichts zu essen. Das wird ihn vielleicht wieder zur Vernunft bringen.«

Er drehte sich um und gab den beiden Männern ein Zeichen, den anderen Gefangenen an Deck zu bringen. In Kaals Augen glomm erwachtes Interesse, und um seinen Mund zeichnete sich ein häßliches, lautloses Lachen ab. Noch einmal ließ er die Versklavten seine Peitsche spüren, zog sie mehrmals quer über die Bänke – und die Unglücklichen, die es traf, verkrochen sich noch tiefer zwischen den Dielenbrettern und Planken, die ihnen als karge Pritschen während der Überfahrt in eine ungewisse Zukunft dienten. Dann war der glatzköpfige Mann mit der Peitsche auch schon wieder verschwunden – und Kang hatte genügend Zeit, um sich über sein weiteres Schicksal Gedanken zu machen...

Kapitän Rahab betrachtete die Sterne. Ganz plötzlich zog ein Frösteln über seine linke Schulter und krallte sich als eisiger Schauer in sein Rückgrat. Sie kamen gut voran. Frischer Wind war aufgekommen, der die Segel aufbauschte und dafür sorgte, daß sie sich dem Ziel der Reise schneller näherten.

Der graubärtige Kapitän schloß die kleine Luke und trat mit schweren Schritten aus seiner Kajüte, die immer einen etwas vernachlässigten Eindruck machte, als hätte Rahab sich nur für eine Übergangszeit hier eingerichtet.

Wir müssen alle einmal gehen – die Götter werden mich irgendwann zu sich rufen, dachte er zum wiederholten Mal in den letzten

Monaten. Den ganzen Tag über waren sie Kurs Südost gegen den Wind aufgekreuzt und trotzdem gut vorangekommen. Wenn das Wetter weiter mitspielte – aber das konnte man in diesen Breitengraden nie so ganz genau voraussagen...

Kapitän Rahab erklomm den Niedergang, immer zwei Stufen auf einmal, bis er auf dem Achterdeck seines Handelsschiffes stand. *My-Bodick* war der Name dieses Seelenverkäufers – dieser Schiffsname existierte schon vor dem *Dunklen Zeitalter*, und er war so seltsam wie das ganze Schiff überhaupt. Denn selbst Kapitän Rahab kannte nicht mehr alle bedeutenden Einzelheiten, was die Funktion des Schiffes betraf. Man munkelte, daß das Schiff bereits vor fast einhundert Jahren existiert habe, viele Jahre in einem Trockendock vor sich hinrottete und dann von einem der Herren aus Modors Reich instandgesetzt und wieder seetüchtig gemacht worden sei. Aber das waren vielleicht auch nur Gerüchte, die man nach so langer Zeit gar nicht mehr auf ihren Wahrheitsgehalt prüfen konnte.

In den Wirren des *Dunklen Zeitalters* bemächtigte sich Rahab mit einigen Leuten, unter ihnen auch Kaal, einem ehemaligen Söldner aus Cardhor, des verwaisten Schiffes, das in dem Hafen einer Stadt lag, deren Namen der Kapitän längst vergessen hatte. Schon wenig später, mit Glück, aber auch mit etwas Verstand, waren sie mit seltenen Waren zu Wohlstand gelangt.

Doch die Zeiten waren unruhig. Als die Geschäfte schlecht gingen, verfielen sie auf die Idee, sich mit Gewalt das zu besorgen, was sie zum Überleben brauchten. Nicht überall waren sie daher willkommen, und das Große Salzmeer mit seinen Küstenstädten bot zudem viele Überraschungen. Einmal mußten sie Hals über Kopf flüchten, segelten tage- und nächtelang immer weiter in Richtung Osten.

Die Küstenlinie wurde auf ihren Seekarten immer ungenauer wiedergegeben, und schließlich stießen sie in unbekanntes Terrain vor. So kamen Kapitän Rahab und seine rauhbeinigen Halunken das erste Mal nach Pernath. Fast anderthalb Monate hielten sie sich im Hafen dieser Stadt auf, und sie wurden in kleine und größere schmutzige Geschäfte verwickelt.

Aber nach dem *Dunklen Zeitalter* fragte niemand mehr so genau danach, und in Pernath herrschte ein großer Bedarf an Sklaven. Kapitän Rahab und seine Mannschaft sahen darin eine lukrative und stetige Einnahmequelle, die leicht zu befriedigen war, denn die alten Götter existierten angeblich nicht mehr, und die neuen Herren, die man die *SKIRR* nannte, interessierten sich für diese profanen weltlichen Dinge offenbar nicht sonderlich.

Doch manchmal wünschte sich Rahab die alte Ordnung wieder zurück – die Zeit, als man in den Tempeln Odan, Einar und Thunor anbeten konnte, um Beistand oder um einen guten Fang auf See.

Der alte Kapitän atmete die auf der Zunge salzig schmeckende Luft scharf ein. In seine Wehmut mischte sich etwas Unbehagen. Er starrte hinaus auf die endlose See – sein Körper war im Einklang mit dem sanften Auf und Ab der Wellenberge und -täler –, und dort draußen, jenseits des Horizonts, lag Pernath, jene geheimnisumwitterte Stadt, ein menschenmordender Moloch, mit seltsamen Bewohnern und Höhlen, wohin man einen Teil der Sklaven brachte. Höhlen, die man hinter vorgehaltener Hand *Hirnkind-Fogger* nannte. Was immer das auch bedeuten mochte – Kapitän Rahab wollte es eigentlich nicht wissen. Ihn interessierte nur der Profit, den er mit jeder weiteren Ladung neuer Sklaven erzielen konnte.

Kaal trat leise hinter ihn. »Kapitän, die Rudermannschaft ist wieder vollzählig!«

Rahab ließ sich sein sanftes Erschrecken nicht anmerken, aber er kannte seinen Untergebenen gut genug, um zu wissen, daß er das winzige Zucken natürlich bemerkt hatte. Kaal war ein rauhbeiniger und inzwischen gefährlicher Mann, der Rahab eines Tages mit Gewalt den Platz streitig machen würde. Doch jetzt war dafür noch nicht die Zeit.

Kapitän Rahab drehte sich halb zu seinem Untergebenen um. Ein stoßbereites Messer war in seiner rechten Hand nur zu ahnen, versteckt zwischen dem groben Stoffhemd und einem Umhang, der die kühlen Winde abhalten sollte. Dort ragte die Spitze, silbern glänzend, ein wenig hervor.

»Du solltest dich nicht zu leise an deinen Kapitän anschleichen,

Kaal...« Die Augen Rahabs schienen vor diabolischer Freude zu blitzen. Um seine Mundwinkel schlich sich ein grausamer Zug, der andeutungsweise ein Lächeln darstellen sollte. Und jetzt war es der bullige Seemann, der etwas bleicher um seine Nasenspitze wurde.

»Ich wollte... ich dachte...«, stotterte er, einen Moment außer Fassung gebracht, doch Rahab winkte ab und sagte lakonisch: »Werft den Toten über Bord, als Fraß für die Fische... denn wir nehmen nicht nur, sondern wir geben auch.« Es folgte aus seinem Mund ein meckerndes und bedrohliches Lachen. Sekunden später schwieg er ganz abrupt, und es sah so aus, als dächte er nach.

»Laß Till, den Barden, einige Abschiedsklänge für den Sklaven spielen – er hat ein würdiges Begräbnis verdient!« trug Rahab seinem Untergebenen auf.

Kaal drehte sich um. »Das habe ich bereits veranlaßt, Kapitän.«

»Und, Kaal...«

»Ja, Kapitän?«

»Teile an die Mannschaft genügend Torkaar aus, denn die Überfahrt ist lang, und ich möchte alle bei Laune halten.«

Kaal hatte sich wieder gefangen. Der Alte wurde mit der Zeit immer wunderlicher, und er nahm sich vor, beizeiten auch dieses Problem anzugehen. Solange mußte er sich jedoch in Geduld üben und die Launen Rahabs einfach schlucken – auch wenn ihm das mit jedem weiteren Tag auf See immer schwerer fiel.

»Auch das wird sofort erledigt. Die Mannschaft wird es Euch danken, Kapitän!«

Kaal machte sich ohne ein weiteres Wort auf die Suche nach dem Barden. Auf einen Wink hin kam die Mannschaft an Deck. Es schien, als hätte sie nurauf ein Zeichen von Kaal gewartet. Die Stimmung wurde äußerst ausgelassen, sobald die ersten Fässer angestochen waren.

Unbeeindruckt von dem ausbrechenden Trubel hinter sich starrte der bullige Seemann in die aufgewühlte See. Nur die Fische konnten die haßerfüllten Züge Kaals sehen. Der Kapitän war längst wieder unter Deck und hatte sich in seine Kajüte eingeschlossen. Die Männer tobten immer ausgelassener. Bald würde es an der Zeit sein, ihnen etwas mehr für den harten Einsatz auf See zu bieten, und Kaal dachte dabei an die Sklaven unter Deck. Einer der Neuankömmlinge hatte es gewagt, ihm die Stirn zu bieten. In Kaal reifte eine häßliche Entscheidung. Doch dazu war noch ein, zwei Nächte lang Zeit.

Der Wind frischte auf, blähte die Segel, die knatterten und ächzten. Die Sklaven hatten die Ruder auf Geheiß des Steuermannes längst eingezogen. Der Abenddunst ließ den Horizont zunehmend verschwimmen. Kaal zog sich zurück. Doch unter Deck öffnete der Kapitän sein Fenster, und Kaal konnte ihn trotz des Trubels hören, als er rief: »...verdammte Bastarde! Kommt her, um mich zu holen, aber ihr werdet mich nicht kriegen! Nicht, solange ein Funken Leben in mir ist!«

Der Wind riß die nächsten Worte ungehört davon, in die Weite des offenen Meeres, und Kaal mußte sich weit über die Reling vorbeugen, um danach noch etwas zu verstehen.

Er wirkte dabei wie ein lauerndes Tier. Seine mächtigen Armmuskeln waren angeschwollen, als er sich an dem Holz des Schiffes festkrallte und die nächsten Worte seines Kapitäns wieder klar und deutlich vernehmen konnte.

»Die *tollwütigen Meermänner* werden dieses Schiff nicht in ihre Klauen kriegen«, schrie der Kapitän aus Leibeskräften. »Diesmal bin ich gewappnet!«

Was die Stimme des Kapitäns weiter zu sagen hatte, ging schon Sekunden später im Rauschen der gischtigen Wellen unter, die mit zunehmender Intensität gegen die Bordwand klatschten.

Kaal schaute hinüber zu seinen Leuten, die mit ausgelassenem Gejohle und höhnischen Kommentaren, manche mit ihren gezückten Schwertern fuchtelnd, den toten Sklaven verabschiedeten, bevor er, mit Steinen beschwert und in einen verschlissenen Segeltuchrest gewickelt, über die Reling gestoßen wurde.

Kaals Gesicht war ausdruckslos, nur an seinen zusammengezogenen Augenbrauen hätte ein Beobachter erkennen können, daß er sich für die vor ihm ausgebreitete Szene interessierte. Seinen scharfen Augen entging auch nicht, wie Till, der hünenhafte Barde, kopfschüttelnd den Kreis der anderen Seeleute verließ und sich in Richtung Bug davonschlich. Den Kapitän, der sich inzwischen in seiner Kajüte reichlich gestärkt hatte, übersah er aber. Nur sein kaum merklich taumelnder Gang verriet, daß er zu schnell den honiggleichen Torkaar hinuntergestürzt hatte. Der Kapitän und der Barde nahmen den gleichen Weg.

Achselzuckend wandte sich Kaal seinen Männern zu – er konnte jetzt selbst einen großen Schluck Torkaar gebrauchen, der seine Sinne etwas benebeln sollte.

Der Barde stakte über die Planken durch die Nacht. Kein Wellengipfel noch das folgende Wellental brachten seinen Schritt aus dem Rhythmus. Problemlos kletterte er in der Finsternis einige Meter über den Bug schräg nach oben, bis zu dem provisorischen Ausguck, der merkwürdigerweise unbesetzt war.

Er war ein hartgesottener Bursche, den es aus den Südländern während der letzten Schlacht der Götter an die Küste eines ihm unbekannten Ortes verschlagen hatte. Wegen seiner Kräfte und seines Talents hatte ihn Kapitän Rahab als Seemann mit an Bord genommen.

Er dachte an den Toten, den die pechschwarze See gefressen hatte. Die aufspritzende Gischt sah aus wie der Rülpser eines gigantischen Meerungeheuers. Der Barde schauderte. Über ihm rissen die tiefhängenden Wolken auf, und der Mond und eine Handvoll Sterne beleuchteten die endlose Weite.

Die nächste Welle brandete ans Schiff, und die Gischt spritzte die Hosen des Barden naß, doch Till hatte nur ein Auge für das faszinierende Lichterspiel auf dem Wasser. Woge um Woge ging an dem schweigsamen Till vorüber, brach sich am Schiff, und dann war auch schon der nächste Wellenkamm heran.

Till holte seine Otieme hervor, ein sechssaitiges Instrument mit einem äußerst kurzen Hals. Liebevoll strichen seine nervigen Hände über das alte Instrument, dem die Feuchtigkeit sicher nicht guttun würde. Doch Till, der Barde aus den Südländern, war heute nacht in seltsamer Stimmung. Er blickte von seinem Instrument auf, zum dunstigen Horizont, und die dunklen Nebelschleier ließen ihn irritiert nach dem Übergang zum Himmel suchen.

Mond und Sterne hatten sich abwartend hinter eine dichte Wolkendecke verzogen. Ein plötzlicher Windstoß traf Till im

Gesicht, und mit ihm meinte er die ersten Worte für die gerade improvisierte Melodie zu erhalten:

Komm in mein Boot,
ein Sturm kommt auf, und es wird Nacht.
Wo willst Du hin,
so ganz allein – treibst Du davon.
Wer hält Deine Hand,
wenn es Dich nach unten zieht?
Wo willst Du hin,
so uferlos die kalte See...

Seine Finger glitten virtuos über die Saiten. Immer wieder intonierte er zu den Melodiebögen einige Satzfragmente. Till bemerkte nicht, wie Kapitän Rahab – der eben noch im Begriff gewesen war, näher zu treten – sich wieder in die Schwärze eines Schiffaufbaus zurückzog, als zwei, drei der Seeleute vom Achterdeck grölend nach vorn kamen.

»Spiel für uns, Till, nicht für das Meer«, schrie ein graubärtiger Kerl, der dabei mit den Armen ruderte, um auf sich aufmerksam zu machen.

»Ja, genau, wir wollen nicht nur Spaß, sondern deinen Gesang zum Torkaar, den der Kapitän ausgegeben hat«, brüllte der zweite Mann mit den großen Ohrringen und der fleischigen Narbe auf der rechten Wange. Er war von drahtiger Gestalt, und man konnte die Kraft in seinen Armen und Beinen direkt spüren, wenn er mühelos die Strecke über das Deck zum Bug hinauf überwand.

»Antworte! Für wen hältst du dich eigentlich...?«

Der Satz wurde nie zu Ende gesprochen, denn Till war leichtfüßig aufs Vordeck gesprungen, und ehe die beiden Großmäuler es sich versahen, hatte er sie mit wenigen Fausthieben niedergestreckt.

»Laßt euch dies eine Warnung sein!« rief er wutentbrannt und entfernte sich von den auf dem Deck liegenden Seeleuten.

Kapitän Rahab entschied sich, nicht einzugreifen. Er wankte unter Deck zurück in seine Kabine und überließ das Feld Kaal –

und vielleicht den in der Finsternis lauernden *tollwütigen Meermännern*.

Das Licht des Tages schwand allmählich. Kang, der nach dem Zwischenfall beunruhigt die Augen geschlossen hatte, um sich dem aufbrandenden Murmeln der Verzweifelten, die ihn verfluchten oder priesen – oder beides zusammen –, nicht stellen zu müssen.
Er war zutiefst verunsichert. Diesmal gab es nichts zu befehlen. Keiner war da, der auf sein Kommando hörte. Es war wie zu Anfang seiner Karriere, als er sich in der Felsenstadt Cathar als junger Söldner seine ersten Sporen verdiente. Nur auf sich selbst gestellt, die vorgegebene Aufgabe zu lösen. Durch die Ritzen der Planken sickerte kaum noch Sonnenlicht. Alle Luken waren geschlossen. Kang atmete heftig; der Schweiß glänzte auf seinen entblößten Oberarmen.
Ein dumpfer Schrei riß ihn aus seiner Lethargie, und der einstige Oberbefehlshaber der Armeen des Lichts stemmte sich vom harten Boden empor, gewappnet, den Angreifern, die vielleicht aus der Dunkelheit des Schiffsbauchs kamen, mit seinen bloßen Händen Paroli zu bieten. Nur die Ketten hielten ihn zurück.
Ein rascher Blick glitt hinüber zu seinen Gefährten. Doch niemand rührte sich. Unterdrücktes Keuchen war im Halbdunkel zu hören. Kang versuchte, die Dämmerung mit seinen Blicken zu durchdringen, doch da war niemand – auch keiner der Seeleute, die sich jedesmal anschickten, mit ihren Peitschen Verzweiflung und Resignation noch zu nähren.
Kang spähte zu Sörndaak. Doch der hagere Sklave mit dem gezeichneten Gesicht und den dünnen Armen rührte sich nicht. Hätte sich nicht seine Brust im raschen Rhythmus gesenkt und wieder gehoben, Kang wäre auf die Idee verfallen, daß der Sklave seinen letzten Atemzug auf Erden gemacht habe. Die drückende Atmosphäre im Laderaum ließ alle miteinander in Regungslosigkeit erstarren.

Wieder ein dumpfer Laut, ein Stöhnen, beinahe ein Schrei. Doch der Betreffende war schon zu schwach, um sein Entsetzen vor dem nahenden Tode noch laut kundtun zu können.

»So helft ihm doch«, flüsterte Kang, und in seiner Stimme klang eine gewisse Abscheu mit, weil die ganze Situation einfach so hoffnungslos war. Hier dachte jeder nur an sich selbst – und was aus den anderen Mitgefangenen wurde, das schien jedem völlig gleichgültig zu sein, solange man nicht selbst betroffen war...

Er wandte den Kopf. »Sörndaak, du kennst den Haufen hier doch viel länger! Jemand, der bei dem Unglücklichen angekettet ist, soll ihm helfen. Vielleicht können wir eines Tages jede Hand gebrauchen...«

Kang schwieg wieder. Er blickte in eine Reihe müder Gesichter, hohlwangig und gezeichnet von der strapaziösen Reise. Er wollte weitere Worte an die Versklavten richten, aber er brachte keine mehr heraus, als er in Sörndaaks Augen blickte. Der dürre Mann hatte einen fiebrigen Blick, als er mit Mühe die Worte hervorbrachte:

»Willkommen in der Hölle, Kang!«

Kapitel 2: Leichenfledderer

Nichts, absolut nichts«, kam es mit bitterer Stimme über Jescas Lippen, als sie von der kleinen Ansiedlung zurückkehrte und ihr Pferd vor Thorin zügelte, der zwischen den Hügeln ein kleines Lager errichtet und schon ungeduldig auf ihre Rückkehr gewartet hatte. »Es ist, als wäre diese rothaarige Hexe vom Erdboden verschwunden.« Ihre Blicke waren ein Spiegelbild ihrer Seele, denn sie war noch immer wütend darüber, daß die rothaarige Priesterin Kara Artismar buchstäblich im letzten Augenblick entkommen war.

»Vielleicht ist sie das ja auch«, erwiderte Thorin und sah zu, wie die Nadii-Amazone mit einer geschmeidigen Bewegung aus dem Sattel stieg und ihr Pferd hinüber zu Thorins Tier führte, das der

Nordlandwolf an einem verkrüppelten Busch angeleint hatte. »Ich wünschte, wir hätten sie noch erwischt – bestimmt hätte sie uns Antwort auf einige Fragen geben können.«

Jesca nickte nur. Sie konnte sich gut vorstellen, was Thorin in diesem Augenblick durch den Kopf ging. Schon seit Tagen folgten sie der Spur der flüchtigen Priesterin aus der mittlerweile zerstörten *Stadt der verlorenen Seelen* – aber je länger sie nach der rothaarigen Hexe suchten, um so schwieriger schien es, Hinweise auf den Verbleib Kara Artismars zu finden. Denn das Land wurde zusehends öde, karg und steinig. Schließlich konnten sie nur noch vage Mutmaßungen darüber anstellen, welche Richtung sie überhaupt einschlagen sollten. Auch wenn sie es beide noch nicht zugeben wollten – im Grunde genommen wußten sie gar nichts mehr...

»Ich habe einige Vorräte kaufen können«, ergriff Jesca wieder das Wort, nachdem sie ihr Pferd abgesattelt und versorgt hatte. »Verhungern werden wir wenigstens nicht...«

Thorin sah zu, wie Jesca die Beutel öffnete und einiges von ihrem Inhalt auspackte. Es waren unter anderem frische Datteln, Dörrfleisch und Brot – das mußte ausreichen, bis sie die nächste Ansiedlung oder eine größere Stadt erreichten.

Dieser Landstrich südlich der Großen Salzwüste war dünn besiedelt. Es schien, als hätte die einsame und karge Gegend Siedler davon abgehalten, hier Wurzeln zu schlagen. Vielleicht lag es aber auch daran, daß sich viele davor scheuten, die Wüste von Norden her zu durchqueren.

Was auf dieser Seite der Großen Salzwüste lag – darüber wußte Thorin nicht sehr viel. Auch vor den Jahren des *Dunklen Zeitalters* war er nie hier gewesen, und er hatte auch niemanden gekannt, der ihm über diesen Teil der Welt etwas berichten konnte. Und hätte er doch etwas gewußt, so zählte es ohnehin nichts mehr, denn die grausame Herrschaft der *SKIRR* und der dunklen Götter hatten diese Welt verändert. Selbst wenn sich jenseits des Horizonts einmal blühende Landschaften erstreckt haben sollten, war es gut möglich, daß nur verbrannte Erde übriggeblieben war. Die damaligen Herrscher der Erde waren nicht gerade zimperlich gewesen, wenn es darum ging, alles zu vernichten und zu zerstören.

Thorin und Jesca hätten in der Ansiedlung nach einem Nachtquartier suchen können, aber der Nordlandwolf hatte sich dagegen entschieden. Er traute nichts und niemandem mehr, deshalb schlugen sie ihr Nachtlager abseits auf – hier draußen in den kargen Hügeln. Zum Glück war der Winter noch fern, und in diesem Teil der Welt schien er ohnehin etwas milder zu sein als im Norden. Denn dort gab es nur ewiges Eis und Schneestürme.

Die Sonne sank unaufhörlich gen Westen, als Thorin ein kleines Feuer entzündete und die aufzüngelnden Flammen mit etwas trockenem Gestrüpp nährte. Schließlich brannte das Feuer so regelmäßig, daß Thorin nur noch trockenes Holz nachzulegen brauchte. Der Nordlandwolf und die Nadii-Amazone, die seit den dramatischen Ereignissen um die Stahlburg zu Kampfgefährten geworden waren, ließen sich das Dörrfleisch schmecken und aßen auch etwas Brot dazu. Es war nicht viel, aber es reichte immerhin aus, um den Hunger zu stillen.

Unweit des Lagers hatte Thorin eine kleine Quelle zwischen den Felsen entdeckt, deren Wasser nur wenige Meter weiter schon wieder im Boden verschwand und dort unterirdisch weiterrann – an einen unbekannten Ort. Es war nur ein kleines Rinnsal, aber es reichte aus, um die Pferde zu tränken und auch sie beide mit frischem Wasser zu versorgen.

Thorin bewunderte im stillen die schöne Nadii-Amazone. Sie schien die Schrecken der *Stadt der verlorenen Seelen* verdrängt zu haben – zumindest benahm sie sich so. Aber Thorin konnte nicht in ihr Innerstes schauen und auch keine Gedanken lesen. Er wußte nicht, wie ein anderer Mensch es verkraftete, wenn er dem Tod ganz nahe gewesen war. Buchstäblich in letzter Sekunde hatten Thorin und Hortak Talsamon Jesca vor dem Opfertod gerettet.

»Woran denkst du gerade?« fragte ihn Jesca, als sie seinen nachdenklichen Blick bemerkte, der in unergründliche Fernen abzuschweifen schien. Thorin zögerte nur unmerklich mit einer Antwort: »Ich frage mich, ob es Hortak Talsamon geschafft hat, Mercutta zu erreichen«, sagte er. »Der Schmied wird es gewiß nicht leicht haben, wenn er Tys Athals Herrschaft beenden will.«

»Ich wünsche es ihm von ganzem Herzen«, meinte Jesca und

verstaute die Datteln wieder in dem Lederbeutel, nachdem sie einige davon gekostet hatte. »Dieser fette Hund soll endlich seine gerechte Strafe erhalten.« Ihre Augen funkelten wütend bei diesen Worten, denn schließlich war es Athal gewesen, dessen Männer Jesca überrumpelt und dann in die *Stadt der verlorenen Seelen* entführt hatten.*

»Irgendwann werden auch die Bewohner von Mercutta begreifen, daß sie diesen Tyrannen vom Thron stoßen müssen«, fügte Thorin hinzu. »Und ich hoffe, daß es Talsamon gelingt, Gleichgesinnte zu finden...«

Währenddessen war die Sonne als glühender Feuerball am fernen Horizont untergegangen. Die ersten Schatten der Nacht breiteten sich aus, und irgendwo in der Ferne erklang das langgezogene Heulen eines einsamen Jagga-Wolfes.

»Du kannst dich hinlegen und schlafen«, sagte der Nordlandwolf zu Jesca. »Ich übernehme die erste Wache.«

Jesca nickte nur, aber Thorin konnte ihr ansehen, daß sie dankbar für diesen Vorschlag war. Es war ein langer und anstrengender Ritt gewesen, den sie heute zurückgelegt hatten – durch rauhe Schluchten, unwirklich anmutende Felsenlabyrinthe und über steinige Pfade. All dies hatte viel Kraft gekostet, und Jesca war müde.

Thorin sah zu, wie sie unweit des Feuers ihre Decken ausbreitete und ihr Schwert direkt daneben legte. Sie hatte es bei einem Schmied in einem der Dörfer jenseits des roten Sandsteingebirges erworben, nachdem ihre eigene Waffe in der untergegangenen Stadt zurückgeblieben war. Es war eine gute Waffe, von einem Fachmann geschmiedet und perfekt ausbalanciert. Das Schwert war den Preis wert, den der Mann dafür verlangt hatte.

Der Kampf ist ihr ständiger Begleiter, dachte Thorin, als er Jesca beobachtete, wie sie sich in ihre Decken hüllte. *Und dabei ist sie eine solch schöne Frau, die gewiß Besseres verdient hätte, als Tag für Tag neuen Gefahren zu trotzen...*

»Was ist?« fragte Jesca unvermittelt, weil sie seine Blicke bemerkte. »Warum starrst du mich so an, Thorin?«

»Es ist... nichts«, erwiderte Thorin ausweichend und schalt sich

---

*s. THORIN Band 1: Stadt der verlorenen Seelen

selbst einen Narren, weil er seine Gedanken so offen zur Schau gestellt hatte. Jetzt war gewiß nicht die Zeit, um an solche Dinge zu denken. »Schlaf jetzt – wir haben einen langen Tag hinter uns. Ich wecke dich, wenn es soweit ist.«

»Gut«, erwiderte Jesca und streckte sich dann unter den Decken aus – aber als sie sich von Thorin abwandte und die Augen schloß, umspielte ein wissendes Lächeln ihre Lippen. Das konnte der Nordlandwolf jedoch nicht sehen.

Statt dessen verließ er das Lager in der windgeschützten Senke und bezog Posten auf einem erhöhten Punkt, von dem aus man wenigstens einen Teil des Geländes überblicken konnte (sofern das der wolkenverhangene nächtliche Himmel überhaupt zuließ). Thorin war froh, daß er diese Stelle für das Nachtlager gewählt hatte. Den Schein des Feuers würde man erst erkennen können, wenn man in unmittelbarer Nähe vorbeikam. Thorin dagegen würde in der Stille der Nacht jeden Laut hören.

Er zog sich den Umhang fester um die breiten Schultern, als der Wind von Norden blies und sein blondes Haar durcheinanderwirbelte. Aber Thorin fror nicht, denn die Luft war noch erhitzt vom Tage, und deshalb genoß er die kühle Brise und ließ währenddessen seine Blicke in die Runde schweifen.

Erneut mußte Thorin an die Geschehnisse in der *Stadt der verlorenen Seelen* denken – und vor allen Dingen an die *Sternensteine*. Eines dieser Relikte der verfluchten *SKIRR* hatte er mit Sternfeuers Hilfe ja vernichten können – aber es gab noch weitere, und die galt es zu finden. Während der dramatischen Augenblicke in der Opferhalle hatte Thorin für Bruchteile von Sekunden einen Blick von dem erhaschen können, was die Macht der *Sternensteine* wirklich darstellte – und das hatte ausgereicht, um ihn bis ins Innerste seiner Seele zu erschüttern.

Odan, Thunor und Einar – auf deren Hilfe wäre er jetzt dringend angewiesen gewesen. Denn die drei Götter des Lichts hatten immer dann eingegriffen, wenn sich Thorin in einer schon ausweglosen Situation befunden hatte. Aber auch das hatte sich geändert. Seine Götter existierten nicht mehr. Der Kontakt zu ihnen war schon seit fast einer Ewigkeit abgebrochen – und bis jetzt hatte

Thorin keinen Hinweis darauf erhalten, ob Einar, Thunor und Odan überhaupt noch lebten. Nein, er war völlig auf sich selbst gestellt und hatte nur die Nadii-Amazone an seiner Seite. Jesca war die einzige, die ihm helfen konnte, diese Aufgabe zu erfüllen.

Das Netz der Macht, dachte Thorin, während der Mond für eine kurze Zeitspanne zwischen den Wolken auftauchte und die karge Ebene in ein silbriges Licht hüllte. *Es kann sich nur manifestieren, wenn die Macht der Sternensteine endgültig zerbricht. Wir müssen sie vernichten – einen nach dem anderen. Egal, wie lange das dauern mag, und gleichgültig, wohin dieser Weg auch führt. Wir müssen sie zerstören, bevor die dunklen Kräfte wieder stärker werden...*

Thorins Gedanken brachen ab, als er plötzlich in der Ferne einen hellen Schimmer bemerkte. Irgendwo jenseits des südlichen Horizonts begann es rötlich zu leuchten, unregelmäßig wie ein Feuer, dessen Flammen immer wieder auf- und niedergingen. Gleichzeitig vernahm Thorin ein dumpfes Trommeln, das der Wind mit sich trug. Sofort erhob er sich und nahm die betreffende Stelle genauer in Augenschein.

Natürlich war er viel zu weit entfernt, um etwas erkennen zu können, aber dieses dumpfe Trommeln erschien ihm wie Hufschläge. Vielleicht stammte es von Reitern in der Nacht, die es dann offensichtlich sehr eilig hatten. Die Geräusche kamen genau von der Stelle am Horizont, wo Thorin das rötliche Flackern erkannt hatte, und es vergingen einige Minuten, bis das letzte Echo dieser Hufschläge schließlich ganz verklungen war. Danach herrschte wieder Stille.

Dagegen nahm das rötliche Flackern am Horizont an Intensität zu, und Thorin konnte sich nicht erklären, was das alles zu bedeuten hatte. Tief in sich spürte er aber eine wachsende Unruhe, die ihn alarmierte. Am liebsten wäre er gleich losgeritten, um dort nach dem Rechten zu sehen. Aber die Pferde waren erschöpft und brauchten Ruhe – und in der Nacht würde er ohnehin kaum etwas erkennen können. Er wußte nicht, was jenseits des Horizonts geschehen war – doch gleich morgen früh nach Sonnenaufgang würde er es herausfinden.

Er hatte Jesca von seiner Beobachtung erzählt, als er sie weckte und sie für den Rest der Nacht die Wache übernahm. Obgleich Thorin der Gedanke nicht gefiel, angesichts der Ereignisse jenseits des Horizonts ein paar Stunden zu schlafen, so forderte die Müdigkeit dennoch ihren Tribut. Es dauerte nicht lange, bis Thorin eingeschlafen war, und er öffnete erst wieder die Augen, als Jesca neben ihm stand, sich zu ihm hinunterbückte und ihn sanft an der Schulter rüttelte. Seine Rechte umschloß Sternfeuer, bereit, zuzustoßen, während die letzten Schleier seines Traumes sich verflüchtigten.

Thorin blinzelte mit den Augen, als er den hellen Schein des aufkommenden Tages am Horizont bemerkte. Sofort dachte er wieder an das, was er in der Nacht gesehen hatte, aber Jesca schüttelte nur den Kopf.

»Das rötliche Leuchten hat nicht lange angehalten – vielleicht noch eine Stunde«, klärte sie ihn auf, während er sich erhob. »Es waren auch keine Hufschläge mehr zu hören. Egal, was dort geschehen ist – es ist jetzt vorbei. Aber ich nehme an, du willst es mit eigenen Augen sehen, oder? Dich selbst überzeugen?«

»Es ist immer gut zu wissen, was in dem Land geschieht, das man als Fremder durchquert«, erwiderte er und kaute lustlos auf einem Streifen Dörrfleisch herum, den er zwischen zwei Mokardt-Blättern eingepackt hervorholte. »Ich habe keine Lust, in einen Hinterhalt zu geraten und mein Leben leichtfertig aufs Spiel zu setzen. Schließlich gibt es noch ganz andere Dinge, denen wir uns stellen müssen...«

Jesca nickte und aß nun ebenfalls eine Kleinigkeit, bevor auch sie zu ihrem Pferd ging, es fütterte und dem Tier den Sattel über den Rücken legte. Sie zurrte die Gurte fest und vergewisserte sich mit einem letzten Blick, daß alles in Ordnung war.

Thorin hatte indes Decken und Vorräte zusammengeräumt und auch das Feuer unter Sand begraben. Unwillkürlich dachte er, daß es besser sei, wenn er und Jesca in der Abgeschiedenheit dieses weiten Landes keine allzu deutlichen Spuren zurückließen. Er war nicht darauf aus, sich mit Wegelagerern und Plünderern herumzuschlagen – das kannte er mittlerweile zur Genüge. Und nach wie vor galt die Regel, hier in dieser Einöde besondere Vorsicht walten zu lassen. Denn sonst konnte es geschehen, daß ihr Weg ein jähes Ende fand.

Thorin und Jesca stiegen in die Sättel und verließen ihr Lager zwischen den Hügeln, ritten weiter nach Süden, nachdem die aufgehende Sonne die letzten Schatten der Nacht vertrieben hatte. Es war noch früh am Morgen, und auf dem kargen Gras hingen winzige Tautropfen. Aber es dauerte gewiß nicht lange, bis der Morgentau verschwand – die heiße Sonne würde dafür schon sorgen...

Während sie einem verschlungenen Pfad folgten, der entlang der weiten Hügelkette führte, ließ Thorin immer wieder seine Blicke umherschweifen. Aber nichts wies darauf hin, daß sich andere Menschen in der unmittelbaren Nähe aufhielten. Keine weiteren Hufschläge, keine Reiter am Horizont – nichts!

Thorin und Jesca schwiegen. Beide hingen ihren eigenen Gedanken nach, als sie ihren Ritt nach Süden fortsetzten. Das Schlimme daran war, daß sie noch nicht einmal wußten, ob das überhaupt der richtige Weg war, dem sie jetzt folgten. Denn die Spur der verschwundenen rothaarigen Priesterin schien nicht mehr zu existieren. Keiner schien sie gesehen zu haben – und jedesmal, wenn sich Jesca oder Thorin in einem der kleinen Dörfer jenseits des Sandsteingebirges nach einer Frau mit roten Haaren erkundigt hatten, schüttelten die Menschen nur die Köpfe. Aber irgendwo mußte sie doch sein – sie konnte sich nicht in Luft aufgelöst haben!

Oder war ihre Magie vielleicht so stark, daß sie jedem, der sie gesehen hatte, sofort wieder die Erinnerung an diese Begegnung geraubt hatte? Möglich war alles – denn seit Thorin und Jesca auf die Spur der *Sternensteine* gestoßen waren, wurde es für sie zur Gewißheit, daß die Schatten der Finsternis nach wie vor auf dieser Welt weilten. Und das bedeutete auch, daß es deren Ziel war, den eigenen Herrschaftsbereich wieder auszudehnen, bis er erneut alles erstickte.

Irgendwann sah Thorin dann die kreisenden Vögel am Morgenhimmel, fast am Ende des Bergmassivs, das sich unmittelbar hinter der spärlich bewachsenen Hügelkette erstreckte. Und er bemerkte noch etwas anderes – den beißenden Geruch von Rauch, den der Wind mit sich trug.

Jesca bemerkte es auch. Sofort zügelte sie ihr Pferd und tastete mit der rechten Hand nach dem Knauf ihes Schwertes.

»Es riecht nach den Resten eines großen Feuers«, murmelte sie gedankenverloren, bevor sie sich Thorin zuwandte. »Ich glaube, das war es, was du in der letzten Nacht am Horizont gesehen hast.«

»Wahrscheinlich«, sagte er knapp, während er die Hand über die Augen hob, um nicht direkt in die grelle Morgensonne blicken zu müssen. Dabei beobachtete er die am Himmel kreisenden Vögel. »Und es sieht ganz danach aus, als wäre niemand mehr am Leben. Komm, Jesca – wenn wir herausfinden wollen, was geschehen ist, müssen wir auf die andere Seite der Hügel reiten.«

Noch während er das sagte, gab er seinem Pferd die Zügel frei, und das Tier trabte sofort los. Jesca drückte ihrem Pferd ebenfalls die Hacken in die Weichen und folgte Thorin.

Der Krieger aus den Eisländern des Nordens und die Nadii-Amazone erreichten schließlich wenig später den höchsten Punkt der Anhöhe, von dem sie das vor ihnen liegende Gelände gut überblicken konnten.

Weiter nördlich, gut dreihundert Meter entfernt, entdeckte Thorin die Häuser eines kleinen Dorfes – oder besser gesagt, die Reste davon. Schwarz verkohlte Balken glühten immer noch ein wenig, und über den Trümmern der von den Flammen vernichteten Häuser lag beißender Rauch, dessen penetranter Geruch bis zu Thorin und Jesca herüberdrang.

Jesca zuckte zusammen, als sie die Männer zwischen den Häusern entdeckte. Sie hielten Waffen in den Händen und schienen nach etwas zu suchen. Einige von ihnen hatten sich Tücher ums Gesicht gebunden – wahrscheinlich, um sich vor dem Rauch zu schützen.

Thorin sah zwei weitere Männer aus einer halb eingestürzten Hütte kommen. Sie hatten etwas in der Hand, was er aus dieser Entfernung nicht erkennen konnte. Aber das war es auch nicht, was Thorins eigentliche Aufmerksamkeit erregte. Statt dessen galten seine Blicke dem großen Scheiterhaufen, der noch immer brannte, und von dem schwärzlicher Rauch in den Himmel emporstieg, dessen merkwürdigen *Geruch* Thorin und Jesca durchaus kannten.

»Sie... sie verbrennen Menschen!« stieß Jesca aufgeregt hervor, als sie sah, wie zwei der vermummten Männer eine reglose Gestalt aus der Hütte trugen und sie einfach auf den Scheiterhaufen warfen. Gierig griffen die Flammen nach dem, so schien es, Toten und setzten ihn sofort in Brand. Der dunkle Rauch verdichtete sich jetzt, und Thorin spürte selbst aus dieser Entfernung die eigenartige Beklommenheit dieses Augenblicks. Seine Augen waren unnatürlich geweitet und nahmen jede Einzelheit in sich auf.

In diesem Moment erklang ein langgezogenes Signal aus einem Horn, und unten zwischen den verkohlten Ruinen des kleinen Dorfes geriet Bewegung in die Gruppe der vermummten Männer. Thorin und Jesca hörten aufgeregte Rufe, und sie erkannten, daß die Männer in ihre Richtung blickten.

»Sie haben uns gesehen – es nützt nichts mehr, wenn wir jetzt umkehren«, meinte Thorin zu der Nadii-Amazone. »Wie Räuber und Wegelagerer sehen sie nicht aus. Ich glaube, wir können es riskieren hinunterzureiten. Komm, sonst werden sie noch mißtrauisch, wenn wir weiter zögern... obwohl mir dabei nicht sehr wohl ist.«

Jesca murmelte etwas vor sich hin, was Thorin nicht verstand. Dann aber befand sich ihr Pferd schon an seiner Seite, und gemeinsam ritten sie hinunter in das Dorf, in dem augenscheinlich keiner der Bewohner mehr lebte.

Bracon von Nuymir würgte es in der Kehle, weil er den allgegenwärtigen Geruch des Todes nicht loswurde. Sein Pferd unter ihm begann immer wieder unruhig zu tänzeln, und der Reiter in der schimmernden Rüstung mußte es mehrmals zur Räson bringen. Er sah, wie seine Männer in die Hütten gingen und sie durchsuchten – und jedesmal stießen sie auf die Spuren des *gefleckten Todes*, der das gesamte Dorf vernichtet hatte.

Es war eine schlimme Geißel, die diesen abgelegenen Landstrich heimgesucht hatte – und alles war so plötzlich gekommen. Als die Menschen des Fürstentums Nuymir dann endlich die ganzen tragischen Ausmaße begriffen hatten, war es schon zu spät gewesen. Die tödliche Seuche begann sich mitleidslos immer weiter auszubreiten, erfaßte eine Ansiedlung nach der anderen, zerstörte das Leben von Männern, Frauen und Kindern, machte vor nichts und niemandem halt.

Der Sohn des kranken Herrschers sah mit bitterer Miene, wie zwei seiner Männer eine weitere Leiche aus der Hütte holten und sie auf den brennenden Scheiterhaufen warfen. Er murmelte ein stilles Stoßgebet und hoffte, daß die reinigenden Flammen ihn und seine Gefolgsleute vor einer Ansteckung verschonten. Aber vielleicht war es selbst dafür schon zu spät. Bracon von Nuymir wußte es nicht – er wußte überhaupt nichts mehr.

Noch vor wenigen Wochen war das Fürstentum intakt gewesen, bevor das Schicksal alles verändert hatte – und das hatte auch Auswirkungen auf den jungen Thronfolger, der einst ein fröhlicher Mensch gewesen war. Aber innerhalb weniger Wochen war er sehr gealtert, und das Feuer in seinen Augen war erloschen, hatte Verzweiflung und Hilflosigkeit Platz gemacht, die von nun an sein weiteres Handeln bestimmten.

Vielleicht hätte sein Vater, Fürst Algis von Nuymir, einen Rat gewußt, wie man die tödliche Seuche noch hätte eindämmen können – aber der Fürst war selbst ein Opfer der tückischen Krankheit geworden. Er siechte auf dem Krankenlager in der Felsenburg dahin, und es war nur noch eine Frage von Tagen, bis er starb. Mit jedem Tag verlor er einen weiteren Teil seiner Kraft und seines einstigen Mutes, und es schmerzte den einzigen Sohn, seinen Vater sterben zu sehen und nichts dagegen tun zu können.

Deshalb war es ihm egal, daß einige der Männer die Reste der Häuser nach Geld und sonstigen Wertgegenständen absuchten, die ihre einstigen Besitzer dort vielleicht versteckt haben mochten. Einige der Männer waren jetzt sogar fündig geworden und machten ihrer Freude durch lautes Geschrei Luft. Bracon von Nuymir achtete überhaupt nicht darauf – was nützten Geld und Reichtümer, wenn die Welt ringsherum zu sterben begann? Der *gefleckte Tod* machte vor niemandem halt – noch nicht einmal vor der Fürstenfamilie! Alles war sterblich und vergänglich – deutlicher und bewußter als in diesem Moment war das Bracon von Nuymir noch niemals geworden.

Er atmete flach durch das Tuch, das er vor sein Gesicht gebunden hatte, um sich vor dem Gestank des Todes zu schützen. Dennoch roch er die Verwesung und den stinkenden Rauch, den die verkohlenden Leichen der Dorfbewohner auf dem großen Scheiterhaufen verursachten.

Bracon von Nuymir hatte längst aufgehört, die Opfer der Seuche zu zählen, die die Dörfer rings um die Burg des Herrschers heimgesucht hatte. Nur die Felsenburg war bisher noch weitgehend verschont geblieben – wenn man von dem kranken Fürsten einmal absah, den man von den übrigen Bewohnern bereits isoliert hatte. Nahrungsmittel besaßen sie noch genügend, und inmitten der Festung entsprang eine Quelle, die noch nicht verseucht war. Verhungern und verdursten würde also niemand. Aber war das nicht alles nur ein Aufschub vor dem sicheren Tod, der seine knöchernen Finger schon nach ihnen ausgestreckt hatte?

Es sind die neuen *Götter*, dachte Bracon von Nuymir voller Bitterkeit. *Sie haben uns diese Plage geschickt – und wer weiß, wie viele noch kommen werden? Wir hätten die geflügelten Wesen mit allen Mitteln bekämpfen sollen, bevor sie die Saat des Todes in unsere Dörfer brachten – und ebenso diese elenden blinden Bettler, die kurz darauf erschienen und die dieses Elend auch noch gelobt und gepriesen haben...*

Plötzlich erscholl der laute und warnende Ton aus dem Horn eines Wächters, den der Fürstensohn außerhalb des Dorfes zwischen den Felsen zurückgelassen hatte. Bracon von Nuymir blickte unwillkürlich in diese Richtung und erkannte zwei Reiter, die auf dem höchsten Punkt eines nahen Hügels verharrten und von dort aus herunter in die Senke blickten, wo das verbrannte Dorf lag.

Wer weiß, wie lange sie schon zugeschaut haben, schoß es Bracon von Nuymir durch den Kopf. Er zog sofort sein Breitschwert aus der Scheide, hielt es abwartend bereit, während die beiden

Reiter jetzt ihre Pferde antrieben und sich den ersten Hütten des Dorfes näherten.

Auch die Männer des Fürstensohns hatten jetzt ihre Schwerter gezogen und blickten abwartend zu Bracon herüber. Es bedurfte nur eines einzigen Befehls, und dann würden sie die beiden Reiter sofort angreifen.

Bracon von Nuymir konnte jetzt erkennen, daß die beiden Fremden nicht aus dieser Gegend stammten. Der blonde Krieger wirkte groß und stark, und das Schwert, das er in der rechten Hand hielt, blitzte in der Morgensonne auf. Kein Zweifel, daß er diese Klinge auch zu handhaben wußte – genau wie die Frau, die ebenfalls alles andere als einen schwachen Eindruck machte. Sie wirkte wie eine erfahrene Kriegerin, die das Handwerk des Tötens perfekt beherrschte.

»Halt!« rief Bracon von Nuymir den beiden Fremden eine Warnung zu. »Das ist weit genug! Wer seid ihr, und was habt ihr in dieser Gegend zu suchen? Dieser Ort ist tot und verlassen – Fremde werden hier nichts mehr finden.«

»Ich bin Thorin, und die Frau neben mir ist Jesca, eine Nadii-Amazone und meine Gefährtin«, stellte sich der blonde Krieger vor. »Wir sind auf dem Weg in die südlichen Länder. In der Nacht sahen wir den Feuerschein am Himmel und hörten auch Hufschläge. Deshalb wollten wir nachsehen, was das zu bedeuten hat.«

Bracon von Nuymir versuchte sich nicht anmerken zu lassen, was er von diesen Worten hielt. Deshalb zögerte er zunächst noch mit einer Antwort. Er hatte noch nie eine Frau gesehen, die einen solch kampfentschlossenen Eindruck machte, und dieses Bild verunsicherte ihn zusätzlich.

»Ich bin Bracon von Nuymir«, nannte er dann seinen Namen. »Meinem Vater gehören das Land und die Dörfer hier – oder besser gesagt, was davon übriggeblieben ist. Das Fürstentum ist dem Untergang geweiht, wenn nicht ein Wunder geschieht, und...« Er brach ab, weil weitere Worte sowieso nichts mehr an der ausweglosen Lage ändern konnten.

»Was ist geschehen?« wollte der fremde Krieger namens Thorin jetzt wissen. »Es sieht aus, als hätte eine Krankheit dieses Dorf heimgesucht. Jesca und ich sahen oben von der Anhöhe aus, wie sie Tote verbrannt haben.«

»Wir müssen das tun«, nickte der Fürstensohn daraufhin. »Nur so können wir verhindern, daß sich der *gefleckte Tod* noch weiter ausbreitet. Es ist eine schlimme Seuche, die unser Land heimgesucht hat – und es gibt kein Heilmittel dagegen. Ihr wärt besser beraten, so schnell wie möglich weiterzuziehen, bevor der Keim der Krankheit auch euch ansteckt. Oder seid ihr versessen aufs Sterben? Dann könnt ihr von mir aus hier bleiben und den Tod willkommen heißen. Ich bin sicher, er wird euch mit offenen Armen empfangen...« Bracon von Nuymirs Worte waren voller Zorn und Enttäuschung, als er das sagte, und seine Miene war dunkel vor Trauer und Hilflosigkeit.

»Entschuldigt meine Bitterkeit«, fügte er dann hastig hinzu. »Aber keiner von uns weiß mehr, woran er jetzt glauben soll. Die *neuen* Götter des Lichts – sie haben seltsame Wege, uns zu zeigen, daß sie diese Welt beschützen wollen.«

Im ersten Augenblick glaubte Thorin, sich in einem schlimmen Alptraum zu befinden, als er Bracon von Nuymirs Worte hörte. Er sah kurz hinüber zu Jesca und bemerkte den ebenfalls erstaunten Blick der Nadii-Amazone.

»*Neue* Götter?« fragte er dann und bemühte sich, seine Fassungslosigkeit nicht ganz so deutlich zu zeigen. Mit allem hätte er gerechnet – aber ganz sicher nicht mit solch einer folgenschweren Antwort. »Ich dachte, nach der Schlacht zwischen Licht und Finsternis gibt es keine Götter mehr? Sie haben uns doch allein gelassen auf dieser Welt, und...«

»Das glaubten wir alle«, fiel ihm Bracon von Nuymir mit einem kurzen Abwinken ins Wort. »Aber die Wirklichkeit sieht anders aus. Wenn du und deine Begleiterin mehr darüber wissen wollt, dann folgt uns zu unserer Burg. Dann können wir in Ruhe über alles reden – aber nicht an diesem Ort des Todes. Es macht mich krank, wenn ich noch länger hier ausharren muß – und es gibt noch so viele andere Dinge zu tun. In diesen Tagen macht es keine Freude, Herr eines Fürstentums zu sein, so wie alles vor meinen Augen ganz langsam stirbt.«

Thorins und Jescas Blicke trafen wieder kurz aufeinander, und der Nordlandwolf sah, wie die Nadii-Amazone nickte. Sie war also einverstanden, die Einladung anzunehmen. Obwohl weder sie noch Thorin wußten, was sie auf dieser Burg erwartete, waren sie doch sehr neugierig geworden, etwas aus dem Munde des Fürstensohns zu hören, was so unglaublich klang, daß sie es zuvor niemals für möglich gehalten hätten.

Neue Götter des Lichts – und Thorin wußte überhaupt nichts davon. Dabei war er doch der Paladin der alten Götter gewesen, hatte von ihnen das mächtige Schwert Sternfeuer erhalten. Und nun sollten weitere (für Thorin) unbekannte Mächte aufgetaucht sein, die die alten Götter abgelöst hatten? Wie in aller Welt konnte das nur möglich sein – und warum hatte Thorin davon bisher noch gar nichts erfahren?

»Ich sehe, du bist überrascht«, riß ihn Bracon von Nuymirs Stimme aus seinen vielschichtigen Gedanken. »Ihr habt also wirklich noch nichts von den *neuen* Göttern gehört?« Er sah, wie Thorin und Jesca die Köpfe schüttelten, und fuhr fort: »Gut, dann sollt ihr mehr darüber erfahren. Reiten wir – bis zur Burg ist es nicht mehr weit. In einer guten Stunde werden wir am Ziel sein, und dann werden wir hoffentlich auch die Ruhe finden, um alles weitere zu besprechen. Außerdem führten wir immer – vor dieser Katastrophe jedenfalls – ein gastfreundliches Haus.«

Mit diesen Worten gab er seinen Männern ein Zeichen, in die Sättel zu steigen. Augenblicke später setzte sich der Reitertrupp in Bewegung und verließ die Stätte des Todes, von der immer noch der schwarze Rauch des Scheiterhaufens in den strahlendblauen Morgenhimmel emporstieg. Wäre dieses Bild des Schreckens nicht gewesen, so hätte man fast von einem schönen Sommertag sprechen können.

Aber das hatte sich innerhalb weniger Augenblicke vollständig geändert. Vorerst dachte Thorin nicht mehr an Kara Artismar und auch nicht daran, daß er und Jesca es mit jeder weiteren Verzögerung immer schwerer haben würden, jemals wieder die Spur der flüchtigen Priesterin zu finden.

Selbst wenn dem so war – Thorin konnte jetzt nicht anders handeln. Wenn es um die Götter des Lichts, deren Ende und nun die unerwartete *neue* Herrschaft anderer mächtiger Wesen ging, dann hatte er ein Recht darauf, so schnell wie möglich mehr zu erfahren. Denn er ahnte schon, welch folgenschwere Bedeutung diese Neuigkeiten unter Umständen hatten...

Jenseits der weiten Ebene erhob sich auf einem Basaltkegel eine mächtige Burg, die weithin zu sehen war. Thorin hob die Hand vor die Augen, um durch das gleißende Sonnenlicht nicht zu sehr geblendet zu werden. So konnte er die beiden wuchtigen Türme und das gewaltige Gemäuer erkennen, die dieses Bauwerk so riesig erscheinen ließen. *Es ist, als stände die Burg schon seit Ewigkeiten hier*, dachte er. *Aber so, wie es aussieht, ist auch dieser Ort bald dem Untergang geweiht.*

Es war ein schweigsamer Ritt gewesen. Bracon von Nuymir hatte nicht viel gesagt, war in seinen eigenen Erinnerungen versunken, und Thorin war froh, daß nun endlich das Ziel in Sicht kam. Für einen winzigen Moment ertappte er sich bei dem Gedanken, daß es womöglich doch ein Fehler gewesen sei, sich diesen Männern anzuschließen. Vielleicht war es nicht ganz ungefährlich, diese Burg zu betreten, denn nach den Worten des Fürstensohns hatte auch dort der *gefleckte Tod* Fuß zu fassen begonnen. Wenn es bisher auch nur ein einziger Erfolg gewesen war...

Bracon von Nuymir trieb sein Pferd jetzt etwas schneller an, lenkte das Tier einen schmalen Pfad hinauf, der vor einer breiten Brücke endete, die über einen tiefen Felseinschnitt führte. In der Burg hatte man die Ankunft der Reiter natürlich schon bemerkt. Das wuchtige Gittertor wurde jetzt von starken Händen nach oben gezogen – aber nur so weit, daß die ankommenden Reiter passieren konnten. Danach senkte sich das schwere Gitter sofort wieder, und Thorin fühlte sich unwillkürlich in einer riesigen Falle gefangen. Ein kurzer Blick zu Jesca zeigte ihm, daß die Nadii-Amazone von ähnlichen Gedanken geplagt wurde.

»Ihr wißt, was ihr zu tun habt«, richtete Bracon das Wort an seine Männer, die nun aus den Sätteln stiegen. Thorin und Jesca wußten zwar nicht, was der Fürstensohn genau damit meinte – aber das fanden sie schon wenige Augenblicke später heraus. Diejenigen unter den Männern, die Kontakt zu den Toten gehabt hatten, streiften ihre Kleidung ab, warfen sie auf einen Haufen und zündeten ihn kurze Zeit später an. Die Flammen breiteten sich rasch aus, verbrannten im Nu Umhänge, Hemden und Hosen, die die Männer getragen hatten. Aber das war noch nicht alles. Jeder von ihnen wusch sich gründlich von Kopf bis Fuß am Brunnen und hoffte, dadurch der Seuche keine weitere Angriffsfläche zu bieten.

»Wir müssen sicher sein, daß sich die Krankheit in unseren Mauern nicht weiter ausbreitet«, sagte Bracon von Nuymir zu Thorin und Jesca, während er die Zügel seines Pferdes einem Bediensteten in die Hand drückte und sich von einem anderen helfen ließ, aus der Rüstung zu steigen. »Auch ihr solltet euch reinigen – sonst begegnet ihr dem Tod möglicherweise schneller, als euch lieb ist.«

In seinen Worten lag etwas Endgültiges, als er seine Kleidung vom Leib streifte und sich mit frischem Wasser und Seife gründlich säuberte. Auch Thorin folgte ihm jetzt zum Brunnen, während Jesca noch zögerte. Dann aber sah sie, wie ihr Thorin kurz zunickte – und deshalb entschied sie sich ebenfalls dazu.

Jesca spürte die Blicke der Männer, als sie ihr Lederwams öffnete und es dann von den wohlgerundeten Schultern streifte. Nackt bot sich ihr Körper den anderen Männern dar, und Bracon von Nuymirs Blicke brannten förmlich auf ihr, als er die Brüste Jescas sah und seine Augen kaum von ihr abwenden konnte. Die Nadii-Amazone versuchte, die offensichtliche Gier des Füstensohns zu ignorieren, aber das war leichter gesagt als getan. Deshalb war sie erleichtert, als sie den Reinigungsprozeß hinter sich gebracht hatte und ihren schlanken Körper wieder verhüllen konnte.

Auch Thorin waren die Blicke Bracons nicht entgangen, aber er behielt seine Gedanken zunächst für sich – auch wenn ihm immer bewußter wurde, daß es doch ein Fehler gewesen war, sich diesen Männern anzuschließen und mit zur Burg zu kommen. Thorin kannte solche Blicke – vor allen Dingen dann, wenn eine Frau im Mittelpunkt stand. Bracon von Nuymir begehrte Jesca, und das ganz offen. Er fragte gar nicht danach, was Thorin davon hielt. Die ganze Situation roch nach Ärger, und wenn Thorin nicht aufpaßte, konnte das ganz schnell eskalieren!

»Folgt mir in meine Gemächer«, bat Bracon von Nuymir seine beiden Gäste (aber der Blick in seinen Augen kam mehr einem Befehl gleich, den man besser ohne Widerspruch befolgte). »Dann werden wir in Ruhe über alles reden.«

Thorin und Jesca schlossen sich ihm an, betraten das Gebäude. Über zwei Treppen führte der Weg in die oberen Räume, wo sich zu beiden Seiten eines langen und breiten Ganges mehrere Räume erstreckten. Vor einer Tür am Ende des Ganges hatten sich zwei bewaffnete Männer postiert, die beim Erscheinen Bracon von Nuymirs Haltung annahmen.

»Ich will nur kurz nach meinem Vater sehen«, sagte er, und sein Gesicht nahm einen leicht mürrischen Gesichtsausdruck an. »Wartet dort auf mich.«

Mit diesen Worten zeigte er auf die gegenüberliegende Tür und bedeutete Thorin und Jesca hineinzugehen. Die beiden Wächter traten einen Schritt zur Seite und ließen den jungen Herrscher passieren. Er öffnete die Tür und schloß sie sofort wieder hinter sich. Dennoch reichte dieser kurze Moment aus, daß Thorin und Jesca den schweren Geruch von Kräutern und Salben bemerkten, der aus diesem Raum drang. Und noch bevor der Fürstensohn die Tür hinter sich geschlossen hatte, glaubte Thorin, ein lautes Stöhnen zu hören, das so hilflos klang, daß ihm ein Schauer über den breiten Rücken strich.

Er ignorierte die strengen Blicke der Wächter, als er die Tür zu Bracon von Nuymirs Gemächern öffnete und zusammen mit Jesca die Räumlichkeiten betrat. Teppiche und Felle sorgten für eine gewisse Behaglichkeit – ebenso wie das Feuer, das in einer

Maueröffnung brannte und zusätzlich für Helligkeit sorgte.

»Mir gefällt das alles nicht«, sagte Jesca mit leiser Stimme zu Thorin, als dieser die Tür hinter sich schloß. »Wir hätten nicht mitkommen sollen. Hast du seine Blicke gesehen? Wenn es nach Bracon von Nuymir gegangen wäre, dann hätte er mich am liebsten auf der Stelle...« Sie brach ab, aber Thorin wußte auch so, was ihm die Nadii-Amazone damit hatte sagen wollen.

»Er ist verbittert«, erwiderte er ebenso leise. »Vielleicht muß man deshalb sein Verhalten anders deuten. Wir sollten ihn nicht unnötig provozieren – denn nur von ihm werden wir erfahren, was das alles zu bedeuten hat. Eine tödliche Seuche, die von den *neuen Göttern des Lichts* ausgeht! Jesca – das ist einfach... ungeheuerlich.« Er schüttelte bei diesen Worten kurz den Kopf. »Hätte mir das vor einigen Tagen jemand einzureden versucht, dann hätte ich ihn ganz sicher für verrückt erklärt. Aber Bracon von Nuymir ist kein Narr – und ich glaube, er weiß ganz genau, was er sagt und fühlt. Ich muß wissen, was das alles zu bedeuten hat, Jesca. Es kann wichtig sein, bei unserer Suche nach den *Sternensteinen*.«

»Natürlich hast du recht«, pflichtete ihm Jesca bei. »Aber vergiß dabei eins nicht – der Vater dieses Mannes liegt im Sterben, und das Fürstentum ist dem Untergang geweiht. Bracon von Nuymir ist verzweifelt – und ein Mann in seiner Lage kann unberechenbar werden, wenn er mit zusehen muß, wie alles stirbt, was einmal ihm gehören sollte. Gut, ich bin einverstanden, wenn wir mit ihm sprechen – aber danach sollten wir sofort wieder aufbrechen. Es wäre ein Fehler, länger als nötig hierzubleiben. Wenn du ehrlich zu dir bist, denkst du genau das gleiche, Thorin.«

Eigentlich hatte sie noch mehr sagen wollen, brach dann aber doch ab, als sie draußen vor der Tür schwere Schritte hörte. Augenblicke später wurde die Tür aufgerissen, und Bracon von Nuymir trat ein. Thorin bemerkte sofort, daß die Züge des jungen Fürstensohns noch etwas angespannter wirkten als eben – ein deutliches Zeichen dafür, unter welch großem inneren Druck er stand.

»Wie geht es deinem Vater?« wollte Jesca wissen und sah, wie sich die Züge des anderen verdunkelten.

»Er ist schwächer geworden«, kam es über Bracons Lippen. »Er kämpft zwar dagegen an – aber ich weiß nicht, ob er diesen Kampf gewinnen wird. Das Fieber wütet in ihm – trotz der Kräuter und Salben, die wir ihm verabreicht haben.«

Er winkte ab und blickte statt dessen zu Thorin. »Du sagtest, daß du und deine Begleiterin nichts von den *neuen* Göttern wisset. Nun, dann sollt ihr die Wahrheit erfahren...«

Er ging zu dem flackernden Feuer, blickte für einen winzigen Moment in die züngelnden Flammen und wandte sich dann wieder seinen *Gästen* zu. Dabei glitten seine Blicke immer wieder über Jescas schlanken, geschmeidigen Körper.

»Sie erschienen ganz plötzlich vor einigen Wochen in unserem Land«, begann er dann. »Mein Vater und ich erfuhren zunächst durch Boten von ihrem Auftauchen – und wir wollten es erst gar nicht glauben. Bis zu dem Tag, wo die geflügelten Boten der *neuen* Götter unsere Burg heimsuchten. Sie sprachen von dem Ende der alten Ära und vom Beginn einer neuen Zeit, die Stück für Stück die gesamte Welt verändern solle. Zuerst verstanden wir nicht, was dies zu bedeuten hätte – aber welcher Sterbliche zweifelt schon an den Worten von Göttern, wenn sie auch nur durch Boten überbracht werden?«

»Geflügelte Boten?« hakte Thorin sofort nach und überlegte indes fieberhaft, um was für Wesen es sich hier womöglich handelte. Aber so angestrengt er auch nachdachte – er fand keine Antwort auf die bohrenden Fragen nach dem Sinn dieser schrecklichen Ereignisse.

»Menschen waren es nicht – auch wenn sie die Gesichtszüge und vielleicht auch den Körper eines Menschen besaßen«, fuhr Bracon von Nuymir fort. »Sie kamen zunächst friedlich zu uns – aber dieser Frieden hielt nicht lange an. Es war ein schleichender Untergang, der sich allmählich einstellte – und selbst ein weiser Mann wie mein Vater begriff zu spät, was hier mit uns geschah. Sie brachten den Tod über uns und unsere Untertanen – und als sie sahen, daß die Saat des *gefleckten Todes* aufging, zogen sie sich wieder zurück. Weiter nach Süden, in die Einöde des Vulkanlandes – und vielleicht noch weiter... ich weiß es nicht. Einige Wochen später kamen dann die ersten blinden Bettler durch unser Land –

und sie lobten uns alle dafür, daß wir den Willen der *neuen* Götter so bereitwillig befolgten.«

»Blinde Bettler?« fragte Thorin verständnislos und sah, wie der Fürstensohn dabei heftig nickte. »Sie waren also auch Boten der *neuen* Götter, wie mir scheint.«

»Sie predigten uns den *wahren Glauben*, den man nur erlangen könne, wenn man in den Tod gehe«, setzte Bracon von Nuymir seine Erzählung fort. »Und der hatte sich indes immer weiter ausgebreitet.«

»Ich sehe keinen Sinn in diesen Dingen«, meinte Thorin dazu. »Götter des Lichts würden nicht den Tod über diesen Landstrich verbreiten. Es müssen andere Mächte sein, die hier ihre Macht zeigen. Diese geflügelten Boten und die Bettler sind ihre Handlanger. Du sagtest, sie seien in Richtung Süden verschwunden. Ich kenne dieses Land nicht so gut, Bracon von Nuymir – und auch Jesca nicht. Dieses Vulkanland – wie weit erstreckt es sich, und was befindet sich dort noch?«

»Wenn du es herausfinden willst, mußt du selbst dorthin ziehen«, antwortete der junge Fürstensohn. »Vor dem *Dunklen Zeitalter* erstreckte sich südlich des Horizonts ein großer Dschungel. Davon ist nur ödes Land mit Vulkanen übriggeblieben. Mehr weiß ich nicht – weder ich noch ein anderer Krieger meines Volkes ist jemals dort gewesen. Und diejenigen, die es dennoch wagten, sich auf den Weg zu machen – sind nie wieder zurückgekehrt. Diese verfluchten Todesboten haben Unglück über das Reich gebracht. Sie und ihre Macht, die sich in *NIPUUR* manifestiert hat. Wenn das eine gute Macht sein soll, dann zweifle ich sehr daran...«

»*NIPUUR*?« fragte Jesca unvermittelt, weil die Erwähnung dieses Namens plötzlich eine verborgene Erinnerung in ihr weckte. Noch jagte aber vorerst nur ein Gedanke den anderen, und der Hauch des Vertrauten verwehte wieder – genauso schnell, wie er gekommen war. »Was weißt du über *NIPUUR*?«

»Selbst wenn ich etwas wüßte – was änderte es denn daran, daß unser Volk sterben wird?« entgegnete Bracon von Nuymir daraufhin mit einem resignierenden Abwinken. »Unser Reich muß weiterbestehen, nur darauf kommt es an, und...«

In diesem Moment wurde die Tür aufgerissen, und ein älterer, hagerer Mann mit grauem Bart kam hereingestürzt. Seine asketischen Züge waren ein Spiegelbild des Schreckens.

»Junger Herr...«, keuchte er ganz aufgeregt und wies mit der Hand zu dem gegenüberliegenden Zimmer. »Euer Vater... er...«

Bracon von Nuymir zuckte zusammen, als er diese Worte vernahm. Hastig wandte er sich von Thorin und Jesca ab und folgte dem Bärtigen hinaus auf den Flur. Obwohl es nicht ausgesprochen worden war, so hatten Thorin und Jesca auch so begriffen, daß das Schicksal den Fürsten Algis von Nuymir nicht verschont hatte.

Ein Schrei der Wut und der Trauer erfüllte den gegenüberliegenden Raum, und das Echo hallte von den rauhen Steinwänden wider. Die beiden bewaffneten Wächter vor der Zimmertür blickten in diesen Sekunden ungewöhnlich angespannt drein – auch sie wußten, was das zu bedeuten hatte.

»Laß uns gehen – jetzt gleich!« riet Jesca, und selbst die Tonlage ihrer Stimme klang hektisch. Rasch griff sie nach Thorins Hand. Der aber schüttelte sie ab, als er sah, wie Bracon von Nuymir in diesem Moment aus den Räumen seines Vaters zurückkam. Sein Gesicht war so bleich, als hätte ihn von einem Atemzug zum anderen eine schreckliche Krankheit überfallen. Er wankte einen kurzen Moment, konnte sich dann aber wieder fangen.

»Der Fürst von Nuymir ist tot«, flüsterte er, und seine Blicke glitten in unbegreifliche Fernen, zu denen nur er selbst jemals Zugang hatte. Bange Sekunden vergingen, bis er wieder die Kraft fand, um seine Gedanken in Worte fassen zu können.

»Das Reich – es darf nicht untergehen«, fuhr er dann mit stockender Stimme fort, während er den beiden Wachen ein Zeichen gab, ihm zu folgen. »Nur dafür hat mein Vater gelebt, und ich werde alles Erdenkliche dafür tun, daß unsere Dynastie nicht dem Untergang geweiht ist.«

Während er das sagte, ließ er erneut seine Blicke über Jescas Figur gleiten, und ein wissendes Lächeln umspielte seine blutleeren Lippen. Er hatte sich endgültig entschieden.

»Du kannst die Burg ungehindert verlassen, Thorin«, sagte er dann zu dem Nordlandwolf. »Wenn du die *neuen* Götter und deren

Boten suchen willst, dann wünsche ich dir Erfolg dabei. Jedoch wirst du deine Reise allein fortsetzen. Was deine Gefährtin Jesca betrifft – sie wird hierbleiben und mit mir zusammen eine neue Dynastie begründen. Die Herrscher von Nuymir dürfen nicht sterben – nur so kann das Reich weiter bestehenbleiben!«

Seine Augen leuchteten in einem unheiligen Feuer, als er das sagte. Im ersten Moment war Jesca so schockiert, daß sie gar nicht wußte, was sie darauf erwidern sollte. Aber der unausweichliche und dennoch plötzliche Tod seines Vaters hatte Bracon von Nuymir seelisch zerbrochen.

Er wankte wie ein leckgeschlagenes Schiff im tosenden Sturm und streckte beide Hände nach Rettung aus – und in Jesca sah er den einzigen ihm noch verbleibenden Hoffnungsschimmer, sein zum Tode verurteiltes Reich zu retten. Er wollte sich nicht damit abfinden, daß er der letzte Sproß der Herrscherfamilie war und keinen Nachfolger mehr finden würde – aber das Schicksal hatte ihm Jesca hierher geschickt. Zumindest glaubte er das jetzt! Und solch eine Gelegenheit wollte er nicht ungenutzt verstreichen lassen. Eine zweite würde er nämlich nicht mehr bekommen – und deshalb *mußte* er so handeln.

»Bringt Thorin hinaus!« befahl Bracon von Nuymir nun den beiden Wächtern, die hinter ihm standen. »Er hat freies Geleit – und du wirst hier so lange auf mich warten, bis ich wieder zurück bin, schöne Jesca. Dann werden wir beide die unbeschreiblichen Freuden der Sinne genießen und einen Erben zeugen!«

Im ersten Moment war Thorin noch ziemlich bestürzt, angesichts dieser unerfreulichen Wendungen – dann aber reagierte er rasch, als er sah, wie die beiden Wächter hinter dem Fürstensohn Anstalten machten, ihre Schwerter zu ziehen, und Thorin auf diese Weise mit Nachdruck aufforderten, endlich allein von dannen zu ziehen. Aber weder Bracon von Nuymir noch seine beiden Untergebenen hatten damit gerechnet, daß Thorin so schnell die Initiative ergreifen würde.

Mit einer einzigen flüssigen Bewegung zog er das Götterschwert aus der Scheide auf seinem Rücken und reckte die blitzende Klinge den näherkommenden Wächtern drohend entgegen. Aus den Augenwinkeln registrierte er, daß Jesca ebenfalls ihr Schwert gezogen hatte und es kampfbereit in den Händen hielt.

»Ich glaube, es ist wirklich an der Zeit, diese Burg zu verlassen«, meinte er dann zu dem jungen Fürstensohn. »Aber Jesca kommt mit mir – wer etwas dagegen hat, kann ja versuchen, sich mir in den Weg zu stellen. Was ist?« wandte er sich dann herausfordernd an die beiden Wächter. »Kommt nur näher, wenn ihr mich und Jesca daran hindern wollt – ihr werdet euch blutige Köpfe holen!«

»Unwürdiger Bastard!« brüllte der zornige Bracon von Nuymir, bei dem sich Erbitterung über den Tod seines Vaters und Hilflosigkeit nun in unbändige Wut verwandelt hatten. »Schlagt diesen Hund nieder!«

Hastig wich er zur Seite, um den beiden Wächtern den Angriff auf Thorin zu ermöglichen. Die beiden Männer stürzten sich auf Thorin, rechneten aber nicht damit, daß sie auch in Jesca eine ernstzunehmende Gegnerin hatten. Die Nadii-Amazone hatte zwar ein Schwert in der Hand, aber dennoch sahen sie das nicht als unmittelbare Gefahr an. Wahrscheinlich deshalb, weil weder Bracon von Nuymir noch seine Männer jemals eine kämpfende Kriegerin vom Volk der Nadii-Amazonen während einer Auseinandersetzung gesehen hatten.

Das rächte sich auf dramatische Weise, denn Jesca sprang mit einem lauten Schrei vor, packte einen der beiden Männer, riß ihn herum und versetzte ihm einen harten Schwertstreich, der ihn schwer verwundet zu Boden sinken ließ.

Auch Thorins Kampf mit dem zweiten Gegner dauerte nicht lange. Er blockte den zu hastig geführten Hieb des Wächters beinahe spielend ab und holte selbst zu einem gefährlichen Streich aus. Sternfeuer bohrte sich in den Magen des Mannes, der nun schrie wie am Spieß. Die Klinge entglitt seinen Händen, während Thorin sein Schwert hastig wieder herausriß.

Die Spitze der Götterklinge war in Blut getaucht, angesichts dessen Bracon von Nuymir mit sich überschlagender Stimme nach

Verstärkung schrie und mit seinem Schwert nun so ungestüm auf Thorin eindrang, daß dieser zumindest für einen kurzen Moment einen Rückzieher machen mußte. Zum Glück kam ihm Jesca zu Hilfe. Mit der Breitseite ihrer Klinge versetzte sie dem Fürstensohn einen Schlag auf den Hinterkopf, der seinen Angriff von einer Sekunde zur anderen beendete.

Noch während er taumelte und das Gleichgewicht zu halten versuchte, trat ihn Jesca in den Rücken, daß er nach vorn stürzte und unweit des Feuers hart aufschlug.

»Raus hier!« rief sie Thorin zu und würdigte den am Boden liegenden Bracon von Nuymir keines Blickes mehr. Auch wenn sein Handeln vom Schmerz über den Tod seines Vaters und die desolate Situation des Fürstentums geprägt war, konnte er sich dennoch nicht anmaßen, über Jescas Schicksal bestimmen zu wollen. Jesca war eine freie Amazone – und dieses Recht würde sie gegen nichts auf der Welt eintauschen wollen. Selbst dann nicht, wenn sie die Gemahlin eines Fürsten würde!

Als Thorin und Jesca auf den langen Gang kamen, hörten sie am anderen Ende, von der Treppe her, plötzlich laute Schritte und mehrere Stimmen. Sekunden später tauchten auch schon die ersten Bewaffneten auf, die sie jetzt ebenfalls erspäht hatten.

»Da hinten!« rief Jesca und deutete auf eine andere Treppe, die gleichfalls nach unten führte – wahrscheinlich in einen anderen Gebäudetrakt. Während die Nadii-Amazone sofort losrannte, folgte ihr der Nordlandwolf erst nach kurzem Zögern.

Er hörte die wütenden Stimmen ihrer Verfolger und wußte, daß sie beide in einer ziemlich brenzligen Lage waren. Noch befanden sie sich im Inneren der Burg, und es würde ganz gewiß nicht leicht sein, von hier wegzukommen. Im Grunde genommen saßen sie wie Ratten in der Falle – wenn ihnen nicht bald etwas einfiel, wie sie am besten ihren Hals aus der Schlinge zogen, hatten sie keine Chance mehr!

Die Männer des Fürstensohns waren jetzt schon bedrohlich nahe gekommen – kein Wunder, sie kannten sich ja besser in der Burg aus als Thorin und Jesca. Nur die Götter mochten wissen, was sie beide jetzt draußen auf dem Burghof erwartete. Dort standen wahrscheinlich auch schon Bewaffnete und warteten nur darauf, daß sich Thorin und Jesca endlich zeigten.

»Die Frau – ich will sie lebend haben!« hörte Thorin irgendwo hinter sich die zornige Stimme Bracon von Nuymirs, den diese plötzliche Niederlage entschieden in seiner Ehre gekränkt hatte. »Wer sie mir zuerst bringt, bekommt ein Vermögen!«

Ein Fürst ohne Land und Volk, dachte Thorin. *Aber er schleudert immer noch mit seinen Reichtümern um sich – nur wem nützt das jetzt noch etwas?*

»Ich werde sie ablenken«, rief Thorin im Laufen Jesca zu. »Dann hast du Zeit genug, dich um unsere Pferde zu kümmern. Ohne sie haben wir keine Chance!«

Im ersten Moment wollte Jesca etwas dagegen einwenden, stimmte dann aber zu, weil Thorin recht hatte. Ihnen blieb keine Zeit mehr für ausgeklügelte Taktiken. Hier ging es ums bloße Überleben – auch für Jesca. Denn sie zog den Tod im Kampf einer unwürdigen Ehe mit einem Verrückten vor!

Sie sah, wie Thorin sich abwandte, hinter einer Biegung stehenblieb und sein Schwert bereithielt. Währenddessen rannte sie hastig weiter, eilte mit schnellen Schritten die geschwungene Treppe bis nach unten und wäre dort beinahe mit drei weiteren Bewaffneten zusammengestoßen. Buchstäblich in letzter Sekunde konnte sie reagieren und zog sich geistesgegenwärtig in den Schatten einer Nische zurück, wo sie abwartete, bis die drei Männer an ihr vorbei waren.

Dann sprang sie wie eine Katze ihre Gegner von hinten an, streckte den ersten mit einem gezielten Hieb nieder und versetzte dem zweiten einen Tritt in den Rücken, der ihn mit dem dritten zusammenprallen ließ.

Diese kurzen Sekunden der Verwirrung reichten für Jesca aus, um zu verhindern, daß diese Hunde Thorin in den Rücken fielen. Mit einem weiteren Schlag schickte sie einen der Männer endgültig ins Reich der Träume, als er sich erheben und die Nadii-Amazone erneut angreifen wollte.

Irgendwo über sich hörte Jesca Kampfeslärm, gefolgt von lauten und zornigen Schreien. Es sah ganz danach aus, als hätte Thorin alle Hände voll zu tun, sich seiner Gegner zu erwehren.

Jesca konnte nur hoffen, daß es Thorin gelang, sich ebenfalls den Weg freizukämpfen. Denn sie konnten es nur zu zweit schaffen – um so wichtiger war es, daß Jesca jetzt ungesehen die Pferde erreichte. Und dann war da auch noch das verschlossene Gitter am Eingang zur Burg...

Thorin hörte hinter sich die zornigen Schreie seiner Verfolger und hoffte, daß es Jesca zwischenzeitlich gelungen sei, in die Nähe der Pferde zu kommen. Er zwang sich, ruhig zu bleiben und hinter der Biegung so lange auszuharren, bis die ersten Männer des Fürsten nahe genug waren.

Urplötzlich trat er nach vorn, schwang sein Schwert und hieb damit auf seine Gegner ein. Das geschah so schnell, daß die Männer in den ersten, entscheidenden Sekunden so überrascht waren, daß sie viel zu spät auf diesen Angriff reagierten. Sie hätten niemals vermutet, daß sich der blonde Krieger der Übermacht stellte – vielmehr hatten sie geglaubt, daß Thorin und die Nadii-Amazone ihr Heil in der Flucht suchen würden. Diese Vermutung sollte sich jetzt als verhängnisvoller Fehler erweisen, denn der Nordlandwolf reagierte völlig anders!

Einen der Männer streckte er gleich mit dem ersten Hieb nieder, und einen zweiten verwundete er wenige Sekunden später so schwer, daß dieser zurücktaumelte und einen weiteren mit sich zu Boden riß.

In die Gruppe der sechs Bewaffneten geriet Unruhe und Panik – was Thorin natürlich für sich ausnützte. Er schwang die Götterklinge, parierte damit weitere Hiebe seiner Gegner und bahnte sich einen Weg durch die Feinde, die ihm trotz ihrer zahlenmäßigen Überlegenheit einfach nicht gewachsen waren. Dafür mochte es vielerlei Gründe geben – vielleicht lag es aber auch an der schrecklichen Seuche, die dieses Land heimgesucht, die Gedanken seiner Bewohner vergiftet und alle Hoffnungen zerstört hatte.

Thorin jedoch gab sich so schnell nicht geschlagen – erst recht nicht in einer anfänglich ausweglos wirkenden Situation. Es war nicht sein erster Kampf gegen mehrere Feinde, und er wehrte sich mit allen Kräften, stieß einen der Kerle mit dem Fuß zur Seite, als dieser gerade zu einem tödlichen Hieb ausholen wollte. Bei dieser Absicht blieb es aber, denn der Mann kam gar nicht mehr dazu, seinen Schlag zu verwirklichen. Stöhnend brach er zusammen und ließ das Schwert fallen.

»Ihr Narren!« hörte Thorin jetzt die zornige Stimme des jungen Fürstensohns, der ein Stück zurückgeblieben war und immer noch etwas hinkte. Bei seinem Sturz schien er sich verletzt zu haben – und jetzt wurde er bleich, als er erkennen mußte, daß selbst eine Gruppe Bewaffneter diesen fremden Krieger nicht aufhalten konnte.

Er zuckte zusammen, als er sah, wie Thorin die Männer beiseite stieß und dann auf ihn zustürmte. Bracon von Nuymir wußte gar nicht, wie ihm geschah, als die hünenhafte Gestalt Thorins auch schon heran war. Er spürte, wie ihn eine starke Hand zu fassen bekam und ihn nach vorn riß.

»Sag ihnen, daß sie die Waffen fallen lassen sollen – jetzt gleich!« befahl Thorin dem Herrscher mit einer Stimme, die keinen Widerspruch duldete. »Los – worauf wartest du noch? Oder willst du, daß ich dir die Kehle durchschneide? Ich schwöre, daß ich es tun werde, wenn du mir und Jesca keinen freien Abzug gewährst!«

Bracon von Nuymir schluckte und verdrehte vor Furcht die Augen. Thorin hatte ihn so fest gepackt, daß ihm die Luft knapp wurde. Der junge Fürstensohn war dieser Situation nicht im geringsten gewachsen – jetzt war er nur noch ein Häufchen Elend.

Vergessen waren der Wunsch nach der Gründung einer neuen Dynastie und die Hoffnung, sein Reich retten zu können. Jetzt war Bracon von Nuymir nur noch ein Schatten seiner selbst – und das wußte er ganz genau.

Seine Stimme zitterte, als er seinen Leuten zurief, stehenzubleiben und Thorin ziehen zu lassen. Als einer der Männer zögerte und sein Schwert immer noch nicht sinken ließ, verstärkte Thorin den Druck seiner Klinge an Bracons Kehle. Es hätte nicht viel gefehlt, und der Fürstensohn wäre ohnmächtig geworden. Aber auf jeden Fall reichte diese Drohung aus, um auch den letzten Zauderer davon zu überzeugen, daß Thorin Bracon von Nuymir sofort töten würde.

»Öffnet das Gitter!« befahl Thorin. »Beeilt euch, oder euer Herrscher wird es büßen. Los, worauf wartet ihr noch?«

»Tut, was er sagt!« rief nun auch Bracon von Nuymir. »Laßt sie beide ziehen – die *neuen* Götter und deren Boten mögen sie dafür verfluchen.«

Thorin erwiderte nichts darauf, sondern packte den Fürstensohn und zog ihn einfach mit sich, benutzte ihn als menschlichen Schild, um gegen plötzliche Angriffe aus dem Hinterhalt oder Pfeilschüsse gewappnet zu sein. Bracon von Nuymirs Männer mußten Thorin und seine Geisel ziehen lassen – sie konnten nichts dagegen unternehmen.

Auf diese Weise erreichte Thorin schließlich den Innenhof der Burg und erkannte, wie zwei der Männer zum Gitter eilten und mit vereinten Kräften die große Winde betätigten. Mit einem durchdringenden Quietschen bewegte sich das schwere Gitter schließlich nach oben – und das war auch der Moment, in dem Jesca mit den beiden Pferden auftauchte.

Thorin atmete erleichtert auf, als er das sah. Das Schicksal schien es gut mit ihnen zu meinen. Nach der anfänglich sehr bedrohlichen Lage bestand nun wieder Hoffnung.

»Los, steig auf!« forderte Thorin den Fürstensohn auf. »Du wirst uns beide ein Stück begleiten – nur für den Fall, daß deine Männer auf dumme Gedanken kommen sollten ...« Mit der Klinge seines Schwertes machte er Bracon von Nuymir unmißverständlich klar, was er von ihm erwartete – und der Fürstensohn kam dieser Anweisung sofort nach. Die spitze Klinge bedrohlich nahe, stieg er in den Sattel des Tieres, und Thorin folgte ihm wenige Sekunden später.

»Los, reite schon vor!« rief Thorin Jesca zu, während er mit der linken Hand Bracon ganz fest hielt. »Ich komme gleich nach.«

Genau in diesem Moment erfüllte ein leises Sirren die Luft. Hinterher konnte Thorin selbst nicht mehr sagen, warum er ausgerechnet in den entscheidenden Sekunden vorher heftig an den Zügeln seines Pferdes gezogen hatte, so daß es zur Seite gewichen war.

So traf der tödliche Pfeil nicht Thorin, sondern statt dessen den neuen Herrscher der Burg. Der gefiederte Todesbote bohrte sich tief in die Brust Bracons, als Thorin gerade sein Pferd antreiben wollte.

Thorin hörte das Stöhnen, das tief aus der Kehle des Fürstensohns kam, und er bemerkte, daß der Körper vor ihm im Sattel zu erschlaffen begann. Sofort lockerte Thorin den Griff, stieß den tödlich Verletzten aus dem Sattel und trieb dann sein Pferd mit einem lauten Schrei an.

Er duckte sich tief im Sattel, als ihm ein weiterer Pfeil nachgeschickt wurde, der ganz nahe an seinem Hals vorbeistrich. Dann aber hatte das Pferd auch schon das halb hochgezogene Gitter passiert, und Thorin war draußen. Genau wie Jesca, die ihr Tier den schmalen Pfad hinunterlenkte und sich damit außer Pfeilschußweite befand. Sie drehte sich nur kurz im Sattel um, als sie Thorin hinter sich sah.

Dann gab sie ihrem Pferd die Zügel frei und erreichte zusammen mit Thorin schließlich wieder offenes Gelände. Die Pferde fielen nun in einen schnellen Galopp, und die Burg blieb hinter ihnen zurück.

Thorin riskierte einen Blick nach hinten, weil er damit rechnete, daß jeden Moment Verfolger auftauchten, die sich an ihre Fersen heften und sie wieder einfangen wollten. Aber nichts geschah. Der Tod des jungen Herrschers schien wohl alles zunichte gemacht zu haben, selbst die letzte Hoffnung für das Fürstentum von Nuymir existierte nicht mehr. Aber daran war Bracon von Nuymir selbst schuld gewesen.

Thorin verschwendete keinen einzigen Gedanken mehr an den jungen Heißsporn, den die schreckliche Seuche so sehr verbittert hatte, daß er zuletzt wahnsinnig geworden war. Statt dessen gingen ihm jetzt ganz andere Dinge durch den Kopf, während er Seite an Seite mit Jesca über die weite Ebene ritt und die Burg allmählich am Horizont verschwand.

Sie wagten erst anzuhalten und den Pferden eine kurze Ruhepause zu gönnen, als sie ganz sicher waren, daß sich tatsächlich keine Verfolger auf ihre Fährte gesetzt hatten.

Es war so, wie Thorin angenommen hatte – durch den Tod Bracon von Nuymirs waren die restlichen Männer der Burg so eingeschüchtert, daß sie nicht mehr wußten, was sie tun sollten. Nun war der Untergang des Fürstentums wirklich besiegelt. Es war nur noch eine Frage von wenigen Tagen, bis auch diese Menschen durch den *gefleckten Tod* sterben würden.

»Dieser Wahnsinnige«, murmelte Jesca kopfschüttelnd, als sie daran denken mußte, was Bracon von Nuymir mit ihr geplant hatte. »Er hätte keinen Spaß daran gehabt – ganz sicher nicht. Vielleicht ist es besser für ihn, daß er den endgültigen Tod seines Reiches nicht mehr sieht.«

»Wahrscheinlich«, pflichtete Thorin ihr bei und wischte sich mit der rechten Hand den Schweiß von der Stirn. »Dennoch hat er uns eine Menge Dinge erzählt, die mir Sorgen machen. Du scheinst darüber etwas zu wissen, Jesca. Oder weshalb bist du so erschrocken, als dieser Bracon von Nuymir *NIPUUR* erwähnte? Was ist damit gemeint? Ich weiß nichts darüber und kann mir auch nicht vorstellen, was er damit sagen wollte.«

»Du mußt mir glauben, daß ich mir selbst noch nicht ganz im klaren bin, Thorin«, sagte Jesca und fügte rasch hinzu: »Aber ich kann mich daran erinnern, daß ich diesen Namen schon einmal gehört habe – wenn ich nur wüßte, wann und wo das war! Vielleicht waren es auch die vermummten Wesen in der *Stadt der verlorenen Seelen*, die sich leise darüber unterhalten haben – aber mir ist dieser Name nicht fremd. Er hat etwas zu bedeuten.«

»Und wahrscheinlich steht er irgendwie in Verbindung zu diesen *neuen* Göttern«, schlußfolgerte Thorin nach kurzem Überlegen. »Ich denke, wir sollten es herausfinden – und zwar so schnell wie möglich. Wenn es eine neue Macht gibt, die sich dem Licht verschworen hat, dann sollten wir uns auch auf ihre Seite stellen. Selbst wenn es da noch einige offene Fragen geben sollte, die mir selbst nicht so ganz behagen. Mich stimmt es mehr als nachdenklich, was Bracon von Nuymir von den geflügelten Boten und den blinden Bettlern erzählt hat. Aber es geht um die Macht des Lichts, Jesca. Zusammen können wir dann gegen die dunkle Macht der *Sternensteine* kämpfen.«

»Falls die *neuen* Götter das nicht schon längst tun«, meinte Jesca, bemerkte dabei aber, daß Thorin den Kopf schüttelte. Er schien diesen Gedanken ganz und gar nicht mit Jesca zu teilen, sondern hegte statt dessen Befürchtungen – was sie Sekunden später aus seinem Munde erfuhr.

»Dann wüßte ich es«, erklärte er. »Denk daran, daß mein Schwert Kräfte des Lichts besitzt. Jesca, irgend etwas stimmt hier nicht – manches paßt nicht zusammen, ist irgendwie *falsch*...« Thorin wußte nicht, wie er das Jesca am besten klarmachen konnte. Aber zuviel paßte einfach nicht zusammen.

Das Rätsel, auf dessen Spur er und Jesca nur durch Zufall gestoßen waren, schien sich mit jedem weiteren Gedanken daran immer mehr zu verdichten.

Kapitel 3: Im Herzen des Vulkanlandes

Zwei weitere Tage vergingen, bis Thorin und Jesca die weite Ebene hinter sich gelassen hatten und schließlich hügeliges Gelände erreichten. Die kleinen Dörfer wurden jetzt immer spärlicher – nichts wies mehr darauf hin, daß es in den Jahren vor dem *Dunklen Zeitalter* hier einmal eine blühende und aufstrebende Zivilisation gegeben hatte.

Der mächtige Dschungel, der sich weit über den Horizont hinaus einstmals über dieses Land erstreckt hatte, existierte nicht mehr – nur vereinzelt wuchsen noch Bäume und Büsche an Stellen, wo kleine Wasserläufe für das Überleben sorgten. Der Boden war teilweise schwarz von erkalteter Lava, die glühend aus der Erde hervorgebrochen war und sich ihren Weg gebahnt hatte. Dabei hatte sie alles zerstört, was sich ihr in den Weg stellte.

Thorin und Jesca waren im Vorbeireiten auf Spuren gestoßen, die auf eine Ansiedlung hindeuteten. Reste von Holz und Gestein ragten teilweise aus den Lavabrocken hervor und ließen vermuten, daß hier einmal Menschen gelebt hatten. Thorin überlegte, ob sie von dem Lavastrom vielleicht völlig überrascht worden waren. Alles wäre ganz schnell vonstatten gegangen, und Thorin konnte sich vorstellen, welches Werk der Zerstörung diese heiße und tödliche Glut angerichtet hatte. Dem Feuer eines ausbrechenden Vulkans konnte man nicht entkommen. Zwar hätten die Bewohner voller Entsetzen fliehen wollen – aber die heiße Lava würde sie eingeholt und verschüttet haben...

Auch wenn dies schon lange zurücklag, so hielt sich immer noch der Hauch von stickigem Schwefel in der Luft. Die Lava war völlig erstarrt, aber das Land, das sich nun vor Thorins und Jescas Augen bis weit zum Horizont erstreckte, wirkte bedrohlich – als wollte es dem Nordlandwolf und seiner Gefährtin signalisieren, daß es besser wäre, sofort umzukehren.

»Du spürst es also auch«, murmelte Jesca gedankenverloren, als sie Thorins argwöhnische Blicke bemerkte. »Seltsam, nicht wahr?«

»Es ist... irgendwie anders«, meinte Thorin und war verunsichert, daß er kurz seine Klinge aus der Scheide zog und sie begutachtete. Sternfeuer schwieg – nichts wies darauf hin, daß ihnen eine Gefahr von dunklen Mächten drohte. Sonst wäre vom Schwert ein helles Leuchten ausgegangen, das Thorin zur Wachsamkeit ermahnt hätte. Aber nichts geschah – und dennoch fühlte Thorin, daß hier etwas nicht stimmte.

Sie gaben ihren Pferden die Zügel frei und ritten weiter hinein in das trostlose Land, das vor ihren Augen bizarre Formen annahm. Seltsam anmutende Hügel, Schluchten und Felsformationen, die in einen wolkenverhangenen Himmel emporwuchsen – denn die Sonne hatte sich seit einigen Stunden zurückgezogen (eigenartigerweise schien das genau in dem Moment geschehen zu sein, als Thorin und Jesca die Ebene verlassen und das Vulkanland erreicht hatten). Mittlerweile war auch der Wind etwas stärker geworden, der durch die ausgehöhlten Felsen pfiff und dessen stetiges Lied nicht gerade angenehm in Thorins Ohren klang. Es erinnerte, fast unwirklich an eine *Klage!*

Die Pferde kamen nur langsam voran, denn der Boden wies zahlreiche Risse und Unebenheiten auf. Wenn eines der Tiere hier stürzte und sich ein Bein brach, konnte das für Thorin und Jesca zum Verhängnis werden. In dieser Einöde waren sie auf ihre Pferde angewiesen – also richteten sie sich nach den Umständen und stiegen sogar gelegentlich aus den Sätteln, wenn der Weg steil anstieg und für die Tiere so eine zusätzliche Strapaze darstellte.

Auf diese Weise vergingen mehrere Stunden, und allmählich begann der Himmel noch grauer und trüber zu werden – ein Zeichen dafür, daß es nicht mehr lange dauern würde, bis die Nacht hereinbrach. Zu dieser Zeit ertönte irgendwo in einiger Entfernung ein langgezogenes Heulen, bei dem Jesca unwillkürlich aufhorchte. Vor allem, als es nicht nur bei dem einen Heulen blieb. Auch aus anderen Richtungen ertönten jetzt die klagenden und erschreckenden Laute.

»Ein Wolfsrudel«, meinte Thorin. »Wahrscheinlich haben sie uns gewittert.«

»Vielleicht greifen sie uns auch an«, erwiderte Jesca. »Der Gedanke, daß wir hier fast ohne vernünftige Deckung sind, beunruhigt mich, Thorin. Wölfe können gefährlich sein, wenn sie Rudel bilden und ausgehungert sind. In meiner Heimat kennen wir solche Gefahren zur Genüge, und...« Sie brach ab und wies dann auf einen Einschnitt zwischen zwei markanten Felsformationen. »Komm, laß uns die Pferde dorthin bringen – es dauert ohnehin nicht mehr lange, bis es Nacht wird. Und bis dahin will ich zumindest in meinem Rücken eine schützende Felswand haben.«

Thorin nickte und führte sein Pferd am Zügel hinüber zu der Stelle, die Jesca ausgewählt hatte. Als sie ihre Tiere abgesattelt hatten, stellte sich bereits die Dämmerung ein, und Thorin ertappte sich bei dem Gedanken, daß es kein allmählicher Übergang vom Tag zur Nacht war – nein, es ging *schneller* vonstatten. Oder kam ihm das vielleicht nur so vor?

Sie fanden etwas trockenes Holz und entzündeten ein Feuer, das die Schatten der immer stärker um sich greifenden Nacht wenigstens ein paar Schritte weit vertrieb. Das Holz knisterte, als die züngelnden Flammen nach ihm leckten – und erneut war das laute

Wolfsgeheul zu hören. Diesmal klang es allerdings näher, und es kam von mehreren Seiten.

»Sie haben uns gewittert und wissen ganz genau, wo wir uns befinden«, erwiderte Jesca und zog mit einer raschen Bewegung ihr Schwert aus der Scheide. »Wölfe sind unberechenbar, Thorin. Es wird hart werden ...«

Auch Thorin hatte jetzt sein Schwert gezogen und spürte, wie die Pferde nervös zu werden begannen. Sie *wußten*, daß irgendwo dort draußen jenseits des hellen Feuerscheins eine Gefahr lauerte, die immer näher kam. Aufgebracht schnaubten die Pferde und scharrten mit den Hufen. Hätten Thorin und Jesca sie nicht mit den Zügeln angebunden, so wären die Tiere wahrscheinlich schon längst ausgebrochen.

»Da!« rief Jesca, als sie plötzlich einen Schatten weiter oben zwischen den Felsen bemerkte, die der helle Schein des Feuers gerade noch erreichte. »Sie sind schon hier. Es ging schneller, als ich dachte.«

Thorin murmelte einen leisen Fluch, als er erkannte, daß sich Jescas düstere Ahnungen bestätigt hatten. Er entdeckte ebenfalls die Konturen von mehreren pelzigen Körpern, die jenseits des Feuerkreises ausharrten und mit rot leuchtenden Augen zu ihnen herunterblickten. Sie warteten nur noch auf den richtigen Augenblick, um anzugreifen, menschliches Fleisch mit ihren scharfen Zähnen zu zerreißen und es dann hinunterzuschlingen – aber noch hielt sie das helle Feuer zurück. Wie lange noch?

Wieder ertönte das klagende Geheul von allen Seiten, und die Pferde rissen jetzt an ihren Zügeln, versuchten sich zu befreien, weil sie Todesangst verspürten. Aber die Zügel waren fest und straff um einen Stein gewickelt. Thorin konnte sich nicht um die Tiere kümmern – dazu blieb keine Zeit mehr. Er spürte, daß es nun jeden Augenblick soweit war. Gleich würden die Wölfe ihre angeborene Furcht vor dem Feuer überwinden und sich von allen Seiten auf den Nordlandwolf und die Nadii-Amazone stürzen!

Die entscheidenden Sekunden reihten sich zu Minuten, erschienen Thorin und Jesca wie eine halbe Ewigkeit. Mit emporgereckten Schwertern standen sie dicht zusammen, und jeder von ihnen versuchte soviel wie möglich von dem zu erkennen, was sich jenseits des hellen Lichtkreises an Gefahr zusammenballte.

Dann schoß plötzlich ein pelziger Körper durch die Nacht, stürzte sich mit lautem Heulen auf Thorin, der diesen Angriff buchstäblich in letzter Sekunde noch abwehren konnte. Geistesgegenwärtig riß er Sternfeuer hoch und bohrte die Klinge mitten in den Bauch des angriffslustigen Wolfes. Jetzt, da das Feuer die Gestalt des Tieres erhellte, erkannte Thorin, wie *groß* die Bestie war (und wie sie immer noch die Zähne fletschte, obwohl die Klinge sie schon fast getötet hatte).

Thorin versetzte dem Wolf einen harten Fußtritt, nachdem er sein Schwert zurückgerissen hatte. Es blieb ihm keine Zeit mehr, sich zu vergewissern, ob ihm von diesem Wolf noch eine Gefahr drohte – denn mittlerweile war auch der Rest des Rudels zum Angriff übergegangen.

Sie kamen von allen Seiten, undeutliche Schemen, und ihr Geheul erfüllte die nächtliche Vulkanlandschaft. Thorin sah, wie zwei der Bestien Jesca ansprangen, aber die Nadii-Amazone wußte sich sehr gut ihrer Haut zu wehren. Sie wich im entscheidenden Moment zur Seite aus, so daß der Sprung des ersten Wolfes ins Leere ging und sie den zweiten währenddessen mit einem tödlichen Hieb niederstrecken konnte. Als der andere Wolf herumwirbelte und erneut angreifen wollte, tötete Jesca auch ihn mit einem raschen und gut gezielten Schwertstreich.

Eines der Pferde wieherte gequält auf. Ein Wolf war auf den Rücken von Thorins Tier gesprungen, riß dort mit seinen Klauen eine blutige Wunde und versuchte, nach dem Hals des Pferdes zu schnappen. Dazu kam es jedoch nicht mehr, denn jetzt war Thorin zur Stelle und riß den Wolf vom Pferd herunter. Für die Bestie kamdiese plötzliche Wendung völligüberraschend. Thorin nutzte den Moment. Ein Schwerthieb nahm das Leben das Wolfes.

»Thorin!« hörte er Jesca schreien! Sofort eilte Thorin wieder zurück zu seiner Gefährtin und stand ihr bei.

Vier Wölfe waren es, gegen die sich Jesca wehren mußte – als hätten sie geahnt, als hätten sie *gewußt*, daß die Nadii-Amazone auf einer Seite für kurze Zeit schutzlos war. Einer der Wölfe hatte ihr bereits eine Bißwunde am Bein beigebracht, die Jesca wanken ließ.

Dennoch schwang sie ihr Schwert wie ein Racheengel und versuchte, keinen der Wölfe noch einmal an sich herankommen zu lassen.

Dennoch wäre dieser Kampf tödlich für Jesca ausgegangen, wenn Thorin jetzt nicht zur Stelle gewesen wäre und rechtzeitig das Schlimmste verhindert hätte. Eine unbeschreibliche Wut hatte ihn gepackt, lenkte seinen Schwertarm und den Verstand. Ein lauter Schrei kam tief aus seiner Kehle, als er wie ein Berserker um sich schlug und Jesca beistand.

Er ignorierte, wie einer der Wölfe nach seiner Ferse schnappte und ihm mit den scharfen Krallen die Wade aufriß. Er bohrte die Götterklinge tief in den pelzigen Leib des Wolfes, stieß ihn zurück, riß das Schwert heraus und hieb gleich auf die nächste Bestie ein.

Blutgeruch hing in der Luft, während das Geheul der Wölfe allmählich leiser wurde – nämlich in dem Augenblick, als das Rudel erkennen mußte, daß sich die beiden Menschen heftiger als zuvor wehrten. Und sie gewannen allmählich die Oberhand, wichen nicht mehr zurück vor den pelzigen Bestien, von denen sie in der Zwischenzeit sieben getötet hatten.

Die übriggebliebenen vier Wölfe zogen sich jetzt langsam zurück, machten schließlich kehrt und verschwanden im Dunkel der Nacht. Einer von ihnen hatte in seiner Gier noch versucht, über die Pferde herzufallen – aber diesmal war Thorins Tier auf diesen Angriff vorbereitet und keilte im richtigen Moment mit der Hinterhand aus. Es gab ein knackendes Geräusch berstender Knochen, als der Wolf mit einem lauten Jaulen durch die Luft flog und dann hart auf dem Boden aufschlug. Er zuckte noch kurz und blieb reglos liegen.

Die anderen Tiere des Rudels hatten indes das Weite gesucht. Nur Sekunden später war auch das letzte Geheul verstummt, und die pelzigen Schatten waren so plötzlich verschwunden, wie sie aufgetaucht waren.

Der ganze Kampf mochte vielleicht eine Viertelstunde gedauert haben. Eine Ewigkeit, wenn es ums nackte Leben ging. Erst jetzt, nachdem die Wölfe sich zurückgezogen hatten und die blutigen Kadaver der getöteten Tiere nur wenige Schritte von ihnen entfernt dalagen, wurde Thorin und Jesca *richtig* bewußt, wie gefährlich diese Situation überhaupt gewesen war.

Thorins Wade schmerzte. Er blickte hinab und sah das Blut in einem dünnen Rinnsal hinablaufen. Er ignorierte das Brennen jedoch, ließ sein Schwert sinken und ging zu Jesca, die es schlimmer erwischt hatte. Sie humpelte, verbiß aber den Schmerz – denn lautes Wehklagen war eine Schande für eine Nadii-Amazone.

»Sie werden so schnell nicht wiederkommen – zumindest diese Nacht haben wir Ruhe vor diesen Bestien«, meinte Jesca, riß kurzerhand einen Stoffstreifen von ihrer Tunika und verband damit die Wunde am Bein notdürftig. Das mußte fürs erste reichen, um das Blut zu stoppen. Später würde sie die Verletzung reinigen und ordentlich versorgen.

Thorins Pferd hatte ebenfalls Wunden, die verbunden werden mußten. Eine knappe halbe Stunde später war auch dies erledigt, und Thorin ging zurück zum brennenden Feuer, wo Jesca gerade dabei war, ihren Verband zu lösen und die Ränder der Bißwunden mit Wasser zu reinigen. Abschließend trug sie eine übelriechende Salbe auf und verzog leicht das Gesicht.

Wortlos reichte sie Thorin die Salbe und bemerkte, wie dieser im ersten Moment die Nase wegen des unangenehm stechenden Geruchs rümpfte.

»Besser ein wenig Gestank ertragen, als Wundbrand zu bekommen«, sagte sie. »Nimm sie ruhig – die Salbe stinkt zwar zum Himmel, aber sie hat mir bisher immer geholfen.«

Thorin befolgte ihren Ratschlag, versorgte ebenfalls seine Verletzung und fühlte dann, wie das Brennen seiner Wunde schon wenig später verschwand und einer wohltuenden Kühle Platz machte.

»Die Wölfe verhielten sich irgendwie... anders«, sagte er nach einer kleinen Weile, als er zu Jesca sah. »Ich meine, sie waren förmlich versessen darauf, uns den Garaus zu machen. Sie griffen selbst noch an, als einige von ihnen schon am Boden lagen. Als würden sie von etwas... angetrieben...«

»Das habe ich auch bemerkt«, meinte Jesca. »Aber vielleicht war es auch nur der Hunger, der sie dazu getrieben hat. Die Jagd auf Beutetiere wird in diesem Land nicht einfach sein – deshalb nehmen sie das, was sie kriegen. Obwohl einige dabei ihr Leben lassen.«

»Ich hoffe, daß du recht hast«, sagte Thorin und ging nicht weiter darauf ein. Denn er hegte Zweifel daran, daß es für diesen auffälligen, blutdürstigen Drang des Wolfsrudels eine solch einfache Erklärung gab. »Leg dich hin und schlaf ein paar Stunden, Jesca. Ich bin noch nicht müde und werde so lange Wache halten. Wenn ich die Augen offenhalten kann, fühle ich mich sicherer. Dieses Land wirkt so... feindselig. Als hätten hier niemals zuvor Menschen gelebt – und doch war es der Fall.«

Jesca bemerkte seinen nachdenklichen Blick, erwiderte jedoch nichts darauf, weil sie spürte, daß Thorin darüber – zumindest in diesem Augenblick – nicht reden wollte. Sie konnte sich zum Teil in Thorins Gedankenwelt hineinversetzen. Ein Krieger wie er, der einst für die Mächte des Lichts gekämpft hatte, mußte sich innerlich total in Aufruhr befinden, wenn er an die *neuen* Götter dachte. Denn der Gedanke daran, daß diese neuen Mächte eine recht zwielichtige Rolle spielten, raubte auch Jesca den Schlaf. Sie brauchte deshalb doch einige Zeit, bis die Müdigkeit endlich ihren Tribut forderte und sie die Augen schließen konnte.

Das war aber nur der Anfang eines überaus unruhigen Schlafes, in dem ein Alptraum den anderen jagte. Und ganz verschwommen zwischen den unwirklichen Szenen, die ihr Hirn peinigten und sie ab und zu leise aufstöhnen ließen, tauchte immer wieder ein dunkler Schatten auf – *NIPUUR ...*

Gelblicher, stinkender Rauch quoll aus dem Krater eines hohen Bergkegels heraus und legte sich wie ein erstickendes Tuch über das zerklüftete und öde Land. Die Schatten der Nacht waren zwar längst dem beginnenden Tag gewichen, dennoch konnte die Sonne die dichte Wolkendecke nicht durchdringen.

Thorin hatte selbst nur wenige Stunden schlafen können – statt dessen hatte er Jesca die Ruhe gegönnt. Die Nadii-Amazone hatte sich eine ziemlich schmerzhafte Verletzung zugezogen, und sie benötigte wenigstens diese Nacht, um wieder zu Kräften zu kommen. Nicht auszudenken, wenn Jesca ernstlich krank würde und sich womöglich Wundfieber zuzog. In dieser trostlosen Einöde, weit abseits jeglicher Ansiedlungen, bedeutete dies den sicheren Tod. Sie hatten ihr Lager vor gut einer Stunde abgebrochen, die Pferde gesattelt und befanden sich jetzt weiter auf dem Weg nach Süden. Genau genommen gab es hier in diesem Felsenlabyrinth allerdings schon längst keinen sicheren Weg mehr, nach dem sie sich richten konnten.

Thorin und Jesca versuchten, wenigstens die grobe Richtung beizubehalten – auch wenn dies leichter gesagt als getan war. Denn der steinige Pfad wand sich immer wieder in verschiedenen Richtungen, wurde mal enger und mal breiter.

Thorin hob den Kopf und blickte hinauf zu dem großen Bergkegel am fernen Horizont. Es würden noch Stunden vergehen, bis sie den Fuß dieses Berges erreichten – und doch rochen sie schon aus dieser Entfernung den stechenden Qualm, der sich immer stärker auf ihre Atemwege legte und einen leichten Hustenreiz auslöste.

Für Thorin war es fast so, als hätte er die ihm einst so vertraute Welt schon seit Tagen hinter sich gelassen und befände sich nun in einer Region, die eine eigene, in sich geschlossene Welt darstellte. Er verglich diese Empfindungen mit seinem langen und gefahrvollen Marsch durch die Nebelzone – damals war die Stahlburg der grausamen *SKIRR* sein Ziel gewesen.*

Unwillkürlich zuckte er zusammen, als er plötzlich inmitten der gelblichen Rauchschwaden mehrere dunkle Schatten zu erkennen glaubte. Er kniff die Augen zusammen, schaute noch einmal zu der betreffenden Stelle und entdeckte – nichts mehr. Er riß die Augen ungläubig auf, doch die eigenartigen Schatten mit den seltsamen Umrissen blieben von diesem Augenblick an einfach verschwunden!

---

*s. THORIN-Heftserie Band 12: Die Schrecken der Stahlburg

»Was ist?« riß ihn die Stimme Jescas aus seinen Gedanken, die diesen kurzen Zwischenfall nicht bemerkt hatte. »Thorin... hast du etwas gesehen, was dich beunruhigt?«

»Ich bin mir nicht sicher«, erwiderte der Nordlandwolf, zog aber dennoch in einer düsteren Vorahnung Sternfeuer aus der Scheide. Nach wie vor zeigte die Götterklinge nicht die geringste Reaktion. Gewiß hätte sie aufgeleuchtet, wenn eine unmittelbare Gefahr von finsteren Mächten gedroht hätte. Und dennoch... war da etwas, ein Gefühl, das Thorin sich selbst nicht erklären konnte.

»Reiten wir weiter«, entschied er schließlich nach einer kleinen Weile, behielt das Schwert aber weiterhin in seiner rechten Hand. »Halte die Augen auf, Jesca – es könnte sein, daß...«

In diesem Augenblick schoß plötzlich ein riesiger Schatten zwischen den Felsen hervor. Das geschah so unerwartet, daß Thorins und Jescas Pferde erschrocken aufwieherten und begannen, wild um sich zu keilen. Thorin und die Nadii-Amazone hatten in diesen Sekunden große Mühe, die aufgeschreckten Tiere wieder zu beruhigen. Deshalb reagierten beide um den Bruchteil des entscheidenden Moments zu spät.

Weitere Schatten kamen hinter den Felsen hervor, flogen dicht über den Nordlandwolf und die Nadii-Amazone hinweg und verschwanden mit einer solchen Geschwindigkeit wieder zwischen den rauhen Steinen, daß Thorin noch nicht einmal die Umrisse wahrnehmen konnte. Es waren undeutliche Schemen, die weit entfernt an menschliche Wesen erinnerten – und dennoch war *etwas* ganz anders gewesen. Ein Stakkato schrillen Kreischens, Pferdewieherns und das Flappen von Flügeln erfüllte die Luft.

»Da!« rief Jesca schockiert, während sie ebenfalls ihr Schwert bereithielt und zu einer Stelle in den Felsen schaute, wo sich weit oberhalb des Pfades ein schmaler Einschnitt gebildet hatte. »Das ist doch... bei allen...«

Die Stimme stockte ihr, als ihre Augen plötzlich etwas erblickten, was gar nicht sein *durfte!* Gut fünfzig Schritte entfernt schwebten über ihnen drei geflügelte Gestalten. Sie besaßen einen menschlichen Körper und menschliche Züge – wobei ihre Augen in einem unheimlichen Feuer zu leuchten begannen. Zwei riesige

Schwingen wuchsen aus dem Rücken eines jeden Wesens heraus, und diese Schwingen bewegten sich jetzt mit einem sanften Schlag, als die drei Wesen allmählich tiefer sanken, sich immer weiter Thorin und Jesca näherten.

Die Pferde wurden wieder nervöser. Ein erschrockenes Wiehern jagte das andere, denn die Tiere spürten die Präsenz des Unheimlichen weitaus deutlicher. Dann aber legte sich die Panik der Pferde von einer Sekunde zur anderen – genau in dem Moment nämlich, als eines der drei geflügelten Wesen seine Hand gehoben hatte.

Thorin spürte den Hauch einer fremden Macht, der ihn aber nur streifte, und seine eigene Unsicherheit wuchs, als Sternfeuer auf diese finstere Präsenz immer noch nicht reagierte. Hatte die Götterklinge womöglich ihre Kraft verloren?

LASST EURE WAFFEN SINKEN, vernahm Thorin nun mit einem Mal eine helle (und zugleich wohltönende) Stimme in seinem Hirn: ES DROHT EUCH KEINE GEFAHR VON UNS! WIR WERDEN EUCH NICHT ANGREIFEN!

Thorin kniff die Augen zusammen und schüttelte kurz den Kopf bei dieser Botschaft, die in seinem Hirn einen dumpfen Schmerz auslöste. Ein kurzer Blick zur Seite zeigte ihm, daß Jesca genauso reagierte.

»Ich... ich höre Stimmen«, murmelte Jesca und ließ, wie befohlen, ihr Schwert sinken. »Sie sagen, daß uns keine Gefahr droht. Aber ich...«

IHR SEID STERBLICH – VERGESST DAS NICHT, fuhr die Stimme in Thorins und Jescas Kopf fort. FÜR UNS SEID IHR NUR EIN VERGÄNGLICHER HAUCH DES LEBENS. DENNOCH KÖNNT IHR UNS VERTRAUEN!

Die Stimme verursachte in Thorins Hirn ein dröhnendes Echo, das aber eine unglaublich eindringliche Wirkung besaß. Thorin wankte kurz im Sattel, versuchte, gegen die Flut der unbeschreiblichen Empfindungen anzukämpfen, die ihn in diesem Moment erfaßten.

Gleichzeitig kam eines der geflügelten Wesen noch näher an Thorin und Jesca heran, so daß der Nordlandwolf und die Nadii-

Amazone weitere Einzelheiten erkennen konnten. Der Körper des Wesens war schlank, wirkte fast zerbrechlich – und die Haut wies eine seltsame Blässe auf, daß sie an manchen Stellen *durchscheinend* wirkte. Zwei große, schrägstehende Augen blickten Thorin intensiv an, während das Wesen die rechte Hand ausstreckte.

GIB MIR DAS SCHWERT, verlangte die eindringliche Stimme. ES IST ZEIT, DASS DU ES WIEDER ZURÜCKGIBST. DU MUSST DICH DER NEUEN HERREN ERST NOCH ALS WÜRDIG ERWEISEN!

Zuerst wollte Thorin gar nicht glauben, was er da hörte – denn diese Nachricht klang so schockierend, daß er für Sekunden sprachlos war.

»Nein...«, murmelte er und zog Sternfeuer näher zu sich heran. »Diese Klinge wurde mir von den Göttern des Lichts geschenkt, und...«

DIESE ALTEN GÖTTER SIND TOT, erwiderte die Stimme. DU BIST NICHT MEHR AN SIE GEBUNDEN – DER PAKT, DEN SIE MIT DIR GESCHLOSSEN HABEN, EXISTIERT NICHT MEHR. WIR WISSEN UM DIE BEDEUTUNG DIESER WAFFE – UND DESHALB FORDERN WIR SIE IM NAMEN DER NEUEN GÖTTER ZURÜCK. ALSO, GIB MIR DIE KLINGE – DU WEISST, DASS ICH DIE MACHT HABE, DICH ZU STAUB ZERFALLEN ZU LASSEN, WENN DU DICH NOCH LÄNGER WEIGERST. WAS DU EINST GEKANNT UND VEREHRT HAST, EXISTIERT NICHT MEHR. VERTRAUE UNS UND DEM WAHREN GLAUBEN!

»Wer bist du... wer seid ihr?« kam es stockend über Thorins Lippen. »Wenn ihr wirklich Boten der *neuen* Götter seid – warum habt ihr dann so viel Unheil über das Fürstentum Nuymir gebracht? Sind Tod und Krankheit jetzt die neuen Herren, denen ihr dient? Wer sind diese blinden Bettler, von denen man uns berichtet hat? Ihr müßt sie doch kennen – ich kann nicht glauben, was uns berichtet wurde, und...«

HÜTE DEINE ZUNGE, STERBLICHER, antwortete es in Thorins Hirn, und der mentale Druck wurde für Bruchteile von Sekunden so stark, daß Thorin im Sattel zu wanken begann und beinahe das Gleichgewicht verloren hätte. AUCH WENN DU ALS TRÄGER DES SCHWERTES GROSSE MACHT BESESSEN HAST, SO WÜRDE UNS DIES NICHT HINDERN, DICH WIE EIN STAUBKORN ZU ZERTRETEN, WENN WIR DAS WOLLTEN. DEINE ZEIT ALS PALADIN DER ALTEN MÄCHTE DES LICHTS IST ZU ENDE, THORIN. GIB UNS DAS SCHWERT, DENN WIR SIND DIE WAHREN WÄCHTER UND HABEN SO ENTSCHIEDEN!

Dieser Aufforderung konnte sich Thorin einfach nicht mehr entziehen. Noch niemals zuvor hatte er sich so hilflos und schockiert gefühlt wie in diesen Sekunden – und selbst Jesca konnte nichts tun, um dies zu ändern. Auch sie verharrte im Sattel und war der Flut der mentalen Ströme hilflos ausgesetzt, die buchstäblich von allen Seiten auf sie eindrangen.

Zuerst war es nur eine langsame Bewegung, als Thorin die rechte Hand mit dem Schwert hob und die Klinge dem geflügelten Wesen entgegenstreckte. Sein ansonsten starker Arm begann zu zittern, und feine Schweißperlen bildeten sich auf seiner Stirn, als er den Arm immer höher hob. Jetzt befand sich die Klinge nur noch wenige Zentimeter von der Hand des geflügelten Wesens entfernt – und dann griff der Bote der *neuen* Götter zu.

Ein starker Griff umfaßte die scharfe Klinge, und ein heftiger Schlag durchfuhr Thorins Körper, der ihm den Atem raubte. Ein leises Stöhnen kam über seine Lippen.

Er war so in seinen eigenen Emotionen gefangen, daß er Jescas erschrockenen Ruf gar nicht hörte. Aber auch sie konnte sich in diesem Moment kaum bewegen – ihr Schwertarm fühlte sich so schwer an, als lastete ein tonnenschweres unsichtbares Gewicht auf ihm.

Mit weit aufgerissenen Augen sah sie, wie Thorin dem geflügelten Wesen das Schwert aushändigte, und für einen kurzen Augenblick erschien es ihr, als würden sowohl Thorin als auch das Flügelwesen in einen gleißenden Lichtschein getaucht. Dieser Eindruck hielt jedoch nur für einen Atemzug an – dann war auch schon wieder alles vorbei.

Thorins Finger lösten sich, und die Klinge entglitt seinem Griff, wurde von der Hand des Götterboten von ihm gerissen. In diesem Moment begann Sternfeuer in einem hellen Licht zu erstrahlen – zumindest kurz.

SIEHST DU DAS LICHT, STERBLICHER? klang die geistige Stimme in höhnischem Ton. ERKENNST DU NUN DIE WAHRHEIT? ALLE ALTEN GESETZE EXISTIEREN NICHT MEHR. DIE WELT IST NEU AUFGETEILT WORDEN – UND MIT IHR KAMEN AUCH NEUE GÖTTER AN DIE MACHT. GUTE WIE BÖSE, SELBST SIE KÖNNEN DEN EWIGEN KREISLAUF VON WERDEN UND VERGEHEN NICHT DURCHBRECHEN! WENN DU DICH ALS IHRER WÜRDIG ERWEISEN WILLST, DANN MUSST DU GANZ VON VORN BEGINNEN UND DICH MIT DEM WAHREN GLAUBEN VERTRAUT MACHEN. WILLST DU DAS?

»Ja!« kam es rauh über Thorins Lippen. »Wie kann ich es euch beweisen? Sag es mir, und ich werde es tun!« Ein kaum zu beschreibender Schmerz klang in seiner Stimme an, als er sah, wie das geflügelte Wesen nun *seine* Klinge in den Händen hielt. Eine grenzenlose Trauer erfaßte ihn, angesichts dieses Bildes.

ES IST NICHT DER TAG, WO SOLCHES ENTSCHIEDEN WIRD, bekam Thorin als Antwort zu hören. KOMM NACH NIPUUR – DORT WIRST DU ANTWORTEN AUF DIE FRAGEN FINDEN, DIE IN DIR BRENNEN. FINDE NIPUUR – UND DANN WIRST DU AUCH DIE WAHRHEIT ERKENNEN! AUCH WENN SIE DIR JETZT NOCH ALS UNFASSBAR ERSCHEINEN MAG, SO WIRST DU MIT JEDEM TAG LERNEN UND VERSTEHEN, DASS DER WAHRE GLAUBE DIE EINZIGE RELIGION IST, DER MAN HULDIGEN DARF!

Die hypnotisierende Stimme in seinem Hirn zog sich jetzt zurück – ebenso wie der geflügelte Bote und seine beiden Begleiter. Mit ausgebreiteten Schwingen erhoben sie sich in den langsam aufreißenden Wolkenhimmel, stiegen hoch empor und entzogen sich schon wenig später ganz den Blicken Thorins und Jescas. Zurück blieb eine schwache und glanzlose Sonne, und Thorin und Jesca fühlten sich nicht weniger schwach und ausgelaugt.

»Ich glaube das einfach nicht!« murmelte Thorin kopfschüttelnd und blickte immer wieder zu der Stelle, wo die drei unheimlichen Wesen soeben verschwunden waren. »Jesca, sag mir, daß ich mich gerade in einem schrecklichen Alptraum befinde, aus dem ich aus eigener Kraft nicht erwachen kann. Wenn du es kannst, dann mach diesem Schrecken ein Ende. Von welchem *wahren Glauben* reden diese Wesen eigentlich?«

»Ich wünschte, ich könnte es dir sagen«, erwiderte die Nadii-Amazone, die auch noch Mühe hatte zu begreifen, was sie gerade gesehen hatte. »Aber es ist wahr, Thorin – es hat alles wirklich stattgefunden. Diese Boten der *neuen* Götter – sie haben dir dein Schwert abgenommen und sind mit ihm verschwunden!«

Thorin nickte nur. Er wich Jescas Blicken für einige Sekunden aus, zumindest so lange, bis er seine eigenen Gefühle wieder halbwegs unter Kontrolle hatte. Der Zorn kochte noch dicht unter der Oberfläche, Wut und Ohnmacht stiegen wie Blasen in ihm empor. Über ihn senkte sich schließlich eine kalte, erzwungene Ruhe.

»Hast du alles verstanden, was sie gesagt haben?« wollte er sodann wissen, und Jesca nickte.

»Sie sprachen von *NIPUUR*, Thorin«, antwortete Jesca. »Es hängt alles irgendwie miteinander zusammen – obgleich ich noch nicht erkennen kann, warum das so ist. Das hier geschieht nicht durch Zufall. Es ist eine Art... Bestimmung, die wahrscheinlich mit dem *Netz der Macht* und den *Sternensteinen* zu tun hat. Ein Muster? Gib mir Zeit, um darüber nachzudenken – ich bin ganz sicher, daß ich einiges davon sehr bald erkennen und verstehen werde. Wenn ich doch nur jetzt schon wüßte, was dieser Name *NIPUUR* zu bedeuten hat!«

»Ich weiß es auch nicht«, sagte Thorin und fügte hinzu: »Aber eins kannst du mir glauben – ich werde erst wieder Ruhe geben, wenn ich es herausgefunden habe, Jesca. Dieses *NIPUUR* – wahrscheinlich handelt es sich um einen Ort oder eine Stadt, wo wir den geflügelten Wesen und den *neuen* Göttern begegnen werden. Also müssen wir solange danach suchen, bis wir am Ziel sind. Selbst wenn es Wochen dauern sollte. Ich will Sternfeuer wiederhaben. Das Schwert und ich sind eins geworden.«

Mit diesen Worten wollte er sich selbst Mut machen. Aber

irgendwie wollte ihm das nicht so recht gelingen. Zumal ihm auch jetzt noch die Worte des toten Fürstensohns Bracon von Nuymirs im Hirn herumspukten.

Er hatte von einer Kaste der blinden Bettler gesprochen, die in der Zeit nach Ausbruch des *gefleckten Todes* sein Reich heimgesucht hätten. Bildeten sie zusammen mit den geflügelten Boten die neuen Verkünder des endgültigen Untergangs der menschlichen Welt?

Jetzt, da die Götter verschwunden waren, würde nun alles in einen Schlund der Vernichtung stürzen? Hatte der FÄHRMANN womöglich umsonst eingegriffen, als er die Inseln des Lichts errichtet und an verschiedenen Stellen der Erde manifestiert hatte? Thorin wünschte, er hätte darauf jetzt eine Antwort gewußt.

Kapitel 4: Talsamons Rückkehr

Es war Nacht, als Hortak Talsamon am fernen Horizont die Lichter von Mercutta sah. Eine kaum zu beschreibende Erleichterung erfaßte den dunkelhäutigen Schmied, als er sich bewußt wurde, daß der lange und an seinen Kräften zehrende Ritt entlang der Großen Salzwüste nun bald ein Ende haben würde. Es erschien ihm nämlich fast wie eine halbe Ewigkeit, seit er zum letzten Mal in einer zivilisierten Stadt gewesen war. Zu lange hatte er den Staub und die Einsamkeit des abgeschiedenen Wüstenlandes erdulden müssen.

Dennoch mußte er sich jetzt vorsehen, denn gewiß war er in der Stadt nicht länger willkommen – ganz sicher nicht bei dem dicken Tys Athal und dessen Schergen. Schließlich hatte Talsamon eingegriffen, als sich Thorin in einer ausweglosen Situation befunden hatte und von Athals Wachsoldaten schon so gut wie umzingelt gewesen war. Nur dem beherzten Handeln des wackeren Schmiedes hatte es Thorin zu verdanken, daß er aus Mercutta buchstäblich im letzten Moment entkommen konnte.

Und für den Herrscher von Mercutta hatte das eine schlimme Niederlage bedeutet.*

Er wird sehr nachtragend sein, dachte Hortak Talsamon und lenkte sein Pferd von der Karawanenstraße hinunter, die genau zum westlichen Stadttor führte. Es war besser, wenn er sich der Stadt auf verschlungenen Pfaden näherte und so von den Posten auf den Zinnen der Stadtmauern nicht jetzt schon entdeckt wurde. Denn gerade in diesem Moment schob sich der Mond zwischen den Wolken hervor und übergoß die karge Ebene mit seinem silberfarbenen Licht.

Talsamon war jedoch längst zwischen den Felsen verschwunden, die die Karawanenstraße am linken Rand säumten und bis unmittelbar an die Mauern heranreichten. Er wartete so lange, bis die Wolken den Mond wieder verschluckt hatten und er sich weiter, in die Nähe des anderen Stadttores wagen konnte. Schließlich kam er so nahe heran, daß er sogar die Stimmen der beiden Wächter oben auf den Zinnen hörte, vom lauen Nachtwind ihm zugetragen.

Der dunkelhäutige Schmied strich sich gedankenverloren übers Kinn und überlegte, wie er am besten ungesehen in die Stadt kam. Das Pferd mußte er wohl oder übel hier zurücklassen. Wenn sich ihm während dieser Nacht eine Chance bot, so würde ihm sein Vorhaben nur zu Fuß gelingen – und dann auch nur in einem Moment, da ihn die Wächter nicht bemerkten.

Plötzlich zuckte Talsamon zusammen, als er ein raschelndes Geräusch hinter sich hörte. Sofort fuhr seine Hand hinab zum Gürtel und griff nach der schweren Axt, die seit den Kämpfen jenseits der Oase von Baar Sh'en zu seinem ständigen Begleiter geworden war. Aber so sehr er sich auch anstrengte – er konnte zwischen den Felsen nichts erkennen (dabei hatte er eben noch geglaubt, daß er dort drüben eine huschende Bewegung gesehen habe…).

Aber die Nacht täuschte auch manchmal Dinge vor, die in Wirklichkeit gar nicht existierten. Nach wie vor blieb alles ruhig – aber nur so lange, bis Hortak Talsamon wieder ein Geräusch vernahm – diesmal von weiter links!

---

*s. THORIN Band 1: Stadt der verlorenen Seelen

Unwillkürlich wandte er den Kopf und blickte in die betreffende Richtung – und genau in diesem Moment tauchte der huschende Schatten wie aus dem Nichts hinter ihm auf. Eine Faust riß seinen Kopf nach hinten, und der dunkelhäutige Schmied spürte kaltes Metall an seiner Kehle.

»Laß die Axt fallen – sofort«, raunte eine leise Stimme in sein Ohr – aber der drohende, entschlossene Unterton war nicht zu überhören. »Oder willst du, daß ich dir die Kehle durchschneide?«

Talsamon begriff sofort, daß ihm keine Wahl mehr blieb, und befolgte die Anweidung. Er öffnete die Hand, und die Axt fiel mit einem dumpfen Geräusch zu Boden. Dennoch blieb der Druck des scharfen Dolches an seiner Kehle, und der dunkelhäutige Schmied wagte kaum zu atmen.

Ich war ein Narr, als ich dachte, ich könnte so leicht ungesehen in die Stadt gelangen, dachte er wütend. *Ich hätte doch wissen müssen, daß dieser Hund Athal nach den Vorfällen von damals die Wachen verdoppelt hat...*

Ein Gedanke jagte jetzt den anderen. Vor allen Dingen, als er sah, wie weitere schemenhafte Gestalten zwischen den Felsen auftauchten. Sie kamen Talsamon seltsam *vertraut* vor.

»Es ist... der Schmied – er ist tatsächlich zurückgekehrt«, hörte er dann eine Stimme flüstern, deren Klang er schon einmal gehört hatte. Aber in dieser angespannten Situation konnte er sich nicht daran erinnern, wo und wann dies der Fall gewesen war. »Du kannst ihn loslassen, Tulan – ich glaube, von ihm haben wir keine Gefahr zu erwarten. Nun los, tu, was ich gesagt habe!«

Obwohl sich dieses Geschehen nur wenige Meter vom Fuße der Stadtmauer entfernt abspielte, bekamen die Wächter oben auf den Zinnen nichts davon mit. Es erschien Talsamon fast so, als kannten diese Männer hier jeden Fußbreit Boden und nutzten jede noch so geringe Deckung aus, um von den Wachen nicht entdeckt zu werden.

Endlich wich der Druck von Talsamons Kehle, und er atmete auf.

»Wer... wer seid ihr?« kam es zögernd über seine Lippen, aber die Gestalt, die seitlich neben ihm stand, bedeutete ihm mit einer kurzen Geste zu schweigen.

»Komm mit, wenn du Antworten hören willst«, sagte er knapp. »Du kannst uns im übrigen vertrauen. Ich bin Markosh – vielleicht wirst du dich nicht mehr an mich erinnern. Aber ich weiß, wer du bist, Talsamon. Bei meinen Gefährten genießt du einen sehr guten Ruf, seitdem du gegen die Schergen Athals gekämpft hast. Das sichert dir die Freundschaft unserer Gilde.«

Diebe, schoß es Hortak Talsamon durch den Kopf. *Natürlich, es müssen Mitglieder der Diebesgilde sein. Nur ihnen ist so etwas zuzutrauen. Jeder andere Stadtbewohner kuscht doch vor Tys Athal...*

Talsamon nickte nur stumm und schloß sich den sechs Männern an, die wie Geister aus dem Nichts erschienen waren. Wahrscheinlich hatten sie ihn schon längst erspäht, als er sich der Stadt genähert hatte – und sie schienen geahnt zu haben, daß Talsamon diesen Weg nehmen würde. Ein Beweis dafür, wie gut sich die Diebe von Mercutta in ihn hereinversetzen konnten.

Seltsamerweise hatte Talsamon früher kaum einen Blick für diese Männer übrig gehabt. Im Grunde genommen war er ja ein Einzelgänger gewesen, seit er sich in Mercutta niedergelassen und seine Schmiede eröffnet hatte. Er wußte zwar, daß Athals Schergen unerbittlich Jagd auf die Mitglieder der Diebesgilde machten – aber es hatte ihn nie interessiert, solange es nicht ihn persönlich und seine Arbeit betraf. Auch hatte er die bestehende Ordnung von sich aus nicht bekämpfen wollen – bis Thorin gekommen war!

Aber seine Ansichten hatten sich in den letzten Wochen ziemlich geändert. Er wußte, daß man seinem Schicksal niemals entfliehen konnte – auch wenn man es sich noch so sehr wünschte. Für jeden schlug einmal die Stunde der Bewährung, und Hortak Talsamon hatte hier seine eigenen, bitteren Erfahrungen machen müssen.

Die Diebe schienen offensichtlich ganz genau zu wissen, welchen Weg man nehmen mußte, wenn man ungesehen die Stadt verlassen und zu einem beliebigen Zeitpunkt wieder betreten wollte – und zwar nicht durch eines der Stadttore, sondern auf ganz anderem Wege! Sie führten Hortak Talsamon zu einem eher unscheinbaren Loch im Boden, das er noch nicht einmal bei Tage bemerkt hätte. Es befand sich zwischen einigen Geröllbrocken und war offenbar mit Zweigen und trockenem Gestrüpp bedeckt gewesen. Obgleich Talsamon schon einige Zeit lang in Mercutta lebte, war er bisher niemals auf den Gedanken gekommen, daß es einen anderen Zugang in die Stadt gebe als die beiden Tore.

Der Mann, der sich Markosh genannt hatte, bemerkte das kurze Zögern des dunkelhäutigen Schmiedes, und ein leichtes Lächeln schlich sich in seine Züge (was Talsamon aber nicht sehen konnte).

»Es wird etwas eng werden – aber das ändert sich schon bald. Keine Sorge...«

Mit diesen Worten bückte er sich und glitt mit den Füßen voran in den dunklen Schacht. Augenblicke später war sein Oberkörper in der Öffnung verschwunden, und Talsamon blieb nichts anderes übrig, als das gleiche zu tun. Ein Gedanke jagte den anderen, als er seinen massigen Oberkörper durch die Öffnung zwängte. Für einen winzigen Moment spürte er einen Hauch von Enge und Beklommenheit, als er die Erde an den Schachtwänden roch.

Die Diebe schienen sich hier bestens auszukennen. Sie benutzten diesen Schacht wohl des öfteren. Kein Wunder, daß Tys Athals Schergen sie bisher kaum zu fassen bekommen hatten. *Sie leben wie Ratten in dunklen Kanälen*, schoß es Talsamon durch den Kopf, während er vorsichtig einen Fuß vor den anderen setzte, als der Schacht etwas steiler nach unten abfiel und er höllisch aufpassen mußte. Aber Markosh wies ihn auf einige Vorsprünge hin, die Talsamon mit Händen und Füßen ertasten konnte. Trotzdem war der Schmied erleichtert, als die Kletterpartie ein Ende gefunden und er wieder ebenen Boden unter den Füßen hatte.

Er fühlte sich völlig hilflos und desorientiert in der Dunkelheit, die ihn förmlich zu erdrücken drohte (in einem solchen Augenblick wünschte er sich seine verlorene *Gabe* zurück) – und dennoch schienen die Diebe in dieser Schwärze tatsächlich noch *sehen* zu können.

»Man gewöhnt sich an vieles, wenn man muß«, erklärte Markosh daraufhin, als hätte er gerade Talsamons Gedanken gelesen. »Du wirst gleich deine Heimatstadt von einer ganz anderen Seite kennenlernen. Tulan, entzünde die Fackel, sonst stößt sich unser Schmied womöglich noch den Kopf an!« Ein leises, kehliges Lachen begleitete die Worte des Diebes, und Talsamon verkniff sich eine wütende Bemerkung. Er war sichtlich erleichtert, als der andere Dieb mit zwei Zündsteinen einige Funken schlug, die dann eine Pechfackel zum Brennen brachten, und so schließlich die unmittelbare Umgebung erhellt wurde. Aber jenseits des hellen Fackelscheins lauerte nach wie vor die Dunkelheit, und seltsamerweise war das für den dunkelhäutigen Schmied ein beunruhigender Gedanke.

Zu seiner großen Verwunderung erkannte er jetzt, daß sie sich in einer Art Gewölbe befanden. Das war keine Erdhöhle mehr, sondern ein richtiger Gang, der weiter und tiefer in die Dunkelheit führte. Also stimmten doch die Gerüchte, die man sich hinter vorgehaltener Hand erzählte. Angeblich sollte Mercutta auf den Ruinen einer viel älteren Stadt errichtet worden sein, aber der größte Teil dieses Wissens war wohl verlorengegangen. *Vielleicht ist das auch besser so, denn wer weiß, was hier unten alles an Gefahren lauert, von denen auch die Diebe nichts wissen*, dachte Talsamon kurz.

Immerhin schien die Gilde der Diebe zumindest einiges zu kennen. Nach wie vor wich das beklemmende Gefühl der Enge aber nicht von Talsamon.

»Das ist eine ganz andere Welt als die, die du kennst, oder?« fragte ihn Markosh und sah, wie Talsamon nickte. »Einer, der sich hier nicht auskennt, würde sich in den zahlreichen Gängen und Schächten schnell verirren. Aber dies hier ist unser wahres Zuhause. Eine *Zuflucht*, wohin uns Tys Athals Schergen nicht folgen.«

Zum ersten Mal konnte der ehemalige Schmied und Geächtete nun auch die Gesichter der anderen Diebe sehen. In der Tat kam ihm das eine oder andere bekannt vor – vielleicht hatten sich die Männer einmal in der Nähe seiner Schmiede aufgehalten. Aber das war jetzt nicht mehr wichtig – vielmehr zählten die prüfenden Blicke der Diebe, deren ungeteilte Aufmerksamkeit sich nun auf ihn richtete. Stumme Fragen, die Antworten erwarteten, und Markosh brachte es auf den Punkt: »Was ist mit Larko?« wollte er von Talsamon wissen. »Er hat Mercutta kurz nach dir und dem fremden Krieger verlassen. Ich weiß von ihm, daß er sich euch anschließen wollte. Wo ist er jetzt?«

»Er ist tot«, erwiderte Talsamon knapp und berichtete dann in kurzen Sätzen, wie es dazu gekommen war. Die Diebe lauschten mit erschrockenen Gesichtern seinen Worten und unterbrachen ihn dabei nicht – auch dann nicht, als Talsamon auf die *Wüstenräuber* zu sprechen kam und welche verhängnisvollen Ereignisse stattgefunden hatten.

Er erwähnte jedoch nichts von der *Stadt der verlorenen Seelen* und auch nichts von dem Ungeheuer aus der Tiefe, das die Stadt zerstört hatte. Talsamon schwieg sich aus über die *Sternensteine* und all das, was er von Thorin und Jesca erfahren hatte, bevor er sich von den beiden getrennt hatte. Er hielt es für besser, wenn er die Diebe mit seinem Wissen nicht überforderte. Sollten sie ruhig wissen, daß Larko den Tod gefunden hatte – im Kampf mit den *Wüstenräubern*, das war eine plausible Erklärung, die die anderen Diebe auch akzeptieren würden.

»Und der fremde Krieger?« riß ihn Markoshs Stimme aus seinen Gedanken. »Hat er denn gefunden, wonach er suchte?«

»Ich bin mir nicht sicher«, meinte der Schmied daraufhin – und diese Äußerung entsprach sogar fast der Wahrheit. »Ich habe mich von ihm vor einigen Tagen wieder getrennt – denn ich wollte zurück nach Mercutta. Weil ich glaube, daß es hier noch einige Dinge zu regeln gibt, die nicht länger Aufschub dulden.«

Seine kräftigen Armmuskeln zuckten vor innerer Anspannung. »Ich habe auch meine Schmiede und meinen Gehilfen im Stich gelassen...«, begann er den nächsten Satz.

Markosh faßte ihn sanft an die Schultern. »Die Hunde des Herrn aus *Reichheim* haben ihn abgeführt und die Dinge in deiner Schmiede beschlagnahmt. Ich glaube, du wirst deinen Gehilfen nie mehr wiedersehen«.

Der kahle Schädel des dunkelhäutigen Schmiedes glänzte vor Schweiß. »Das bestärkt mich nur in meiner Überzeugung. Die Dinge müssen geändert werden!«

»Meinst du Tys Athal?« hakte Markosh sofort nach und grinste, als er das Nicken des Schmiedes registrierte. »Seine Tyrannei muß ein Ende haben«, fuhr Talsamon dann fort. »Er knechtet die Bewohner der Stadt schon viel zu lange. Mercutta könnte sich zu einer richtig blühenden Stadt entwickeln, wenn ab jetzt alles einen anderen Verlauf nimmt. Deshalb bin ich zurückgekommen.«

»Deine Worte gefallen mir, Schmied«, sagte Markosh. »Ich glaube, es ist an der Zeit, daß du mit jemandem darüber sprichst, der noch mehr davon versteht. Wir bringen dich jetzt zum *ERSTEN DIEB*.«

»Nennt sich so der Anführer eurer Gilde?« fragte Talsamon neugierig, bemerkte dann aber, wie Markosh kurz den Kopf schüttelte.

»Es ist anders, als du denkst – aber wir sollten erst dann darüber sprechen, wenn wir am Ziel sind. Folge uns einfach und vertraue uns, Talsamon. Denn auch wir vertrauen dir. Es wird gewiß nicht dein Schaden sein. Auch die Gilde der Diebe will, daß die Schreckensherrschaft von Tys Athal ein baldiges Ende findet – vielleicht ist jetzt endlich der richtige Zeitpunkt gekommen, um seinen Untergang in die Wege zu leiten. Komm jetzt – wir werden bald am Ziel sein...«

In dem kleinen Raum warfen die flackernden Flammen von zwei brennenden Fackeln bizarre Muster an die Decke des alten Gewölbes. Die Luft roch abgestanden und nach dem Staub von vielen Jahrhunderten – aber diese Empfindungen berührten den alten, weißbärtigen Mann überhaupt nicht. Statt dessen saß er ganz ruhig auf einem Lager aus Fellen und Decken. Seine hellblauen Augen, die noch eine für sein Alter ungewöhnliche Kraft besaßen, waren auf einen imaginären Punkt an der Decke des Gewölbes gerichtet.

Metate lauschte tief in sich hinein, versuchte, die Gedanken zu ordnen, die immer wieder von allen Seiten auf ihn einzustürmen begannen und seine Empfindungen manchmal sehr lange durcheinanderwirbelten. Es war nicht leicht, sich die Vergangenheit vor

Augen zu halten und dann die Realität zu akzeptieren. Es war kühl in dem Gewölbe, aber der dürre, alte Mann fror dennoch nicht – obgleich er nur dünne Kleidung trug. Vom Äußeren her machte er den Eindruck eines völlig abgeklärten Asketen, der auf menschliche Bedürfnisse keinerlei Wert legte – und im Grunde genommen stimmte diese Vermutung ja auch.

Metate seufzte leise, als er die Last seines hohen Alters in dieser Stunde besonders deutlich spürte. Das Herz pochte wie wild in seiner Brust, weil er den Strudel der widersprüchlichen Empfindungen erneut so intensiv spürte – und dieses Gefühl hatte sich in dem Augenblick verstärkt, als ihm die Diebe gemeldet hatten, daß der Schmied zurückgekehrt sei.

Der alte Mann mit dem wallenden weißen Bart, der von seinen Anhängern auch *ERSTER DIEB* genannt wurde (eigentlich nur eine Bezeichnung, mit dem ihm die Gilde ihren Respekt erweisen wollte), fühlte, daß etwas in Bewegung geraten war. Er schrieb es deshalb auch nicht der Last seines Alters zu, daß er schon seit einigen Nächten recht unruhig schlief und von wirren Alpträumen gequält wurde. Es waren Träume, die er noch nicht zuordnen konnte, weil das *Muster* bisher nicht gestimmt hatte. Aber mit jeder weiteren Nacht begann sich ein neues Mosaikteilchen zu einem Bildausschnitt zu fügen, dessen Bedeutung sich der alte Mann erst jetzt so richtig bewußt wurde.

Ich habe schon viel zu lange hier unten gelebt, dachte Metate und strich sich dabei gedankenverloren über seinen weißen Bart. *Ob ich das Gespür für die Wirklichkeit schon verloren habe?* Seine dünnen Hände fielen wieder nach unten. Auf der papiernen Haut zeichneten sich die bläulichen Adern unangenehm deutlich ab, und in seiner Kehle kratzte es ein wenig – was Sekunden später einen kurzen Hustenanfall bei ihm auslöste.

Unwillkürlich erinnerte er sich jetzt an den Tag, da er von der Ankunft des fremden Kriegers namens Thorin erfahren hatte. Ein Gefühl von leichter Trauer erfaßte Metate, weil es das Schicksal verhindert hatte, daß er ihm selbst begegnet war. Das Schicksal hatte es wohl nicht vorgesehen – und dennoch wäre es eine ungeheure Erleichterung für den alten Mann gewesen, wenn er diesem

Krieger persönlich hätte gegenüberstehen können. Einen einzigen Tag und eine einzige Nacht hatte sich der Fremde aus dem Norden in Mercutta aufgehalten – und dennoch hatte diese verhältnismäßig kurze Spanne ausgereicht, um die bestehende Ordnung in Mercutta gehörig ins Wanken zu bringen. *Das muß wohl so sein*, sinnierte der alte Mann vor sich hin. *Es gibt immer Männer von dieser Art, die etwas verändern wollen, die den Beginn der Veränderung förmlich anziehen...*

Metate hörte plötzlich dumpfe Schritte – wenn auch noch ziemlich entfernt. In dieser Welt der stetigen Finsternis hatten sich seine Empfindungen und Sinne ganz besonders geschärft. Er hatte es akzeptiert, die Sonne nur noch selten zu sehen – aber seine Ohren (übersät von Altersflecken) registrierten jetzt Dinge, die er früher kaum mitbekommen hätte. Noch nicht einmal, als er noch ... Der alte Mann lächelte bitter, als er erneut an vergangene Zeiten denken mußte.

Es ist immer noch so, schoß ihm ein plötzlicher Gedanke durch den Kopf. *Ich kann es noch nicht akzeptieren, daß ich nun genauso bin wie die anderen. Erst jetzt lerne ich ihre Gefühle und Ängste, ihre Sorgen und wirklichen Freuden verstehen. Manchmal wünsche ich mir, ich hätte dies schon viel früher erkannt – und doch bleibt da eine Spur von Bitterkeit, weil...*

Metate gab sich einen innerlichen Ruck und ignorierte die erneute Flut von Erinnerungen, die auf ihn einströmten. Denn in diesem Moment sah er, daß zwei Männer das Gewölbe betraten. Es waren Markosh und Tulan – zwei seiner engsten Vertrauten, auf die er sich jederzeit verlassen konnte.

»Er ist hier, Metate«, hörte er Markoshs rauhe Stimme, die in diesem Raum seltsam dumpf widerhallte, als befände er sich voller Mobiliar. »Sollen wir ihn hereinholen?«

Der weißbärtige Mann nickte stumm. Er sah, wie sich die beiden Diebe abwandten, und kurz darauf waren weitere Schritte zu hören. Dann trat ein Mann in den Raum, der im ersten Moment ziemlich verwirrt dreinschaute, als er Metate erblickte, denn er war sich sicher, diesen Mann, den man den *ERSTEN DIEB* nannte, niemals zuvor in Mercutta gesehen zu haben. Hortak Talsamon, der ehemalige Schmied, zögerte dann aber nicht länger und trat auf den alten Mann zu.

Er spürte eine seltsame Unruhe in sich, als er den weißbärtigen Mann auf dem Lager aus Fellen und Decken musterte. Das unruhig flackernde Licht der Pechfackel erhellte die asketischen Züge des Mannes, der von den anderen ERSTER DIEB genannt wurde. Hortak Talsamon wußte nicht, was das alles zu bedeuten hatte. Im Grunde genommen hatte er sich seine Rückkehr nach Mercutta ganz anders vorgestellt – aber es schien seine Bestimmung zu sein, daß er von einer Sekunde zur anderen mit Dingen konfrontiert wurde, die ganz offensichtlich von großer Bedeutung waren. Hortak Talsamon kannte den weißbärtigen Mann nicht. Davon war er auch auf den zweiten Blick überzeugt. Dennoch spürte er, daß es mit diesem Mann eine ganz besondere Bewandtnis hatte.

»Ich bin Metate«, sagte der Weißbärtige dann mit ruhiger und wohlklingender Stimme, die allein keine Rückschlüsse auf das wahre Alter erlaubt hätte. »Komm zu mir und setz dich, Hortak Talsamon. Es gibt einiges, worüber ich gern mit dir sprechen möchte.«

Es war eine Bitte, aber sie klang auch gleichzeitig wie eine Anweisung, der sich der Schmied nicht widersetzen konnte. Er trat weiter nach vorn, auf das Lager des weißbärtigen Mannes zu, der die rechte Hand leicht erhoben hatte, und nahm ihm gegenüber auf den Fellen Platz. Er blickte noch einmal zurück zum Eingang des Gewölbes, aber von den anderen Dieben ließ sich im Moment niemand mehr blicken. Er und der alte Mann waren allein.

»Sie werden uns jetzt nicht stören, bei dem, was wir zu besprechen haben«, meinte Metate daraufhin und lächelte, als er in Talsamons Zügen dessen Gedanken richtig erkannt hatte. »Ich weiß, daß du dich darüber wunderst – aber du wirst schon bald alles begreifen und verstehen. Ich wußte, daß du einer besonderen Bestimmung in die Wüste folgtest und daß du daraufhin wieder zurückkehren würdest. Einer wie du gibt nicht so schnell auf. Hast du dort draußen eine Antwort auf die Fragen gefunden, die dich bedrückten?«

»Woher wißt Ihr...?« entfuhr es dem staunenden Talsamon, und er hatte Mühe, seine sich überschlagenden Gedanken in Worte zu fassen. »Ihr kennt mich doch gar nicht – und doch scheint es mir, daß Ihr und die Gilde sehr gut über mich Bescheid wüßtet. Woher kommt dieses Interesse? Ich bin – ich war nur ein Schmied und habe meine Arbeiten so gut verrichtet, wie ich es konnte...« Er brach ab, als er bei diesen Worten das kurze Aufleuchten in den hellblauen Augen des alten Mannes sah.

»Glaubst du, daß alles nicht manchmal ganz anders kommen kann, als man es eigentlich erwartet hat?« stellte Metate statt einer Antwort die Gegenfrage und bemerkte lächelnd, wie Talsamon nickte. »Erzähl mir von der *Stadt der verlorenen Seelen*. Du und der blonde Krieger – ihr habt sie doch betreten, nicht wahr?«

Zuerst wollte sich der Schmied eine Ausrede überlegen, aber je mehr er seine Gedanken in diesen entscheidenden Sekunden anstrengte, um so klarer wurde ihm, daß Metate die Wahrheit schon *wußte* – er wollte sie lediglich noch einmal aus seinem Munde hören. Vermutlich hatten noch mehr Menschen so etwas wie eine *Gabe*.

»Ja«, antwortete Talsamon und berichtete dem alten Mann sodann, was sich in der Stadt zugetragen hatte. Als er auf die Zerschlagung des *Sternensteins* und das anschließende Beben zu sprechen kam, bemerkte er, wie es erneut in den Augen des alten Mannes aufzuleuchten begann. Und Metates faltige Züge umspielte ein wissendes Lächeln.

»Er hat also immer noch nicht im ewigen Kampf zwischen Licht und Finsternis aufgegeben«, murmelte er mehr zu sich selbst – und es schien ihm völlig egal zu sein, was Talsamon in diesem Augenblick darüber dachte. »Er ist tatsächlich wie ein Fels in der Brandung – ich wünschte, es gäbe mehr von seiner Art auf dieser Welt.« Und zu dem Schmied gewandt, fuhr er dann fort: »Du bist ihm ähnlich, Hortak Talsamon – vielleicht sogar ähnlicher, als du ahnst...«

»Ihr kennt Thorin«, murmelte Talsamon. »Aber wenn er Euch so viel bedeutet, warum seid Ihr dann nicht mit ihm zusammengetroffen, und...«

»Es ergab sich einfach nicht, und auch ich muß mich in das mir vorgegebene Schicksal fügen«, unterbrach ihn Metate. »Vorerst ist mein Platz noch in dieser Stadt – an diesem Ort muß ich meine Bestimmung erfüllen. Und du wirst mir dabei helfen – deshalb bist du auch genau zum richtigen Zeitpunkt zurück nach Mercutta gekommen.«

»Wie kann ich helfen, wenn Ihr andauernd in unverständlichen Rätseln sprecht, Metate?« erwiderte Talsamon jetzt unwillig und bereute schon im nächsten Atemzug seine hastigen Worte, als er den mißbilligenden Blick des alten Mannes auf sich gerichtet sah.

»Es ist die Ungeduld deines Alters, das entschuldigt vieles, Hortak Talsamon«, fuhr der alte Mann nach einer kleinen Weile des Schweigens fort (eine Stille, die den Schmied bedrückte). »Aber ich will darüber hinwegsehen, wenn du an deine neue Aufgabe glaubst. Du willst die Herrschaft von Tys Athal beenden?«

Er blickte ihn dabei an und sah, wie Talsamon entschlossen nickte. »Gut, dann kannst du auf die Gilde der Diebe von Mercutta zählen. Wir sind zwar nur wenige, aber um so rascher schlagen wir zu und tauchen wieder unter.« Ein Lächeln schlich sich in Metates fast ehrwürdig wirkende Gesichtszüge. »Weder Athal noch seine Schergen wissen etwas über die weitverzweigten Gänge unterhalb der Stadt – und falls sie etwas ahnen sollten, würden sie es dennoch nicht wagen, diese freiwillig zu betreten. Es gibt da noch einige vage Gerüchte über einen finsteren Kult, der in diesem unterirdischen Reich einmal existiert haben soll. Die Diebe und ich haben nichts dagegen, wenn diese Legende hin und wieder in Erinnerung gerufen wird – so haben wir Sicherheit vor diesen Bluthunden.«

»Was ist in der Zwischenzeit in Mercutta geschehen?« wollte Talsamon nun wissen.

»Tys Athal ist noch grausamer geworden«, klärte ihn Metate mit einer Spur von Trauer in der Stimme auf. Überhaupt erschien Talsamon der weißbärtige Mann irgendwie als ein Sinnbild des vollkommenen Friedens. Es kam ihm vor, als empfände Metate *Schmerzen* angesichts der Tatsache, daß Athal nur mit Hilfe blutiger Gewalt seine Herrschaft über das Volk von Mercutta ausüben konnte. »Er brannte vor Zorn, als er dich und Thorin ziehen lassen mußte – und diesen Zorn hat er noch am selben Tag an den Bewohnern ausgelassen ...«

Talsamon zuckte bei diesen Worten sichtlich zusammen und bemerkte, wie Metate seinem Blick auswich.

»Dein Gehilfe Jarvis hat es büßen müssen«, sprach Metate weiter. »Athals Schergen haben den Unglücklichen sofort zu ihm geschleppt. Man hat noch bis zum Abend seine Schreie gehört, und...«

Er brach ab, als er sah, wie ein kaum zu beschreibendes Feuer des Zorns in Talsamons Augen leuchtete. Die Diebe hatten ihm wohl noch nicht die ganze Wahrheit über das Schicksal seines Gehilfen sagen wollen. Der Schmied ballte beide Fäuste zusammen, während es in seinen Zügen arbeitete. Er brauchte einige Sekunden, um sich wieder unter Kontrolle zu haben.

»Dafür wird er büßen – ich werde ihm persönlich den Schädel zertrümmern«, versprach Talsamon mit leiser Stimme. »Ich schwöre es, bei allen Göttern und allem, was mir noch heilig ist.«

»Ich weiß, daß du das tun willst – aber überstürze nichts«, riet ihm der besonnene Metate. »Du wirst Zeit brauchen, um dieses Vorhaben zu verwirklichen. Hör auf meinen Rat und lerne erst die *andere Stadt* hier unten kennen. Je besser du dich mit ihr vertraut machst, um so höher steigen deine Chancen, daß du den Kampf mit Athals Schergen auch unbeschadet überstehst. Markosh und die anderen werden dir zeigen, wie weit sich die Gänge erstrecken – und wo sie im Inneren der Stadt hinausführen. Ob du es glaubst oder nicht – wir befinden uns sogar in unmittelbarer Nähe deiner früheren Schmiede. Erinnere dich an den alten, zerfallenen Brunnen am oberen Ende der Straße!« Er sah, wie Talsamon kurz nickte. »Nun, das ist einer der vielen Ausgänge aus den Schächten und Gängen. Du siehst also, es gibt viele Möglichkeiten, wie du es anstellen kannst, zu deinem Ziel zu kommen.«

»Warum tut Ihr das, Metate?« wollte Talsamon wissen. »Ihr seid kein gewöhnlicher Dieb, ganz sicher nicht. Und aus diesem Lande stammt Ihr auch nicht. Eure Augen – sie sind heller als die der Menschen, die hier leben.«

»Du bist ein guter Beobachter«, erwiderte der alte Mann. »Das wirst du auch brauchen, wenn du Athal von seinem Thron stoßen willst. Warum ich die Gilde der Diebe unterstütze? Sieh es einfach so – es gibt viel Unrecht auf dieser Welt, auch und gerade nach dem *Dunklen Zeitalter*. Ich will nicht, daß es wieder so weit kommt. Diese dunkle Ära – sie darf niemals wiedererstehen. Solche Tyrannen wie Tys Athal sind wie Vorboten. Verstehst du das?« Hortak Talsamon nickte, obwohl er nicht den ganzen Sinn von Metates Worten erfaßt hatte.

Da gab es noch etwas – ein Geheimnis, das den weißbärtigen Mann unsichtbar umgab und über das er, zumindest jetzt, nicht sprechen wollte. Also mußte der Schmied diese Entscheidung akzeptieren – vielleicht bot sich ihm ja später eine Gelegenheit, den alten Mann darauf anzusprechen. Vergessen würde er das jedenfalls nicht.

»Sie warten schon draußen auf dich«, sagte Metate schließlich und deutete Talsamon mit einer Geste an, daß er das Gespräch jetzt beenden wollte. »Geh mit ihnen und lerne alles, was man dir zeigt. Denn schon in der nächsten Nacht werdet ihr mit dem ersten Teil des Plans beginnen.«

Talsamon nickte und erhob sich von dem weichen Lager. Er verließ das Gewölbe und gesellte sich wieder zu den anderen Dieben, die draußen tatsächlich schon auf ihn gewartet hatten – wie es Metate angekündigt hatte. *Er hat recht*, dachte er, während er sich den Männern anschloß. *Es dreht sich wirklich alles nur um die Bestimmung und das Schicksal eines einzelnen Menschen – und ich habe, auch ohne vorheriges Wissen, auf einmal eine Rolle in diesem Spiel übernommen, dessen Ausgang noch nicht bekannt ist...* Wenn es seine Bestimmung war, Tys Athal zu vernichten, dann würde er diese Aufgabe mit all seinen Kräften zu erfüllen suchen. Selbst wenn er dabei sein eigenes Leben riskieren mußte. In diesem Moment wurde ihm klar, was Metate damit gemeint hatte, als er ihn mit Thorin verglich.

Kapitel 5: Dunkle Legenden

Kang hörte im Morgengrauen des sechsten Tages auf See, wie die Türriegel zum Laderaum verstohlen geöffnet wurden. Heimlich, fast lautlos und äußerst behutsam. Eine Welle frischer, salziger Luft strömte in den mit Menschen vollgepferchten Raum und umschmeichelte Kangs Gesicht. Gierig sog er die salzige Meeresbrise ein, die seine verschwitzte Haut kühlte. Es waren nur wenige, äußerst schmale Luken geöffnet, was den Versklavten kaum Linderung brachte. Aber so weit ging die Liebe Kapitän Rahabs und seiner Mannschaft zu den auf engstem Raum Eingesperrten nicht. Die Sklaven sollten nur lebend und gesund ankommen.

Kangs Sinne waren aufs äußerste gespannt. Den Kopf weiter in der Armbeuge, versuchte er das Zwielicht des anbrechenden Tages mit seinen Blicken zu durchdringen. Aber alles, was er wahrnahm, war ein fließender Schatten, und daß jemand rasch die wenigen Treppenstufen herunterkam, dabei kaum das Holz der Treppe zu berühren schien.

Kang starrte zu seinen Kameraden – doch niemand außer ihm schien erwacht zu sein. Er fragte sich, wer da gekommen sein mochte, denn die Mannschaft war erst nach Sonnenaufgang bereit, sich um die Sklaven unter Deck zu kümmern und sie mit dürftigen Rationen und ein wenig frischem Wasser zu versorgen. Also mußte es jemand anderes sein – aber wer? An Bord gab es doch nur den Kapitän und seine Mannschaft. Oder…?

Kang wurde unruhig, und er zog die Ketten der Armfessel zusammen, um sie notfalls als Schlinge zur Verteidigung verwenden zu können. Seine Gedanken überschlugen sich. Ob Kaal sich ihn heimlich vornehmen wollte? Immerhin hatte er den bulligen Seemann vor den Augen der anderen Mannschaftsmitglieder gereizt, und er traute ihm durchaus zu, daß dieser Bastard ihm diese Schmach auf seine Weise heimzahlen würde. Er verwarf

diese Annahme dann aber doch als unwahrscheinlich – eher würde der direkte Untergebene dieses Piratenkapitäns ihn öffentlich vor versammelter Mannschaft demütigen. Nein, er kam nicht in Frage.
Die Gestalt schlich lautlos zwischen den Reihen der Versklavten hindurch. Sie schien jemanden oder etwas ganz Bestimmtes zu suchen, beugte sich nieder, musterte jeden Schlafenden eingehend und huschte dann zum nächsten. Wie ein Schatten in der Nacht, der nicht von dieser Welt war...

Kang verwünschte zum wiederholten Male seinen Leichtsinn, der ihn in der *Stadt ohne Namen* und nur zur Versorgung des wilden Haufens, den er um sich geschart hatte, wie blind in die Falle des hinterlistigen Kaufmanns Sha-rip hatte tappen lassen. Dabei hätte er doch eigentlich merken müssen, daß etwas an dieser Sache faul gewesen war. Aber vielleicht wurde er ja langsam alt – er wußte selbst nicht genau, wie viele Sommer er schon zu zählen hatte, aber weit über fünfzig waren es ganz bestimmt.

Der ehemalige General Kang spürte einen kleinen Schauder, trotz der stickigen Hitze unter Deck, der ihn befiel und seinen Pulsschlag erhöhte. Er wünschte sich plötzlich, wieder auf offenem Feld zu stehen, mit Schwert, Schild und Lanze in der Hand und einem kehligen Schrei, gleichzeitig ausgestoßen mit tausend Soldaten, die ihm bedingungslos in die Schlacht folgten. Statt dessen lag er hilflos auf halb fauligem Stroh, auf einem Schiff mit zweifelhaftem Ziel und der Aussicht, auf einem fremden Sklavenmarkt als Frischfleisch verkauft zu werden.

Ein leises Scharren wurde hörbar und Kang zog bei dem Geräusch die Augenbrauen zusammen. Wonach mochte die Gestalt bloß suchen – und warum schickte sie sich gerade jetzt dazu an...? Das paßte doch alles nicht zusammen! Aber, Moment! Es konnte ja sein, daß... Und Kang meinte plötzlich, eine Lösung gefunden zu haben.

Natürlich – sie waren die letzten Gefangenen, die an Bord gekommen waren. Demnach mußte der Fremde nach *ihnen* suchen! Doch sie hatten nichts mehr von Wert bei sich, denn Tarion aus Samorkand und Kaal, der bullige Seemann, hatten Kang gerade einmal die verschlissene Leinenhose und den beim

Kampf fast zerrissenen Lederkilt gelassen. Selbst die Stiefel hatte man ihnen weggenommen... Sklaven brauchten kein festes Schuhwerk. Schuften konnten sie auch mit bloßen Füßen. So wurde die Sache nur noch mysteriöser. Fast wünschte sich der einstige Befehlshaber der Truppen des Lichts, der Fremde käme ihm nur nahe genug, um ihn vielleicht überrumpeln zu können.

Und als hättee die, anscheinend vermummte, Gestalt sein lautloses Flehen erahnt, änderte sie nun ihre Richtung und kam direkt auf Kang zu, der immer noch Schlaf vortäuschte. Aber in diesen so entscheidenden Sekunden ging ihm alles Mögliche durch den Kopf.

Wie eine unsichtbare Welle kam mit der Gestalt noch etwas anderes mit. Etwas Gespenstisches, und es verursachte ein unangenehmes Ziehen in Kangs Kopf. Er hörte auf zu atmen und fragte sich, wann und wo er dieses Gefühl schon einmal verspürt hatte. Die Information lag nahe unter der Oberfläche sie überdeckender Gedanken, Bilder und Erinnerungen. Aber je eindringlicher er sich bemühte, desto mehr widersetzte sich ihm die Erkenntnis. Angespannt lag er im Stroh, die nervigen Hände um die schmiedeeisernen Handfesseln gelegt – bereit, wie eine Schlange plötzlich und unerwartet zuzustoßen. Egal, wer der Unbekannte auch war – Kang würde es jedenfalls nicht zulassen, daß er von ihm auf heimtückische Weise überrumpelt wurde. Trotz der Fesseln würde er sich aus Leibeskräften zu wehren versuchen, wenn es hart auf hart kommen sollte.

Doch bevor es dazu kommen konnte, erklangen von Deck polternde Geräusche. Man hatte die offene Tür entdeckt. Kang sah, wie die Gestalt sich an den Fuß der Treppe zurückzog und sich im entscheidenden Moment unter den Stufen verbarg. Wie ein Tier in Gefahr, das instinktiv Schutz im Dunkel sucht.

Keine Sekunde zu früh, denn Kaal höchstpersönlich kam mit schwerem Schritt die Treppenstufen herunter, immer zwei auf einmal nehmend, und er glich den Wellengang aus, als wäre der nicht vorhanden. Diesmal war er allein, und seine wütenden Augen blitzten in der Dämmerung. Seine Rechte hielt locker die Peitsche, und die linke Hand schwebte nur Zentimeter über dem Griff eines im Hosenbund steckenden Kurzschwertes. Einige der Geketteten regten sich vorsichtig und achteten darauf, dem wütenden Kaal keine Gelegenheit zu geben, die Peitsche zu benutzen. Dieser schlich mit wachsamen Augen durch die Reihen.

An den zorngeschwollenen Adern des stiernackigen Halses konnte Kang die unbändige Energie des Seemanns erkennen, und verwundert fragte er sich, was den Kerl dort eigentlich davon abhielt, den alten Kapitän zu beseitigen und selbst das Kommando zu übernehmen. Zuzutrauen war ihm das allemal.

Aus den Augenwinkeln konnte Kang die huschende Gestalt erahnen, die federleicht die Treppenstufen überwand, so lautlos wie sie sie heruntergekommen war, daß selbst Kaal zu spät herumfuhr, um mehr als einen vagen Schatten zu erhaschen, der aufs Oberdeck verschwand. Es hatte nur wenige Sekunden gedauert, und selbst der wachsame Kaal war nicht schnell genug gewesen, um den Eindringling noch fassen zu können.

Einen Moment noch spähte Kaal der entschwundenen Gestalt nach, kerzengerade, reglos, und er schien wie der Hauptmast des Schiffes fest verankert, während die See das Schiff auf den Wellen hin- und hertanzen ließ.

Seine Arme hingen nach unten. Die Zeit schien zu gefrieren. Dann aber spitzte der bullige Seemann die Lippen, als wollte er pfeifen, und seine Gesicht leuchtete dabei, auch wenn kein Ton vernehmbar war. In den Augen des Seemannes, konnte man sich einbilden, lohte die Erkenntnis wie ein gerade angezündeter Kerzendocht.

Kaal machte Anstalten, wieder nach oben zu gehen. Immer noch unschlüssig hielt er die Peitsche lose in der Hand. Die Versklavten um ihn herum hatte er anscheinend völlig vergessen.

Kang bekam dies alles von seinem Platz aus mit – und er begriff überhaupt nichts mehr. Aber irgendwie erschien es ihm, als wäre er in diesen Minuten Zeuge einer überaus wichtigen Begebenheit geworden – obgleich er sich nicht erklären konnte, warum das so war. Für Kang jedenfalls sah es so aus, als hätte Kaal den unbekannten Eindringling erkannt. Folgte er ihm deshalb nicht – weil er wußte, um wen es sich handelte?

Der alte General zuckte hilflos mit den Schultern. Ihm waren sowieso die Hände gebunden. Er konnte nur die Rolle des aufmerksamen Beobachters ünernehmen – mehr aber auch nicht.

―――――

Zweieinhalb Stunden später war die Morgensonne aus dem östlichen Meer aufgetaucht und schickte sich an, mit ihren gleißenden Strahlen den gesamten Himmel in goldenes Licht zu tauchen. Die See hatte sich wieder beruhigt, für Kapitän Rahabs Geschmack eine Spur zu sehr.

Die Anzeichen deuteten darauf hin, daß es eine längere Flaute geben könnte – was ihre Ankunft in Pernath nicht unbeträchtlich verzögern würde. Hoffentlich wurden die Sklavenhändler in der Küstenstadt deshalb nicht zu ungeduldig – solches konnte bekanntlich auch den Preis nach unten treiben, wenn er Pech hatte.

Auf dem Deck genoß er die abflauende Brise, und mißmutig blickte er zu den Segeln hinauf, die immer schwächer vom Wind aufgebläht wurden. Die Mannschaftsmitglieder eilten geschäftig über Deck und grüßten ihren Kapitän mit der gebotenen Ehrerbietung. Der Steuermann versuchte, leicht abzudrehen, so daß der verbliebene Wind voller in die Segel einfallen konnte.

Am Fockmast wandte sich Kapitän Rahab um. Es war Zeit, sein Frühstück in der Kabine einzunehmen – und seinem weiblichen Gast eine weitere Aufwartung zu machen. Kaal war heute in der Frühe zu ihm gekommen, kaum daß Rahab sich angekleidet hatte. Das Gespräch dauerte nur wenige Minuten, und er hatte schweigend zugehört, ohne sich direkt zu äußern. Aber er machte sich seitdem viele Gedanken darüber und war entschlossen, seinem Gast ein wenig auf den Zahn zu fühlen. So überbrachte Kaal der unnahbaren Rica die Botschaft seines Kapitäns.

Als Rahab die Stufen herunterpolterte, zog sich Potorr, der Koch, der von der Insel Hor stammte, mit einer knappen Verbeugung zurück.

»Es ist alles hergerichtet, wie Kaal es mir aufgetragen hat.« Er verbeugte sich knapp und verschwand im Gang, der zur Kombüse führte. Kapitän Rahab trat an das rückwärtige Fenster, das einen großartigen Ausblick auf das Meer ermöglichte. Mißmutig starrte er nach draußen – auf die spiegelglatte See. Vorerst lagen sie so gut wie fest, denn die Ruderslaven brachten das Schiff nicht schnell genug vorwärts in Richtung Pernath.

In Gedanken versunken, hörte er nicht, wie Kaal und die geheimnisvolle Rica hinter ihm die Kabine betraten. Er drehte sich um, als er ein verhaltenes Räuspern hörte. Die schöne, rothaarige Rica starrte ihn unverwandt an. Rahab wich diesem Blick nicht aus, der eine Mischung aus Verachtung und Neugier zu bedeuten schien.

»Es ist sehr freundlich von Euch, Rica, daß Ihr meine Einladung zu einem gemeinsamen Frühstück, wenn auch etwas verspätet, angenommen habt.«

Der Kapitän winkte seinem Untergebenen, ihn jetzt mit der rothaarigen Frau alleinzulassen. Kaal schloß die Tür hinter sich, blieb aber noch einen Moment stehen, um dem Fortgang des Gesprächs zu lauschen. Derweil hatte der Kapitän Rica einen Platz angeboten, doch die geheimnisvolle Frau zog es vor, durch die geräumige Kabine Rahabs zu wandern. Sie dachte nicht daran, zu antworten oder seinen mehrfachen Aufforderungen zu entsprechen. Rahab bemerkte mit Dankbarkeit, daß Potorr etwas Ordnung geschaffen hatte. Rica nahm ein Pergament zur Hand und spürte fast körperlich, wie die Blicke des Kapitäns sie fesselten.

Rica war eine überschlanke, hoch aufgeschossene Frau mit blasser Haut und langen Fingern. Ihre Nase war gerade und das Kinn schmal und ausdrucksstark. Sie nahm das Pergament und drehte sich zum Fenster. Rahabs Blick wanderte weiter. Eine schmale Gestalt mit einem zierlichen Po und vollen, aber nicht zu großen Brüsten. In Rahab regte sich etwas. Schnell setzte er sich und kratzte vor Verlegenheit seinen langsam grau werdenden Bart. Er hatte im letzten Hafen keine Frau gehabt – diese Dinge waren ihm nicht mehr so wichtig wie früher. Doch er war immer noch stolz auf seine Männlichkeit, die jede Frau, die er bisher gehabt hatte – von Gara bis Cathar – beeindruckt hatte.

Rica legte das Pergament zurück. Ihr Blick ließ nicht erkennen, was ihr durch den Kopf ging. Statt dessen musterte sie weiter die

Kabine. »Ihr beschäftigt Euch sehr viel mit Legenden, Kapitän!« stellte Rica fest. Langsam kam sie näher. Sie betrachtete das frische Obst in der Schale, die Butter, das am Morgen gebackene Brot, das noch angenehm duftete. »Was hat es mit den *tollwütigen Meermännern* auf sich, Kapitän?« fragte Rica, während sie sich setzte. »Ihr habt überall Bilder dieser legendenumwobenen Meereswesen. Gibt es sie wirklich?«

Sie hatte ihre anfängliche Zurückhaltung abgelegt. Jetzt war es Kapitän Rahab, der schwieg. Statt dessen zwirbelte er wiederholt an einer Locke in seinem dünner werdenden Haar. Er schien durch sie hindurchzustarren. Rica entschloß sich, die Gedanken an den Orden und Kara Artismar für eine kurze Zeit zu verdrängen... auch die Probleme, die sich aus der diffusen Traumbotschaft ergaben, deren Rätsel sich nicht einfach lösen ließen. Sie würde warten müssen, bis Pernath, die goldene Stadt unter den aufstrebenden Ansiedlungen, in Sichtweite des Schiffes gelangte.

Sie griff nach einem Messer. Kapitän Rahabs Muskeln verspannten sich. Selbst jetzt verfolgten ihn die *tollwütigen Meermänner*. Rica – die geheimnisvolle Frau – hatte offensichtlich ohne größere Anstrengungen sein Geheimnis aufgedeckt.

»Ich beschäftige mich schon seit langer Zeit mit den Legenden«, intonierte er im Brustton höchster Überzeugung. »Die *tollwütigen Meermänner* sind eigenartige Wesen. Und manchmal steckt in Legenden durchaus ein Funken Wahrheit...«

Er beugte sich weit vor. Vergessen war das Frühstück.

»Ihr sollt wissen Rica, ich selbst habe sie gesehen!« Er leckte sich die spröden, von Wind und Wetter ausgetrockneten Lippen. Seine Augen glitzerten dämonisch. Er hatte einen Apfel in der Hand, während er das sagte. Rica hatte gar nicht bemerkt, wie er ihn aus der Obstschale genommen hatte. In seiner Anspannung, getrieben von Visionen, die nur er allein kannte, quetschte der grauhaarige, gelockte Kapitän das reife Obst, bis die Frucht zerdrückt war und der Saft zwischen seinen Fingern auf die Holzplatte tropfte.

Rica fühlte sich plötzlich angezogen von der seltsamen Wesensart des Kapitäns der *My-Bodick*. Eine Spur echten Interesses zeichnete sich auf ihren Gesichtszügen ab. Eine hochgezogene Augenbraue, schlanke Finger, die innehielten, die das Brot »vergaßen«.

Rahab bemerkte die Verwandlung seines Passagiers, das echte Interesse, die intensiven Blicke zu den Wandskizzen der *tollwütigen Meermänner*. Seine Schultern strafften sich, und seine Hände ballten sich auf dem Tisch zu Fäusten, als wollte er die *tollwütigen Meermänner* sofort damit in ihre Schranken weisen. Schließlich machte er den Mund auf, damit das Gespräch nicht noch eine unerwartete Wendung nahm.

»Sie sind keine Legende«, stieß er hervor, begleitet von einem kurzen, heiseren Lachen.

Er deutete mit ausgestrecktem Finger über den Tisch. »Ha! Ha! Bestimmt glaubt Ihr, einen alten Esel vor Euch zu haben. Aber ich habe sie wirklich gesehen. Und noch etwas: Ich habe sie direkt vor mir gehabt, ich…«

Rica beugte sich vor. Dabei ließ der Ausschnitt ihres Kleides einen winzigen Teil ihres Brustansatzes erkennen. Das Gesicht veränderte kaum merklich seinen Ausdruck: wissend – aber dennoch verdrängend. Rica raffte ihren Umhang fester.

»Ich höre Euch gespannt zu, Kapitän, bitte erzählt weiter!«

Langsam und behäbig schien Kapitän Rahab wieder in das Leben zurückzukehren. Er schüttelte den Kopf, um die Phantome zu verscheuchen, und streckte ein wenig das Kinn vor.

»Verehrte Dame, Rica, ich weiß, daß die *tollwütigen Meermänner* keine Legende sind, wie die atemberaubende Schönheit Eurer Person hier an meinem Tisch keine Fabel ist!«

Ricas Augen bewegten sich nicht. Ihr Körper war leicht nach vorn gebeugt. Plötzlich war sie überzeugt, daß es außerhalb des Ordens noch weitere Geheimnisse gab. Sie öffnete den Mund, alle Gedanken bereits vorformuliert: »Was dann – wenn schon keine Legende auf den vielfältigen Meeren…?«

Kapitän Rahab zog die Schultern hoch und schien neben Rica hinaus ins Leere zu schauen, als könnte er dort die *tollwütigen Meermänner* hinter dem Schiff in der unendlich blauen See leibhaftig sehen.

»Exekias« – er sprach das eine Wort mit einer eigenartigen

Betonung aus. Seine Augen waren immer noch in unergründliche Fernen gerichtet, aber seine zur Faust geballte Hand auf dem Tisch zeigte der rothaarigen Frau die Seelenanspannung Rahabs nur zu deutlich. Ja, sie war wirklich interessiert, und ein wenig Ablenkung auf dem langweiligen Schiff konnte ihre Stimmung vielleicht bessern. »Kapitän Rahab... schenkt doch ein, ich sehe eine volle Karaffe – und meine Kehle ist ausgetrocknet.«

Sie betonte den Rang mit Absicht. Ihre feingliedrigen Finger fanden seine zur Faust geballte Hand – und es schien die Wärme der empfindsamen Frau zu sein, die ihn zurückholte, aus jenen unsichtbaren Gefilden weit jenseits des Horizonts.

Rahab lächelte verlegen. Sein lockiges Haar wurde von der frühen Morgensonne vergoldet. Rica fand, daß er energische Züge besaß, interessante, wasserblaue Augen, in denen man versinken konnte und aus denen der Schalk, gepaart mit einer kräftigen Portion Hinterlist und Heimtücke, sprühte. Sie fühlte sich plötzlich angezogen und abgestoßen zugleich. Mehr aus Verlegenheit und, um die Stille zu überbrücken, fragte sie: »Was hat es mit der Bedeutung des Wortes Exekias auf sich, Kapitän?«

»Niemand weiß besser als ich, Rica, was es mit den Exekias auf sich hat, die aber besser bekannt sind unter dem Namen *tollwütige Meermänner*. Das könnt Ihr mir glauben.«

Er stellte die Karaffe ab. Rica, die bislang unentschlossen gewesen war, legte das angebrochene Brot weg und beugte sich ein wenig vor, als könnte sie so besser zuhören. »Ich bin ganz gespannt auf die Geschichte, Kapitän...«

Und Rahab erzählte von seinem kleinen Geheimnis, als hätten sich unsichtbare Schleusen geöffnet. Seine Stimme war leise, fast ein eindringliches Flüstern, um die Geister der Vergangenheit nicht erneut heraufzubeschwören. Rica ließ es zu, daß die Stimme des alternden Kapitäns sie vollends in ihren Bann schlug. Nur der Kristall fühlte sich lebendiger an – sie trug ihn an ihrer linken Brust, er machte sie zu einer *Ordensschwester*.

»Rahab, du alter Halunke«, krähte der schlaksige junge Mann aus

Kortelb, einem kleinen Dorf in den *Hungerbergen.* Er hatte zwei Krüge Met hinuntergestürzt, als gäbe es am Ende des Tages nichts mehr für sie zu trinken. Rahabs volle blonde Locken kräuselten sich bis über die Schultern. Er band ungelenk das widerspenstige Haar hinter dem Kopf zusammen.

»Was ich versprochen habe, gilt, mein Freund. Ihr wollt nach Tesmoer, und ich werde euch durch die stürmische See noch heute nacht an euer Ziel bringen. Allerdings machen mir die Klippen Sorgen – und das beginnende Treibeis!« Sein Atem bildete kleine Wolken vor dem Mund. »Es friert – und wir werden uns beeilen müssen.«

»Mach dir keine Sorgen. Wir bezahlen dich gut und bringen vier kräftige Ruderer mit. Sorg du nur dafür, daß die Felsen nicht unser Grab werden!«

Rahab wollte etwas sagen, aber aus den Augenwinkeln nahm er wahr, wie mehrere Gestalten den felsigen Strand entlang auf sie zukamen. Und sie schienen es verdammt eilig zu haben.

Rahab schwieg und dachte an Tesmoer, eine vorgelagerte Insel im Großen Salzmeer, vielleicht eine halbe Stunde weit – für einen geübten Ruderer – vom Festland entfernt. Es gab dort nichts Interessantes zu entdecken, das wußte er von einem früheren Besuch. Tesmoer war ein karges Eiland, sturmumtost, mit wenig Vegetation und viel brüchigem, von Wind und Wetter zermürbtem Stein. Eigentlich einer der verlassensten Orte in diesem Teil der Welt.

Doch Rahab war jung, und es war eine vergleichsweise leichte Art, eine Handvoll Goldmünzen zu verdienen, die diese reichen Schnösel aus Cathar für die Überfahrt boten. Ein dünner, aber stets dichter werdender Nebelschleier war von der See aufgezogen – und er beunruhigte Rahab ein wenig. Der Nebel kam überraschend. Das Meer war zu Beginn der winterlichen Jahreszeit besonders heimtückisch und gefährlich, obwohl gerade jetzt die Wellen wie kraftlos am Strand vor Rahabs Füßen ausliefen.

Rahab machte das Ruderboot klar, denn es konnten nur die angekündigten Männer sein,, der Strand war um diese Jahreszeit ansonsten menschenleer. Die einsame Bucht lud auch keine

Fischer dazu ein, hier nach dem anstrengenden Tagewerk die Netze zu überprüfen und die kaputten Stellen wieder zu flicken. Sie waren völlig allein.

Rahab kannte die anderen Männer nicht, und so beobachtete er alle Bewegungen der Neuankömmlinge mit mißtrauischer Neugierde. Er schickte ein gedankliches Stoßgebet zu Odan und Einar, die aus dem Wolkenhort über Wohl und Wehe der Menschenwelt wachen würden.

Tark aus Kortelb stieß ihn an.

»Rahab, das sind meine Freunde, die uns begleiten und rudern werden. Du hast dich hoffentlich vorbereitet und kennst den Weg?«

Sechs Männer standen um das große Beiboot, und der schneidend kalte Wind ließ ihre Gesichter grimmiger aussehen, als sie es wirklich waren. Dennoch schienen sie ansonsten die Witterung dieser Jahreszeit so gut wie möglich zu ignorieren.

»Tark, du kannst dich auf mich verlassen, wie wir es bereits gestern in der Taverne besprochen haben. Ich werde dich und deine Freunde zur Insel Tesmoer und sicher wieder zurück bringen. Du weißt, daß ich meinem Vater auf vielen Reisen entlang der Ostküste gefolgt bin und die Gegend hier wie mein Heimatdorf kenne. Wenn deine Freunde nur kräftig rudern«, er deutete auf die Neuankömmlinge, die recht einsilbig waren und ihn mit einem stummen Kopfnicken und erhobener Hand begrüßt hatten, »werde ich euch auch zu dieser ungastlichen Jahreszeit sicher durch das Gewässer geleiten.«

Einer der Männer, ein kleiner, aber drahtig wirkender Kerl in einem festen Lederkilt und einem schweren grauen Umhang, der mit einer aufwendigen Silberschnalle verziert war, sprach die nächsten Worte: »Tark, laß uns die Sturmlaterne entzünden – und Kersal und Skarly, ihr schiebt das Boot ins Wasser. Der Vollmond wird uns den Weg zeigen.«

Tatsächlich zogen sich die aufbauenden Nebelbänke, die sich aufgebaut hatten, weitgehend zurück, und der Mond leuchtete geisterhaft hell über das Meer und verwandelte es mit seinen Strahlen in einen nächtlichen, glitzernden Teppich.

Das Beiboot hatte Rahab am frühen Nachmittag bestiegen. Sein Vater brauchte es nur selten und hatte es im Hafen eingelagert. Rahab und der Hafenmeister waren Freunde, und so würde sein Vater von der Benutzung nichts erfahren. Zu zweit war das große Beiboot natürlich erheblich schwerer zu steuern, aber jetzt, mit vier zusätzlichen Ruderern, schaufelten sie glitzerndes Seewasser im Takt mit den schwach angeordneten Wellenkämmen. Sie kamen schnell in tiefes Wasser.

Rahab hockte sich am Bug nieder und spähte nach draußen in das reflektierte Mondlicht, die Ausläufer der Nacht. Er versuchte, nicht an die fremden Männer hinter sich im Boot zu denken, von denen er nicht wußte, wie seetüchtig sie waren, noch daran, ob sie sich an die Abmachung halten würden, die er mit Tark per Handschlag getroffen hatte. Daß es sich hier womöglich um eine illegale Aktivität der Männer aus Kortelb handelte, war Rahab bewußt. Denn wer würde sonst schon auf den Gedanken kommen, bei diesem Hundewetter überhaupt hinaus aufs Meer zu fahren? Tark hatte ihm jedoch versichert, daß Rahabs Dienste nur für einen kurzen Landgang auf der Insel Tesmoer gebraucht wurden.

»Wir sind binnen einer halben Stunde wieder zurück«, hatte er gesagt. »Kümmere du dich um das Boot – je weniger du weißt, desto besser ist es für uns alle. Später, wenn wir von der Insel zurückkehren, werden wir etwas im Boot verstauen und abdecken. Ich bitte dich, in dieser Zeit einfach aufs Meer hinauszublicken. Mach dir keine Sorgen – du weißt nichts, wirst gut bezahlt und kannst ein andermal mit derselben Menge Goldstücke rechnen, wenn die Sache reibungslos ablaufen sollte.«

Rahab verscheuchte die schicksalsschwangeren Gedanken. Er zeigte mit der linken Hand Tark an, daß sie den Kurs nun etwas weiter nach Backbord ändern mußten. Die vier Männer aus Kortelb mochten rauhe Halunken ein, aber sie ruderten in rhythmischem Einklang durch das ruhige Wasser – eine eingespielte Mannschaft!

Der Nebel hatte sich endgültig verzogen, und in einiger Entfernung tauchte nach geraumer Zeit die Spitze der Felseninsel in der Düsternis auf, ein mahnend erhobener Zeigefinger in der

Nacht. Jetzt begann Rahabs schwierigster Teil. Er hoffte, daß nicht alle Anstrengung umsonst sein würde, denn den Barbaren aus Kortelb traute er einfach nicht über den Weg. Er war froh, für eine kleine Rückversicherung gesorgt zu haben, und gelobte Einar ein fürstliches Opfer, wenn alles nur gut ginge.

Leichter Wellengang voraus. Rahab drehte sein Gesicht in den Wind, der aus westlicher Richtung zu kommen schien. Ein Blick nach hinten – aber das Ufer lag längst zurück. Das Wasser wurde unruhiger. Welle um Welle ließ das Beiboot schaukeln. Die Männer behielten den Rhythmus ihres Ruderschlags unbeirrt bei. Rahab beugte sich vor. Vor ihm, verborgen in der Dunkelheit, die auch das Licht des Mondes nicht zu durchdringen vermochte, konnte er die gewaltigen Brecher hören, die machtvoll gegen die Felswände der Insel donnerten.

Jetzt mußte er sich konzentrieren, denn etwas vorgelagert der eigentlichen Küste wechselten sich Untiefen und bizarr aus dem Wasser ragende Felsspitzen ab – mit tiefen Einschnitten dazwischen, die eine fast unberechenbare Unterströmung erzeugten. Rahabs Vater hatte immer gesagt, Tesmoer sei der Friedhof der Schiffe, die aus Cathar kamen. Man steuerte sicherer, wenn man eine viertel Tagesreise weit aufs Meer zu hielt und einen großen Bogen um Tesmoer machte. Doch die Insel und ihre seltsame Schönheit von gigantischen Felsen und spärlicher Vegetation hatte auf Rahab von jeher eine unwiderstehliche Faszination ausgeübt.

»Hebt die Ruder hoch, Männer«, schrie er gegen die lauter werdende Brandung. Das Beiboot verlor an Fahrt. »Wartet auf mein Kommando und rudert um euer Leben, wenn wir das nächste Wellental durchquert haben.«

Rahab fühlte sich plötzlich sicher, stark, ganz in seinem Element. Sie würden am Ende alee Fährnisse meistern – da war er sich völlig sicher.

»Tark, wenn ich JETZT rufe, verlagere dein Gewicht ganz nach Steuerbord!« Rahab wurde eins mit dem Boot, das den tiefsten Punkt der Wellensenke gleich erreicht hatte. Er schloß die Augen, mit dem untrüglichen Gefühl dafür, wann die nächste Welle sie wieder aus dem Tal hinaustragen würde.

Dann verlagerte er sein Gewicht ebenfalls und rief mit voller Stimme: »JETZT!«

Die Ruder tauchten synchron wieder in das Wasser, und Rahab spürte, wie das Boot eine Drehung machte, vorbei an den Felsnadeln, aber immer noch dicht genug, daß er das sich dort brechende, schäumende Wasser im Mondlicht überdeutlich sehen konnte. Kein angenehmer Gedanke, daß das Boot vielleicht in diesen Sog geriet, wenn sie nicht aufpaßten...

Das Wasser brodelte, und die Insel tauchte schwarz und gigantisch vor ihnen auf. »Und gleich noch einmal, Männer!« Die Prozedur wiederholte sich, bis, spärlich vom Mondlicht mit silbernen Strahlen ausgegossen, eine Bucht vor ihnen auftauchte. Die Ruderer legten sich noch einmal kräftig ins Zeug.

Später – die Männer waren von Land noch nicht zurück – brach die Nacht mit Gewalt über Rahab herein, der sich plötzlich *sehr* einsam fühlte, wie niemals zuvor. Doch dann tauchten die Männer auch schon wieder auf, und Rahab begann, das Boot für die Rückfahrt vorzubereiten.

Gleich darauf warfen sie sich wieder in das Labyrinth der Untiefen, umschifften die ersten Felsnadeln, bis... ja, bis das Boot von den ersten Brechern hochgehoben und weitergetragen wurde. Der Bug und Rahab standen plötzlich hoch über dem Wasser, und die Männer hinter ihm ruderten angestrengt, um den lauernden Felsspitzen rechtzeitig auszuweichen.

Das Beiboot legte sich erst nach rechts, dann nach links, glitt hinein in eine Art Gasse, von der die Felsnadeln zurückwichen – und plötzlich war da Nebel, der auf den Wellen lastete und sie niederzuhalten schien. Rahab schaute ungläubig. Er warf den überraschten Männern im Boot hinter sich einen kurzen Blick zu, nicht minder ratlos, als sie es selbst waren.

Noch während Rahab voller düsterer Vorahnungen den Blick auf die spiegelglatte, neblige See warf, am Ende seiner Kunst, mutlos auch, und am Himmel der Mond hinter Wolkenschlieren plötzlich klein und sehr weit schien, stieß etwas gegen das Boot.

»Bei Odan, Einar und den anderen Lichtgöttern, wir sind auf einen Felsen gelaufen! Wir sinken gleich!«

Tark hatte sich aufgeregt erhoben. Das Beiboot schwankte leicht, schien aber frei, auch zeigte sich kein Wasser zu seinen Füßen, das sprudelte, das stieg, sie in die Tiefe zog, nur um im Frühjahr die Leichen von sechs jungen Männern wieder freizugeben. Ausgespien wie ein unverdauliches Lebensmittel. Zuerst aber würden Teile des Beiboots aus der tödlichen Umarmung des Meeres freigegeben und an der Küste angeschwemmt werden. Und sein Vater würde die traurige Nachricht erhalten, die es zur Gewißheit machte: Rahab, sein einziger Sohn, war tot. Rahab wußte mit tödlicher Sicherheit, daß nur eine einzige falsche Reaktion ihr Ende in dem kalten Wasser bedeutete.

»Setz dich, Tark«, spie er voller Zorn aus und hob beschwichtigend die Arme, während die andreren Ruderer mit grimmigen und entschlossenen Gesichtern zu ihm aufblickten.

Wind und See schienen den Atem anzuhalten. Etwas kratzte und schabte unter ihren Füßen. Rahab schaute unwillkürlich zwischen seine Füße, und die Männer an den Rudern hoben diese aus dem Wasser, erschrocken, abwartend.

»Es ist kein Felsen, Rahab! Du hast uns bisher gut geleitet«, sagte Kersal erstaunlich ruhig, und Rahab fiel ihm nervös ins Wort: »Was aber, in Einars Namen, ist es dann?«

Niemand wagte sich zu bewegen. Es war Rahab selbst, der sich niederhockte, ganz langsam, als könnte eine unbedachte Bewegung wieder dieses unheimliche Kratzen und Schaben auslösen. Seine Rechte tastete unter einem Balken die Seite entlang, wo er die Kurzschwerter verstaut hatte. Der kühle, silberbeschlagene Griff der Klinge versprach – vielleicht trügerische – Sicherheit. Rahab wagte fast nicht zu atmen. Er schätzte die Entfernung zur Insel auf weniger als zehn Bootslängen. Trotz des kalten Wassers konnten sie es schaffen. Er wollte die Männer aus Kortelb schon auf diese Alternative aufmerksam machen, als ein erneutes Kratzen und Schaben das Boot zum Schaukeln brachte.

Einer der Männer hatte die Sturmlaterne angezündet und hielt sie vorsichtig über den Bootsrand, um das Wasser anzuleuchten. Sein Atem hing wie ein feuchter Nebel über dem Wasser. »Kein Felsen«, sagte er lakonisch, »wir sollten vorsichtig weiterrudern.«

Rahab wollte schon aufatmen und die Kontrolle wiedergewinnen, als die Dinge sich zu überschlagen begannen. Die schwach glitzernde, glatte Meeresoberfläche begann zu kochen. Blasen stiegen zu beiden Seiten des Bootes auf, und Rahab zog nun das Kurzschwert unter den Planken hervor.

Kersal stieg nach vorn. Ob er das zweite Schwert holen wollte oder sich auf ihn stürzen, konnte Rahab nicht sagen. Rahab strauchelte jedenfalls durch die ungewohnte Bootsbewegung und stürzte am Bug fast über Bord. Der Mond war seiner Schleier ledig und erhellte jetzt die Szene in einem traumartigen Licht. Rahab starrte direkt in das Auge eines Zyklopen. Er kannte die Legende von den *tollwütigen Meermännern*, aber damit erschreckte man nur bisweilen die Kinder an den Lagerfeuern der Alten. Bartol, der alte Fischer, hatte gesagt, die Exekias hätten trübe, gelbliche Augen mit blutunterlaufenen Adern, die die trübe Linse wie Flüseeine Landkarte durchzogen, aber Rahab fand, daß das Auge nur riesengroß und bösartig aussah und bei weitem alle seineAlpträume in den Schatten stellte.

Aus seinem Mund kam ein gellender Schrei, der die ferne Brandung mühelos übertönte, und plötzlich stimmten die Männer hinter ihm mit ein, obwohl der böse Blick knapp unterhalb der Wasseroberfläche doch nur ihm galt, ihm allein.

Im letzten Moment warf er sich herum, nur um zu sehen, wie ein Körper senkrecht aus dem Wasser schoß, fischähnlich, mit einem Kopf und Tentakelschopf und Flossen, die rudimentäre Ansätze von Greifenden zeigten – sie waren von der Größe eines etwa halben Menschenkörpers. Das Wesen schleuderte seine Tentakel herum, Wasser spritzte wild und ein Sturzregen ergoß sich über Männer und Boot.

Dann krachte etwas heftig zwischen ihnen, und Rahab sah die Männer mit hemmungsloser Gewalt in die Luft geschleudert. Das Wasser schäumte, und das Boot schaukelte bedrohlich,schien kentern zu wollen.

Die Luft war erfüllt von einem Brausen, Kreischen und den Hilfeschreien der Unglücklichen. Dies war das Ende.

Wir werden alle sterben, dachte Rahab. Sein fester Griff hielt das

Kurzschwert umschlossen, die andere Hand hatte die Bootsreling fest umklammert, um nicht über Bord zu gehen, wie Tark und seine Gesellen. Einmal noch hob Rahab den Kopf, nur um zu sehen, wie Kersal mit entsetztem Gesicht aus dem kalten Wasser auftauchte – um gleich darauf von einem gigantischen Maul verschlungen zu werden. Etwas stach aus dem Wasser – ein glühendes Auge, ein gewaltiger Körper, der das Boot umzukippen drohte, und Rahab schlug blind um sich, hieb in die Luft, traf einmal Holz und dann endlich etwas Nachgiebiges, Weiches. Den Körper des Exekias, dieses legendenumwobenen Wesens, das man den *tollwütigen Meermann* nannte!

Das Wesen hatte nun beide Augen geöffnet, weniger Fisch, mehr Mensch – und dann glitt es mit einem tiefen Brummton unter das Boot. Dabei erzeugte es eine weitere Welle, die Rahabs Beiboot in Richtung Insel zurücktrieb. Verzweifelt rappelte sich Rahab wieder auf.

Der Exekias tauchte fast an derselben Stelle wieder aus dem brodelnden Meerwasser auf, schnappte sich einen anderen der Ruderer, der schreiend unter Wasser gezogen wurde. Fast zeitgleich erwischte es auch die übrigen Männer, die inzwischen halb bewußtlos in dem eiskalten Wasser trieben. Rahab sah hilflos zu, während sein Boot von einer weiteren Welle zurück in die Bucht getrieben wurde, der Exekias ihm nicht folgen konnte.

Rahab zitterte vor Kälte, denn in dem Aufruhr hatte er seinen Umhang verloren. Der Wahnsinn glitzerte in seinen Augen. In kurzer Entfernung stieg der *tollwütige Meermann* noch einmal zu imposanter Größe aus dem Wasser, und gegen den Nachthimmel konnte Rahab einen gigantischen, dunklen Körper sehen – mit gelben, bösartigen Augen und einem leuchtenden Strich (das war die Wunde, die er mit seinem Kurzschwert dem Wesen beigebracht hatte).

Rahab schrie: »Die *tollwütigen Meermänner* werden mich niemals kriegen, denn ich bin stärker, das ist ein Versprechen!« Und dann verstummte er abrupt, denn in der Sekunde, bevor der Exekias wieder ins Wasser zurückglitt, glaubte Rahab etwas gesehen zu haben. Entsetzt sank er in sich zusammen. Er wußte plötzlich mit untrüglicher Sicherheit, in diesen gelben Augen des Meerungeheuers die Antwort erkannt zu haben.

Hemmungslos begann der junge Rahab zu weinen, denn das Meer würde ihn – wie eine Frau – niemals wieder loslassen, und sein Versprechen würde er nicht für alle Ewigkeiten halten können. Die Kälte hielt ihn mit eisigen Klauen umklammert, ein Vorgeschmack dessen, was ihn irgendwann einmal erwarten würde. Rahab tröstete sich und dankte den Lichtgöttern für die wundersame Rettung. Die *My-Bodick,* Kang, Rica und Pernath, die Stadt in der goldenen Dämmerung, lagen noch Jahrzehnte vor ihm...

Kapitän Rahab erwachte wie aus einem bösen Traum und starrte die rothaarige Rica wie ein Wesen aus einer anderen Welt an.

»Entschuldigt, wenn ich Euch mit meiner Erzählung gelangweilt haben sollte.«

Er riß ein Stück von dem frischen Brot ab und schenkte etwas mit Wasser durchsetzten Wein ein. Rahab strich die grauen Locken, die seit jenen vergangenen Tagen spärlicher geworden waren, aus seinem Gesicht und erhob sich.

Er verschränkte die Arme hinter dem Rücken und starrte aufs Meer hinaus.

»Es ist nur eine Geschichte, Rica. Aber deswegen habe ich Euch nicht zu mir gebeten.« Rahab drehte sich abrupt um, und etwas Verschlagenes lag nun in seinem Gesichtsausdruck, das selbst Rica leicht zusammenzucken ließ.

»Erklärt mir doch bitte, was Ihr unten in den Lagerräumen bei den Sklaven zu suchen hattet.«

In der Kapitänskabine war es auf einmal so still, als befänden sie völlig allein an Bord.

»Wie kommt Ihr denn darauf?« erwiderte Rica eine Spur zu rasch, und ein erstes Zeichen von Unsicherheit zeichnete sich auf ihren ebenmäßigen Gesichtszügen ab.

»Versucht nicht, mich anzulügen«, erwiderte Rahab mit einer Stimme, in der ein drohender Unterton anklang. »Vergeßt nicht, daß *ich* die Befehlsgewalt auf diesem Schiff ausübe – ich kann auch noch ganz anders, wenn Ihr versteht, was ich damit sagen will...« Seine Lippen verzogen sich zu einem gewinnenden Lächeln – aber daraus wurde nur eine unangenehme Grimasse, und Rica erkannte das. »Also!« fuhr der bärtige Kapitän schließlich mit Nachdruck fort. »Ich habe Euch eine Frage gestellt – und ich erwarte darauf eine *ganz klare* Antwort. Es ist noch weit bis nach Pernath – und es soll Passagiere gegeben haben, die eine solch beschwerliche Überfahrt nicht heil überstanden – vor allen Dingen dann, wenn es sich dabei um eine alleinreisende schöne Frau handelte.«

Erneut lächelte er bei diesen Worten – aber seine Augen blieben nach wie vor völlig kalt, und Rica ertappte sich bei dem Gedanken, daß Kapitän Rahab womöglich sehr genau *wußte*, um was es hier ging. *Aber nein*, ermutigte sie dann eine innere Stimme. *Es ist völlig unmöglich – es kann gar nicht sein, daß er...*

»Ich will nicht ungeduldig sein«, riß sie Kapitän Rahabs Stimme aus ihren Gedanken. »Aber wenn Ihr jetzt nicht endlich sagt, was das alles zu bedeuten hat, muß ich andere Saiten aufziehen. Ihr kennt sicherlich meinen Ersten Maat Kaal. Es würde ihm *Vergnügen* bereiten, die Wahrheit aus Euch herauszuholen, *Edle Dame*...«

»Ich glaube, Ihr vergreift Euch in Eurem Ton«, hielt ihm Rica entgegen, während sie fieberhaft in Gedanken nach einer passenden Antwort suchte – vor allen Dingen nach einer Antwort, die auch glaubwürdig klang. »Ich habe für die Überfahrt nach Pernath bezahlt – und ich denke, es war ein äußerst großzügiger Preis. Dafür kann ich doch wohl erwarten, daß Ihr mich nicht weiter mit seltsamen Fragen bedrängt, und...«

»Ich glaube, Ihr habt immer noch nicht verstanden, in welcher Lage Ihr Euch befindet, Rica – oder wie Ihr auch immer heißen mögt«, erwiderte Rahab. »Ich bin hier das *Gesetz* an Bord – und dieses *Gesetz* gilt, solange Ihr Euch auf meinem Schiff befindet. Vielleicht kennt Ihr es nicht – aber das *Gesetz* der See ist klar und eindeutig. Jeder – und ich meine wirklich *jeder* – hat sich meinem Befehl zu unterstellen. Das gilt sowohl für die Mannschaft als auch für zahlende Passagiere. Ihr wärt nicht der erste, den ich überreden müßte, mir etwas zu sagen, was ich wissen will. Und ich habe bisher immer *alles* erfahren – glaubt mir das!«

»Verzeiht«, murmelte Rica rasch, als sie begriff, daß sie Kapitän Rahab jetzt nicht unnötig reizen durfte. Es stand zu viel auf dem Spiel – viel zu viel. Also entschloß sie sich in diesem Moment, dem Kapitän einen Teil von dem zu erzählen, was sie dazu bewogen hatte, unter Deck zu gehen. Aber so, daß Rahab keinen Verdacht schöpfte. Er durfte niemals erfahren, wer sie wirklich war und daß sie gar nicht nach Pernath wollte. Nein, wenn alles gutging, würde sie die *My-Bodick* schon früher verlassen – und dieses Wissen mußte sie natürlich für sich behalten, sonst...

»Ich habe gesehen, wie einige der Sklaven an Bord gebracht wurden«, klärte sie dann den Kapitän auf. »Ich konnte nicht schlafen und hörte den Lärm auf den Schiffsplanken über mir. Deshalb stand ich auf, um mich kundig zu machen, was dort vor sich ging. Nennt es weibliche Neugier, Kapitän Rahab – aber ich konnte nicht anders.« Während ihr diese Worte hastig über die Lippen kamen, hoffte sie inständig, daß Rahab ihr glaubte, was sie jetzt sagte. »Und was habt Ihr gesehen? Heraus mit der Sprache!« Die Stimme des Kapitäns klang jetzt zunehmend ungeduldiger.

»Nichts, was Euch beunruhigen dürfte«, erwiderte Rica rasch, als sie das mißtrauische Flackern in Rahabs Augen bemerkte. »Es ist wohl ein Teil Eurer Arbeit, Sklaven an Bord zu bringen und sie in fremden Ländern zu Geld zu machen – das geht mich auch gar nichts an, und ich habe erst recht nicht darüber zu entscheiden, ob dies Rechtens ist oder nicht. Das obliegt allein Eurem Willen. Nein, meine Neugier hatte andere Gründe – ich glaubte, einen der Sklaven zu kennen, aber ich war mir nicht sicher, ob ich mich nicht vielleicht geirrt hätte. Deshalb wollte ich mich selbst davon überzeugen. Ich konnte den Mann nicht genau erkennen, als er mit den anderen unter Deck gebracht wurde. Es ging alles viel zu schnell, und ich konnte nur schattenhafte Gestalten sehen – mehr aber auch nicht.«

»Und wer war dieser Mann? Vorausgesetzt natürlich, daß Ihr Euch nicht getäuscht habt?« hakte Kapitän Rahab nach, und seine prüfenden Blicke richteten sich dabei auf Rica. »Sein Name war Torric – und ich habe ihn nicht gerade in angenehmer Erinnerung«, antwortete Rica, ohne zu zögern. »Ich bin ihm vor einigen Wochen zum ersten Mal in der Stadt Rocsys begegnet. Er gab vor, ein einflußreicher General mit einer eigenen Armee zu sein – ich war mir damals nicht sicher, ob ich ihm wirklich Glauben schenken konnte. Aber er hatte etwas an sich, was mich sehr rasch überzeugte, daß er kein Lügner war.« Sie blickte dabei beschämt zu Boden und lächelte verhalten, während ein Gedanke den anderen jagte. *Hoffentlich glaubt er es*, dachte sie verzweifelt. *Er muß es einfach glauben, sonst...* »Soso«, murmelte Rahab und ließ sich dabei nicht anmerken, was er in Wirklichkeit von diesen Worten hielt. »Für einen General scheint er aber eine ziemlich seltsame Laufbahn eingeschlagen zu haben. Gestern noch ein starker Befehlshaber – und heute nur noch ein rechtloser Sklave. Eure Worte lassen mich stark zweifeln, Rica.«

»Aber ich mußte es doch herausfinden«, erwiderte Rica erregt. »Er kränkte mich damals... in meiner Würde, Kapitän. Muß ich noch deutlicher werden, damit Ihr versteht, was meine Beweggründe für dieses Handeln waren? Ich *mußte* es einfach herausfinden, wollte Gewißheit haben – und es wäre eine ungeahnte Genugtuung für mich gewesen, wenn ich diesen Hund in Ketten vor mir gesehen hätte. Es ließ mir einfach keine Ruhe mehr – ich mußte wissen, ob er es wirklich war!«

»Und, was habt Ihr herausgefunden, Rica?«

»Ich habe mich getäuscht – leider.« In Ricas Stimme klang eine Spur von Trauer und Enttäuschung an. »Ich fand es schon sehr bald heraus – als ich ihm nahe genug war, um zu erkennen, daß dieser Sklave Torric nur ähnlich sah. Aber er war es nicht – deshalb habe ich mich rasch wieder zurückgezogen.« Sie hielt einen Moment inne, hob den Kopf und blickte dabei etwas trotzig drein. »Ich wollte eben vermeiden, daß mir jemand unangenehme Fragen stellt – ist das ein Verbrechen? Jetzt wißt Ihr alles – und es ist die Wahrheit. Glaubt es oder glaubt es nicht – es ist mir vollkommen gleichgültig!« Rahab erwiderte nicht gleich etwas darauf. Er schien zu überlegen, strich sich dabei abwesend den Bart, bevor er schließlich wieder das Wort ergriff. »Menschliche Enttäuschungen gibt es immer wieder, Edle Dame – und es trifft jeden. Egal, ob es ein Adliger oder ein einfacher Mensch ist. Gut, ich will Euren Worten glauben, und ich kann sogar verstehen, welche Schmach Ihr erlitten habt. So etwas sitzt manchmal sehr tief, und es braucht einige Zeit, bis man wieder vergessen kann...« Seine Augen blickten dabei in unergründliche Fernen, und es schien, als dächte er in diesen Sekunden an ganz andere Dinge. An Dinge, die etwas mit seiner Vergangenheit zu tun haben mußten. »Gestattet Ihr, daß ich mich jetzt wieder zurückziehe, Kapitän Rahab?« riß ihn Ricas Stimme aus seinen Gedanken. »Ich bin etwas müde – und ich möchte jetzt allein sein...«

»Natürlich«, versicherte ihr Rahab. »Ich werde Euch nicht länger aufhalten. Verzeiht mein Mißtrauen – Ihr könnt selbstverständlich gehen. Und habt Dank für Eure Geduld und, daß Ihr mir Gelegenheit gegeben habt, über vergangene Dinge zu sprechen.«

Er sah zu, wie die schöne rothaarige Frau den Raum verließ, und wartete ab, bis sich ihre Schritte draußen auf dem Gang entfernten. Dann schwand das Lächeln aus seinen Gesichtszügen und machte einer tiefen Beklommenheit Platz. Kapitän Rahab wankte und ballte beide Fäuste. Rica hatte ihm mit unbekümmerter Miene eine Geschichte aufgetischt, von der er ganz klar spürte, daß etwas daran nicht stimmte. Aber dennoch zögerte er, die Wahrheit mit Gewalt aus ihr herauszupressen.

Ich werde sie weiter beobachten, grübelte er. *Da ist etwas, was nicht stimmt. Es ist irgendwie seltsam... falsch!*

Kapitel 6: Der Pfad der Schmerzen

Harr versuchte den beißenden Schmerz in seiner linken Kniekehle zu ignorieren, als er mühsam und auf einen Stock gestützt seinen beschwerlichen Weg nach Norden fortsetzte. Die Wunde heilte nicht, hatte jetzt zusehends eitrige Stellen bekommen – und Harr wußte, daß er diesen Marsch nicht mehr lange durchhalten würde – der Zeitpunkt der totalen Erschöpfung war nicht mehr fern. Und was dann kommen würde, das wußte er sehr genau...

Ein unbeschreibliches Gefühl des Glücks durchströmte den hageren Bettler, als seine Phantasie ihm ein Bild vor seinem geistigen Auge zeigte, nach dem er sich mit jeder Faser seines Körpers sehnte. Gleichzeitig empfand er auch große Scham davor, daß er Schwäche angesichts der Schmerzen zeigte. Vielleicht deshalb, weil er die *siebte Stufe der Vollkommenheit* noch nicht erreicht hatte!

Unwillkürlich schaute er nach vorn zu Bruder Cyan, der trotz seiner Blindheit allen anderen ein leuchtendes Vorbild war. Er war am meisten gezeichnet von der *Seligkeit der Selbstbestrafung*, dennoch hörte Harr immer wieder seine volltönende Stimme, die eine Lobpreisung nach der anderen sang.

Aber Bruder Cyan muß doch vor Schmerzen fast wahnsinnig werden, schoß es dem innerlich zweifelnden Harr durch den Kopf. *Ein Mensch kann das doch gar nicht aushalten, was Cyan getan hat. Und doch marschiert er weiter, als wäre überhaupt nichts geschehen.* Was für eine Stärke mochte in diesem Menschen stecken!

Unwillkürlich glitten seine Gedanken einige Tage zurück, als sich die Gruppe der betenden Bettler noch auf der anderen Seite der Berge befundenen hatte – und wo auch Harr sich eine weitere Wunde selbst zugefügt hatte. Diesmal hatte es eine Sehne in der Kniekehle getroffen, was ihn nun den Rest seines Lebens zum Krüppel machte – aber was bedeutete das schon im Vergleich zu dem unermeßlichen Ruhm und der Ehre, die die *neuen* Götter ihnen schenken würden, wenn sie die *Schwelle des Schweigens* endlich überschritten hatten und die überwältigende Präsenz des *einzig wahren Glaubens* erfuhren?

Bruder Cyan war die treibende Kraft unter den zehn Bettlern, die die neue Botschaft des *einzig wahren Glaubens* verkünden sollten – die geflügelten Boten der *neuen* Götter hatten es ihnen aufgetragen. Und es gab keinen unter den hageren Männern, der sich diesem Befehl widersetzt hätte. Nein, die Botschaft war ganz klar –

und für jeden von ihnen selbstverständlich: Neues Leben konnte nur entstehen, wenn die Pestwucherungen dieses alten Lebens im Schlund des Vergessens verschwanden. Und dafür mußte jedes nur erdenkliche Opfer gebracht werden – das eigene Leben zählte überhaupt nichts.

Harrs Gedanken brachen ab, als die singende Stimme Bruder Cyans plötzlich verstummte. Der Kopf des Anführers der Bettler wandte sich plötzlich um, und Harr zuckte erneut zusammen, als er die verschorften, leeren Augenhöhlen des Mannes sah. Es mochte ein schrecklicher Anblick für denjenigen sein, der das zum ersten Mal erblickte. Auch Harr war es so ergangen – aber das war zu einem Zeitpunkt gewesen, als er noch nichts von der neuen Heilslehre gewußt hatte. Jetzt aber hatte er sich dem Zug der Bettler angeschlossen – und mit jedem weiteren Tag wurden sie immer mehr.

Bruder Cyan war die treibende Kraft der Gruppe. Mit seiner grausamen Selbstverstümmelung hatte er allen bewiesen, daß er die besondere Gabe des Wissens besaß – und daß die *neuen* Götter ihn auserkoren hatten, den *einzig wahren Glauben* unter die Völker dieses Teils der Welt zu bringen.

»Du mußt deine Gedanken reinigen, Bruder«, richtete Cyan nun das Wort an den um etliche Jahre jüngeren Harr (und wenn Cyan noch Augen besessen hätte, dann hätte sich der Blick des Älteren jetzt anklagend auf den Jüngeren gerichtet). »Nur, wenn du jeden Zweifel ablegst, wirst du das Heil der Vollkommenheit erlangen.«

»Verzeih mir, Bruder Cyan«, antwortete Harr mit gesenktem Haupt und einer Stimme, die voller Schuld war. »Ich habe einen einzigen Moment gezweifelt, und...«

»Ich wußte das, Bruder«, murmelte Cyan. »Aber du hast die letzte *Stufe* noch nicht erreicht – ich denke, du solltest jetzt und hier noch einen weiteren Schritt tun. Wenn du nicht die Kraft dazu hast, dann helfen wir dir dabei. Du wirst es bald verstehen und begreifen – der nächste Schritt ist im Grunde genommen einfach zu bewältigen. Du mußt nur über deinen eigenen Schatten springen – wenn du es *wirklich* willst!«

Harr zuckte zusammen, als ihm bewußt wurde, worauf der blinde Cyan hinauswollte. Er schluckte mehrmals und spürte den kalten Schweiß auf seiner Stirn angesichts dessen, was ihn nun erwartete. Dann aber gab er sich einen innerlichen Ruck und schalt sich einen Narren. Er konnte und durfte einfach nicht daran zweifeln – denn es war richtig, was er tat. Der Weg zum Heil führte nur über die persönliche Qual.

Es gab niemanden, der ihn vermissen würde, denn das Dorf, aus dem er stammte, war von einer plötzlichen Sturmflut vernichtet worden. Harr und eine Handvoll anderer hatten diese grausame Naturkatastrophe überlebt – und er selbst hatte sich dann den Bettlern angeschlossen, als diese die Stätte des Unheils erreicht hatten. Bruder Cyans flammende Rede hatte Harr sofort in ihren Bann geschlagen – es war für ihn von einem Augenblick zum anderen ganz klar geworden, daß er sich diesem Pilgerzug anschließen mußte! Es war der einzige Weg, der noch zum Heil führte, wenn die Welt ringsherum immer deutlicher und schneller ihrem Untergang zustrebte.

Mit einer geschmeidigen Bewegung zog der blinde Cyan seinen scharfen Dolch aus der Schärpe, die sein schmutziges Gewand zusammenhielt. In diesem Moment verfielen die anderen Bettler in einen monotonen Gesang – wie er jedesmal ertönte, wenn einer der Brüder die vorgeschriebenen Riten an sich selbst vollzog.

»Nimm meine Hand, Bruder Harr«, sagte Cyan mit eindringlicher Stimme, die zumindest in diesen Sekunden eine fast hypnotische Wirkung auf Harr hatte (aber das wußte er nicht). »Sie wird den Dolch führen und dich von allen Zweifeln reinigen. Komm, du mußt es tun – spürst du nicht den Atem der *neuen* Götter? Sie schauen in diesem Moment auf dich herab und sehen, was du tust. Erweise dich als ein würdiges Mitglied unserer Gruppe und geh den letzten Schritt!«

Harrs rechte Hand näherte sich langsam dem Dolch, den Cyan immer noch fest umschlossen hatte, und berührte die Klinge. Das blanke, im Licht der Morgensonne blitzende Metall fühlte sich kalt an, und Harr zuckte kurz zurück. Aber als er dann bemerkte, daß ein unwilliges Murmeln über Cyans Lippen kam, war er schließlich bereit, innerlich den letzten Schritt zu gehen.

»Ja, ich werde es tun«, murmelte er, umschloß die Hand Cyans und führte mit dessen Hilfe die scharfe Klinge an sein rechtes Auge heran. Bruchteile von Sekunden reihten sich zu unermeßlichen Ewigkeiten für Harr. Er spürte, wie sich sein Körper gegen das Unvermeidliche zu wehren begann – und dann geschah es!

Die Klinge des Dolches bohrte sich ins rechte Auge Harrs. Ein brennender, unbeschreiblicher Schmerz löschte sein Augenlicht aus, und ein lauter Schrei entrang sich seiner Kehle. Blut floß die Wange hinunter, vermischt mit salzigen Tränen, und Harrs gepeinigter Geist hatte in diesen Sekunden Regionen erreicht, in die ein normaler menschlicher Verstand niemals vordringen würde.

Bruder Cyan war es, der den Dolch dann mit unerbittlicher Entschlossenheit ans andere Auge Harrs führte. Noch während die erste heiße Schmerzwelle den Körper Harrs zu schütteln begann, überwand der jüngere Bettler seinen Zustand der Pein und stieß sich den Dolch auch noch ins andere Auge. Farben, der helle Himmel und das Rot der blutigen Klinge erloschen in einem grellen Blitz, machten einer alles verschlingenden Schwärze Platz, die plötzlich das ganze Universum überspannte.

Harr spürte, wie seine Beine ihm den Dienst versagten. Er brach zusammen, stürzte hart auf den felsigen Boden, während er beide Hände in die leeren Augenhöhlen preßte und eine nässende, klebrige Flüssigkeit spürte. *Das ist mein eigenes Blut*, schoß es ihm durch den Kopf. *Ich werde nie mehr seine Farbe sehen können.*

Er stöhnte laut und wand sich in Krämpfen auf dem Boden, während der monotone Gesang der anderen Brüder als verzerrtes Echo in seinem Hirn widerhallte. Zuerst glaubte er den Schmerz der *siebten Stufe* deutlich zu fühlen. Er beherrschte den ganzen Körper – und auch Harrs Denken. Aber der Schmerz verschwand nach einiger Zeit und es blieb die dumpfe Pein eines Blinden, der sein Augenlicht verloren hatte.

»Nein... nein...«, murmelte Harr fassunglos, als er die *Wahrheit* begriff. »Bruder Cyan!« rief er dann so laut, daß die anderen Bettler ihren Gesang abbrachen. »Es ist... es ist *falsch*, was wir tun...«

»Frevler!« fuhr ihn Cyan an und erhob seine Stimme anklagend gegen Harr. »Ich sehe, daß du immer noch unwürdig bist, den *einzig wahren Glauben* zu begreifen. Das war der entscheidende Moment des Übergangs – aber die von Angst gejagte Seele hat dich diesen Schritt nicht gehen lassen. Du bist nicht dafür bestimmt, weiter ein Teil unserer Gruppe zu sein!«

Harr stöhnte, als der Schmerz pochend zurückkehrte und hatte in diesen Sekunden Mühe zu begreifen, was Cyan und die anderen Bettler gerade beschlossen hatten.

»So helft mir doch...«, murmelte Harr. »Das viele Blut... ich...« Seine Stimme geriet ins Stocken, und ein trockenes Schluchzen kam aus seiner Kehle, das den ganzen Körper zu schütteln begann.

»Die Götter wollen dich nicht mehr sehen, Harr«, erklang nun Cyans haßerfüllte Stimme. »Einen wie dich, der an unserer gemeinsamen Aufgabe zweifelt, wollen sie nicht haben. Du hast deine letzte Chance verspielt – sie war nur hauchdünn, aber du hast sie dennoch nicht mit deinen beiden Händen ergriffen. Im Namen unserer Bruderschaft und der *neuen* Götter des Lichts stoße ich dich aus, Harr. Du bist nicht länger Teil von uns. Sieh zu, wie du überlebst. Du klammerst dich doch immer noch mit jeder Faser deines Körpers an dein jämmerliches Leben. Nun ist nicht mehr viel davon übriggeblieben. Lerne in deiner Einsamkeit, zu verstehen und vor allen Dingen zu akzeptieren, welchen Frevel du mit deinen unseligen Gedanken begangen hast. Vielleicht wirst du ja im Augenblick deines Todes einsehen, welche Schuld du auf dich geladen hast.«

Die Stimme verstummte kurz. Aber nur für wenige Sekunden, dann erklang sie erneut, und diesmal lag in ihr die volle Endgültigkeit: »Laßt uns unseren Weg nach Norden fortsetzen, meine Brüder. Dieser Unwürdige ist kein Teil des Ganzen mehr. Kommt – unsere Bestimmung wartet!«

Füße traten auf bröckelndes Gestein. Stimmen entfernten sich, und aufkommender Wind strich über Harrs blutiges Gesicht.

»So wartet doch!« rief Harr, und daraus wurde ein Brüllen, als ihm endlich bewußt wurde, daß die Entscheidung Cyans unwiderruflich galt.

»Ich will ja bereuen für das, was ich gedacht habe. Ihr könnt mich doch nicht allein lassen, und...«

Harrs Stimme verstummte schluchzend, als sich die Schritte der übrigen Bettler längst entfernt hatten. Nur der Wind verweilte jetzt noch an der Stelle, wo Harr allein und immer noch blutend auf dem Boden kniete und beide Hände anklagend zum Himmel hob. Zu einem Himmel, den die Augen des einstmals so überzeugten Harr niemals mehr erblicken würden.

Irgendwann war der verzehrende Schmerz der ohnmächtigen, kaum zu beschreibenden Wut gewichen und hatte einer fast schon lethargischen Hilflosigkeit Platz gemacht, die weite Teile von Harrs zerbrochener Seele durchsetzte und sein weiteres Handeln lenkte. Harr hatte gelernt, die pochenden Schmerzen in seinen verwüsteten Augen zu kontrollieren, und die erste, glutende Hitze unbeschreiblicher Pein war jetzt einem scharfen Brennen gewichen, das ihn immer noch laut aufstöhnen ließ.

Er wußte nicht, wie lange er hilflos, unzusammenhängende Worte vor sich hin murmelnd, auf dem rauhen Felsgestein gelegen hatte. Um ihn herum nur die alles verschlingende Schwärze – und dennoch begriff er mit einem Mal, daß Stunden vergangen sein mußten. Denn der Wind, der unmittelbar nach der grausamen Verstümmelung sein Gesicht gestreift hatte, kam jetzt von der Seite, und die intensive Wärme der Sonne brannte nicht mehr auf seinen Wangen.

Harr erschrak im ersten Moment, bei diesen für ihn völlig neuen Empfindungen. Er nahm etwas um sich herum wahr, aber irgendwie ganz anders – und dies bereitete ihm große Schwierigkeiten, weil sein Geist sich immer noch nicht umgestellt hatte.

Er wollte die Augen öffnen, die schreckliche Schwärze durchdringen, aus diesem furchtbaren Alptraum endlich aufwachen – aber daraus wurde nichts. Die Dunkelheit blieb – und sie würde bis ans Ende seines Lebens ein ständiger Begleiter bleiben.

Er hörte nur den stetigen Wind, der über das Land strich – und dort, wo er zwischen den Felsen pfiff, wurde er lauter, verursachte Geräusche, die den blinden Harr zusammenfahren ließen.

Mit beiden Händen tastete er umher, bis die Finger etwas griffen, was er kannte. Es war sein Stock, und als er ihn dann ganz zu fassen bekam und an sich zog, atmete er spürbar auf. *Wenigstens etwas Vertrautes in dieser alles verschlingenden Dunkelheit*, dachte er.

Harr versuchte aufzustehen, was ihm aber nicht gleich beim ersten Mal gelang. Denn da war auch noch sein lahmes Bein, dessen Wunde erneut aufgebrochen war. Er roch den Gestank des Eiters, und es erschien ihm, als hätte die Intensität noch zugenommen. Oder bildete er sich das nur ein? In Augenschein nehmen konnte er die Wunde ja nicht mehr...

Der hagere Bettler wankte, stand noch etwas unsicher auf den Beinen, aber er konnte sich halten. Mit den vom geronnenen Blut verkrusteten blinden Augen wandte er sich um, versuchte, die Richtung des Windes zu erfassen, und brauchte eine Weile, um herauszufinden, von welcher Seite er kam. Daraus schloß er, daß dies der Weg sei, den er einschlagen müsse.

Eigentlich war es Irrsinn, was er vorhatte – aber solange noch ein Funken Hoffnung in ihm steckte, gepaart mit dem Willen, das Beste aus dieser erbärmlichen Situation zu machen, solange würde er am Leben festhalten. Auch wenn das Überleben in Wirklichkeit nur noch eine Frage von Stunden, vielleicht von wenigen Tagen sein würde. Denn sein Körper war geschwächt vom Blutverlust – und da war auch noch die schwärende Wunde in der Kniekehle. Hätte Harr noch sein Augenlicht besessen, so hätte er erkannt, daß sich die Wunde entzündet hatte. Das Bein begann allmählich anzuschwellen, je mehr er es belastete.

Nur wenige Schritte später stolperte der Unglückliche über einen Stein und stürzte zu Boden. Er schrie auf, als er dabei mit der Stirn einen rauhen Felsbrocken streifte. Hätte er noch weinen können, so wären ihm jetzt sicherlich Tränen des Zorns über die Wangen gelaufen. Was ihm blieb, war die Flucht in eine fast erschreckende Gleichgültigkeit, bei seiner hilflosen Lage. Harr stöhnte, raffte sich wieder auf, griff nach dem Stock und humpelte weiter.

Allerdings kam er auch bei diesem Versuch nur wenige Schritte weit, bis er erneut zu stolpern drohte. Dann wurde ihm klar, daß es so nicht weitergehen konnte. Er benützte den Stock als Tasthilfe und nahm dadurch in Kauf, daß sein eiterndes Bein noch weiter belastet wurde, worauf es immer unangenehmer zu drücken begann.

Wieviel Zeit vergangen war, wußte Harr nicht. Irgendwann schien es ihm, als wäre die Sonne nicht mehr da, denn die Hitze auf seinen Wangen war verschwunden. Dagegen war der Wind etwas kühler geworden und strich seitlich über sein wundes Gesicht. Ein wenig Erleichterung überkam ihn – ein wenig.

Harr spürte eine zunehmende Schwäche in seinen Beinen, aber er gab trotzdem noch nicht auf. Er wußte, daß er nie mehr aufstehen würde, wenn er jetzt hier stürzte und sich seiner hilflosen Situation ergab. Es war schon fast unmenschlich zu nennen, was Harr in diesen Minuten leistete. Er überwand zum wiederholten Mal seine eigene Schwäche, holte das Letzte aus seinem geschundenen Körper heraus und hinkte so immer weiter.

Es erschien ihm, als wäre er schon seit Tagen unterwegs, und sein Körper verlangte nach frischem Wasser. Die Zunge war längst zu einem pelzigen Klumpen angeschwollen, und die Kehle war trocken und rauh. Aber wie sollte er hier Wasser finden? Selbst für einen *Sehenden* wäre das nicht leicht gewesen. Schließlich war das eine öde und menschenleere Gegend (zumindest hatte er das noch in seiner Erinnerung, aus jenen Momenten, bevor die Schwärze alles verändert hatte).

Harr war in seine eigenen Gedanken so sehr versunken, daß er erst zu spät bemerkte, wie der steinige Weg vor ihm plötzlich abschüssig wurde. Sein Stock tastete nach vorn, fand dabei aber keinen Halt mehr – und das Gewicht seines Körpers verlagerte sich von einer Sekunde zur anderen.

Der Unglückliche schrie, als sein Körper nach vorn fiel, er stürzte. Er ruderte mit den Armen, versuchte, irgendwo in der ihn umgebenden Schwärze einen Halt zu finden – aber vergeblich.

Harr stürzte den gesamten Hang hinunter, und sein Körper überschlug sich mehrmals, bis er schließlich gut fünfzig Meter tiefer in einer Mulde liegenblieb. Das aber bekam Harr nicht mehr mit, denn sein Geist schwamm in einem Meer aus Schmerzen, das schließlich über seinem Bewußtsein zusammenschlug und es in dunkle Tiefen zog.

Harr bewegte den Kopf, als ganz von fern ein Krächzen an sein Gehör drang. Zuerst hielt er das Tier nur für eines der zahlreichen finsteren Wesen seiner Alpträume, die mit jedem weiteren Atemzug zu wechseln schienen (und das, was Harr in seinen wirren Fieberträumen begegnete, war noch schlimmer als alles, was er jemals zuvor als *Sehender* erlebt hatte…).

Die Traumschleier verflüchtigten sich – was blieb, war die stetige Schwärze, die ihm nun schon gewohnt schien. Er wollte sich erheben, schrie dann aber schmerzgepeinigt auf, als sein linkes Bein ihm nicht mehr gehorchen wollte. Unwillkürlich tastete er mit der Hand danach und mußte spüren, daß das Bein irgendwie seltsam von seinem Körper abstand. Es brannte wie Feuer, und jedesmal, wenn seine Finger es berührten, konnte er kaum an sich halten.

Jenseits des Schmerzes hörte er das Schlagen von Flügeln, gefolgt von einem heiseren Krächzen, das diesmal bedrohlich nahe war – vielleicht nur wenige Armlängen entfernt. Und es kam noch aus einer weiteren Richtung! Ein Gedanke jagte jetzt den anderen, und Harr spürte, wie sein Herz zu rasen begann. *Geier*, schoß es ihm durch den Kopf. *Sie haben mich erspäht und warten nur darauf, daß ich endlich…*

Eine fürchterliche Angst erfaßte ihn. Gefahr lauerte rings um ihn herum – und er konnte sich noch nicht einmal wehren, sollten die großen Wüstenvögel sich mit ihren scharfen Krallen und Schnäbeln von zwei Seiten auf ihn stürzen. Sie wußten bestimmt, wie hilflos er war, hatten hier vielleicht schon lange gelauert, um nur noch den richtigen Moment abzuwarten. Sie hatten ja alle Zeit der Welt, denn im Grunde genommen war Harr so hilflos wie ein neugeborenes Kind.

»Nein...«, murmelte Harr, und seine Stimme hätte keinen Windhauch übertönt. Suchend wühlten seine Finger im Geröll, bis sie einen großen Steinbrocken fühlten. Sofort griff Harr zu, riß ihn heraus und schleuderte den Stein in die Richtung, aus der er das lauteste Krächzen vernommen hatte. Ein schriller Mißton erklang, gefolgt von heftigem Flügelschlagen – danach erschienen die Laute entfernter. Aber die Vögel blieben in der Nähe – nur etwas weiter weg.

Sie wissen, daß ich mich noch wehren kann, dachte Harr. *Diese feigen Biester brauchen nur noch abzuwarten, bis mich auch der letzte Rest meiner Kraft verläßt. Dann werden sie näher kommen und mir mit ihren Klauen die Kehle aufreißen.*

Ein schrecklicher Gedanke war das – aber Harr mußte sich damit auseinandersetzen. Denn hier und zu dieser Stunde war sein Weg der Qualen zu Ende. Sein Bein war gebrochen, es würde ihm ohnehin nicht mehr gehorchen, selbst wenn er es unter welch großen Schmerzen auch immer bewegen könnte. *Ein blinder Krüppel inmitten der Einöde, der sich für einen neuen Gläubigen gehalten hat*, schoß es ihm durch den Kopf. *Was für ein absurder Gedanke – ich habe es nur zu spät bemerkt...*

Nur ganz kurz dachte er noch an Bruder Cyan und die anderen Bettler, die einmal ein Teil seines Lebens gewesen waren, eines mittlerweile *sehr* weit entfernten Lebens. Alles hatte sich geändert – sein Glaube an die *neuen* Götter, seine Einstellung gewissen Dingen gegenüber und erst recht, was die Befürwortung der Selbstverstümmelung anging!

Harr hörte das Schlagen von Flügeln. Plötzlich spürte er einen Luftzug dicht vor seinem Gesicht, und etwas Scharfes streifte seine Kehle. Der Blinde schrie auf, versuchte, sein Gesicht und seinen Hals mit den Händen zu schützen, und warf sich nach hinten. Dabei brandete eine Welle heißen Schmerzes durch sein gebrochenes Bein, und Harr schrie erneut.

Diesmal allerdings hielt nichts die gefiederten Todesboten von einem zweiten Angriff zurück. Sie schienen auf irgendeine Art zu spüren, daß ihnen von diesem Menschen keine unmittelbare Gefahr mehr drohte. Das begriff Harr, als sich einer der Geier von hinten auf ihn stürzte und die scharfen Krallen in das Fleisch seines ungeschützten Rückens zu bohren versuchte. Harr spürte die Krallen in seiner Haut und griff mit beiden Händen nach hinten, bekam den Vogel zu fassen.

Wild schüttelte er das Tier von sich – allerdings hinterließen die Krallen auf seinem Rücken schmerzhafte Spuren. Diese Gegenwehr hatte ihn abgelenkt und so viel Kraft gekostet, daß ein zweiter Wüstenvogel ihn in aller Ruhe von vorn angreifen konnte. Harr handelte viel zu spät – die allgegenwärtige Finsternis machte ihn wehrlos gegen den Angriff, daß ein scharfer Schnabel in sein Gesicht stieß und ihm die Lippen aufriß.

Grauen schüttelte den Unglücklichen. Er schrie wie ein Tier, während der Vogel einfach nicht lockerlassen wollte. Er hatte sich in Harrs Gesicht festgebissen und klammerte sich an sein Opfer. Es wurde ein kurzer und lauter Kampf. Die Schwingen des Wüstenvogels schlugen unkontrolliert und trafen auch das gebrochene Bein, was erneut eine Schmerzwelle auslöste.

Harrs Todeskampf hatte begonnen – doch obwohl seine Situation von Anfang an völlig ausweglos gewesen war, zeigte er in diesem Moment einen solch unbändigen Lebenswillen, der Bruder Cyan ganz sicher in vollkommenes Erstaunen versetzt hätte. Denn der hätte nicht begriffen, wie sehr Harr an seinem Leben hing.

Doch da gab es auf einmal noch andere Geräusche, die erst ganz langsam in sein Hirn vordrangen. Eine laute Stimme war es, gefolgt von wirbelnden Hufschlägen, die allmählich lauter wurden und sich dem Ort näherten, wo er seinen letzten Kampf austrug. Das verwunderte den Blinden sehr, denn er hatte diese Gegend für völlig verlassen gehalten. Zumindest hatte das Bruder Cyan vor einigen Tagen schon behauptet – deshalb hatte er es ja so eilig gehabt, den Marsch nach Norden fortzusetzen. Denn nur im Norden lebten noch genügend Menschen, denen er die neue Lehre vom *einzig wahren Glauben* predigen konnte. Und genau diesen Glauben galt es so zu verbreiten, wie ein Bauer Saatgut in jedem neuen Frühjahr auf seinen Feldern ausstreute.

Für einen einzigen Atemzug war Harr unaufmerksam und bot seine ungeschützte Kehle dem scharfen Schnabel des Wüstenvogels als Angriffspunkt dar. Bruchteile von Sekunden später stieß der Geier zu. Harrs Schrei verwandelte sich in ein ersticktes Gurgeln, und er fiel zur Seite.

Er rang keuchend nach Luft, während er spürte, wie der Schmerz in seiner Kehle immer stärker wurde und ihm zunehmend das Atmen schwermachte. *Luft*, dachte er. *Ich brauche Luft, sonst...*

Sein ganzer Körper brannte vor Schmerz, und er wimmerte leise, während die Hufschläge auf einmal aufhörten und statt dessen schwere Schritte zu hören waren. Die Wüstenvögel schrien durchdringend auf, als irgend etwas sie offenbar angriff. Harr hörte dumpfe Schläge, gefolgt von lauten Schreien der Geier – und dann schien alles vorbei zu sein.

»Schnell, Jesca«, hörte Harr die kräftige Stimme eines Mannes und fühlte, wie sich jemand über ihn beugte. »Er braucht Wasser, sonst...«

»Hier, Thorin«, hörte der völlig geschwächte Harr dann eine andere Stimme und begriff erst beim zweiten Hinhören, daß sie einer Frau gehörte. Diese Stimmen durchdrangen das Meer der Schmerzen, die seinen Körper in einem unsichtbaren, aber permanenten Feuer badeten und nicht abließen.

Harrs Kopf wurde angehoben und etwas Rauhes an seine zerschnittenen Lippen gehalten. Dann spürte Harr eine kühlende Flüssigkeit in der Kehle, aber sie konnte ihn nicht beleben – das Feuer wütete weiter in ihm.

»Er wird jeden Moment sterben, Thorin«, hörte Harr die Stimme der Frau. »Bei allen Göttern – wer hat ihn nur so zugerichtet? Das waren nicht nur die Geier.«

Ein Hustenreiz erfaßte Harr, schüttelte seinen Körper. Er fühlte bereits die nahen Schatten, den Tod, der seine knöchernen Finger nach ihm auszustrecken begann. Aber er konnte und wollte jetzt noch nicht sterben – nicht, bevor er den beiden Menschen, die er niemals würde sehen können, danken konnte für das, was sie für ihn getan hatten.

»Ich... ich war es selbst«, hörte er sich dann mit einer völlig fremden Stimme röcheln (es lag an dem tiefen Riß in der Kehle, den ihm der Wüstenvogel zugefügt hatte – aber das wußte Harr natürlich nicht). »Ich hielt es... für meine... Bestimmung. Nur durch... Pein und... Schmerzen führt der Weg... zur Erlösung... und... zum *einzig wahren Glauben*...« Er brach ab, weil er wieder husten mußte.

»Er hat hohes Fieber«, murmelte der Mann, und Harr spürte, wie sich eine kräftige Hand auf seine Stirn legte. »Es ergibt keinen Sinn, was er redet. Er phantasiert womöglich.«

»Nein!« stieß Harr heftig hervor. »Es ist die... Bestimmung der ...*Gläubigen*. Ich habe... mich mit Bruder Cyans... Hilfe verstümmelt. Aber es... war ein Fehler. Der Weg der... *neuen* Götter ist... falsch. Haltet sie auf... bevor...« Harrs Hand hob sich schwach, bekam den Arm des Mannes zu fassen und spürte, wie stark die Muskeln waren. »Sie reißen... andere in den Tod – der Weg des *einzig wahren Glaubens* ist ein Irrweg... Folgt ihnen, bevor...«

Er wollte noch mehr sagen, aber plötzlich begann sein Herz wie wild zu rasen. In seinem Kopf setzte etwas aus, und im selben Moment erlosch auch die Dunkelheit in seinem gepeinigten Hirn. Harrs Atem verging.

Thorins Miene war mehr als nachdenklich, als er seine Blicke von dem Toten abwandte und zu Jesca schaute. Ein tiefer Seufzer kam über seine Lippen, und er schüttelte immer noch den Kopf, in Erinnerung der Worte, die er von dem sterbenden Blinden gehört hatte.

»Schon wieder die *neuen* Götter«, murmelte er. »Wo man auf ihre Spuren trifft, begegnet man dem Tod. Ob er zu diesen mysteriösen Bettlern gehört, von denen Bracon von Nuymir erzählt hat? Je länger ich darüber nachdenke, um so sicherer bin ich.«

Jesca wollte gerade darauf etwas erwidern, aber dann fiel ihr Blick auf die Brust des Toten. Unter dem Hemd, das von den scharfen Krallen der Wüstenvögel zerrissen worden war, schimmerte etwas hell. Dann erkannte sie ein kleines Medaillon und bückte sich danach. Sie hob das Medaillon auf, betrachtete es kurz und stieß dann einen überraschten Ruf aus, als sie das Bildnis sah. »Sieh dir das an«, forderte sie Thorin auf und hielt ihm das Medaillon hin. »Was erkennst du?«

Thorin wußte natürlich nicht, was daran für Jesca auf einmal so wichtig war. Aber er tat ihr den Gefallen und warf einen Blick auf die Gravierung.

»Es sieht aus wie... eine gigantische Brücke aus Stein«, sagte er nach kurzem Überlegen. »Aber, was willst du damit sagen? Ich weiß nicht, was...«

»*NIPUUR*«, murmelte Jesca. »Ich könnte Stein und Bein darauf schwören, daß wir hier und jetzt gerade einen weiteren Hinweis auf *NIPUUR* erhalten haben. Du hast doch selbst die letzten Worte dieses armen Teufels gehört – er sprach von den *neuen* Göttern und ihrem *einzig wahren Glauben*. Und wenn du dich jetzt an das erinnerst, was die geflügelten Wesen zu uns gesagt haben, dann läßt das keine andere Vermutung zu.«

»*NIPUUR* soll eine Steinbrücke sein?« faßte Thorin Jescas Mutmaßungen zusammen. »Aber welchen Zweck würde sie erfüllen – und wohin führt sie?«

»Vielleicht direkt zu den *Sternensteinen* – wer weiß?« erwiderte Jesca achselzuckend. »Ich denke, daß wir es bald herausfinden werden. Vielleicht können uns andere dazu mehr sagen.«

Sie blickte dabei wieder auf den Toten hinab, dessen Züge sich erst nach seinem Ableben etwas entspannt hatten. Welche unbeschreiblichen Qualen mußte er in seinen letzten Stunden ausgestanden haben!

»Er sprach noch von anderen *Gläubigen*«, erinnerte sich Thorin. »Auch wenn ich mir nur sehr schwer vorstellen kann, was diese verrückte Selbstverstümmelung noch mit Glauben zu tun hat – aber du hast recht. Wir müssen nach den Spuren der Gefährten des Toten suchen. Die *neuen* Götter haben ihnen diese Aufgabe auferlegt – und ich frage mich, was dieser Irrsinn noch mit den Mächten des Lichts zu tun hat. Womöglich gibt es noch etliche von diesen Narren, die ihr Heil im Untergang suchen und es auch noch anderen Menschen verkünden wollen.«

Jesca nickte und wollte sich gerade abwenden, als ein plötzlicher

Erinnerungsfetzen sich in ihrem Hirn formte. Sie schüttelte kurz den Kopf und blickte dann Thorin an.

»Ich glaube, wir sind auf dem richtigen Weg, Thorin«, klärte sie den erstaunten Nordlandwolf auf. »Es hat etwas mit den Ereignissen in der *Stadt der verlorenen Seelen* zu tun. Als ich auf dem Opferaltar lag, wurde ich in Trance versetzt – und dennoch konnte ich die Worte der Priesterin hören. Ich bin mir jetzt sicher, daß ich dort zum ersten Mal den Namen *NIPUUR* gehört habe. Und noch einen anderen – *SchaMasch*...«

»Du gibst jetzt schon ein zweites Rätsel auf, Jesca«, meinte Thorin daraufhin. »Dabei haben wir noch nicht einmal das erste gelöst.«

»Aber vielleicht ergibt es sich, daß wir *eine* Antwort auf *zwei* Rätsel finden«, erwiderte die Nadii-Amazone. »Wie ich schon sagte – ich bin sicher, daß dies alles zusammenhängt. Und wir werden auch sehr bald wissen, auf welche Weise. Unsere Suche führt uns allmählich zum Ziel.«

»Und somit vielleicht sogar zu dieser rothaarigen Hexe, deren Spur wir verloren haben«, schlußfolgerte Thorin mit einem optimistischen Lächeln. »Es hat sich ein Kreis geformt, was wir jetzt erst erkennen können.«

Jesca stimmte zu. »Laß uns den Blinden hier bestatten, dann reiten wir weiter«, schlug Thorin sodann vor. »Die anderen *Gläubigen* – sie können bestimmt noch nicht weit sein, wenn sie zu Fuß ihren Weg fortgesetzt haben. Das waren bestimmt die Spuren jenseits dieser Mulde, auf die wir vorhin gestoßen sind...«

Kapitel 7: Die Sekte der Selbstmörder

Cyan blickte mit seinen leeren Augenhöhlen in die Runde, und er genoß die Ehrfurcht, die ihm die wenigen Menschen des abgelegenen Dorfes entgegenbrachten. Er brauchte dazu sein Augenlicht nicht mehr, um das zu erkennen – mit seiner Seele konnte er das sehen. Und deshalb lächelte er, weil er wußte, daß er und seine Brüder heute weitere *Gläubige* für ihre Sache gewinnen würden.

»Die *neuen* Götter wollen diese Welt bestrafen – denn es gibt nicht mehr genügend Menschen, die ihre Worte achten und die des *einzig wahren Glaubens*«, fuhr er jetzt mit volltönender Stimme fort und hörte das verhaltene Raunen in der Gruppe der Umstehenden. Die anderen *Gläubigen* hatten ihm längst berichtet, wie die Menschen in diesem Dorf auf ihre Ankunft reagiert hatten – zunächst etwas zögerlich und abweisend, dann aber hatten sie Cyans Worten ihre Aufmerksamkeit geschenkt. Viel mehr brauchte es nicht, um die Dorfbewohner umzustimmen, denn Bruder Cyan war ein Meister der Worte – er besaß diese Gabe schon seit vielen Jahren, und die *neuen* Götter hatten dies richtig erkannt und ihm eine Aufgabe gegeben. Eine Aufgabe, die er bis jetzt mit großem Stolz und noch weitaus größerem Erfolg erfüllt hatte.

»Seht mich an!« erschallte Cyans Stimme, während er beide Arme hob, um seinen Worten noch einen nachhaltigeren Ausdruck zu verleihen. »Manche mögen glauben, daß ich gestraft wäre, weil ich nichts mehr sehe – aber das scheint nur so. Ich habe die Heiligkeit der *neuen* Götter des Lichts gespürt, als ich mich dazu entschloß, ihnen meine Sehkraft zu opfern. Sie beschützen mich – und deshalb existiert auch die Dunkelheit nicht mehr. Ich bade in einem Meer aus unbeschreiblichem Licht, und ich weiß, daß ich nicht verloren bin. Wenn ihr dies auch spüren wollt, dann müßt ihr diesen Weg gehen – ihr werdet euch nur dazu überwinden müssen. Deshalb sind wir hier, um euch dabei zu helfen!«

Er hielt kurz inne und lauschte, wollte spüren, welche Empfindungen seine Worte bei den Bewohnern des abgelegenen Fischerdorfes auslösten. Cyan hörte Schritte neben sich und erkannte dann die Stimme von Bruder Fekk, die in sein Ohr flüsterte.

»Sie zögern noch – aber einige von ihnen sind schon auf unserer Seite«, klärte dieser Cyan auf. »Ich glaube, sie haben schon genug Schlimmes erduldet und besitzen ohnehin keinen Lebensmut mehr. Wir sollten ein Zeichen setzen – gleich jetzt! Ich bin bereit dazu, wenn du mir sagst, daß ich es tun soll, Bruder Cyan.«

»Die *neuen* Götter werden stolz auf dich sein, Bruder Fekk«, erwiderte Cyan ebenso leise, so daß keiner der übrigen Dorfbewohner diesen kurzen Wortwechsel verfolgen konnte. »Also gut – triff du deine Entscheidung. Ich werde für dich beten.«

»Ich habe mich schon entschieden«, murmelte Fekk und trat einen Schritt nach vorn, direkt an den Rand der Klippen, an denen sich die Bewohner des Dorfes und die Gruppe der Bettler versammelt hatten. Da wußte Cyan, was er zu tun hatte – und eine unbeschreibliche Ehrfurcht erfüllte ihn dabei, daß Bruder Fekk jetzt ebenfalls den Weg zur *siebten Stufe* beschritt.

»Seht hin, was unser Glaubensbruder Fekk jetzt tut!« rief Cyan so laut, daß einige der Dorfbewohner zusammenzuckten. »Fekk weiß sich in den Händen der *neuen* Götter und ist bereit, sein Leben für sie zu geben. Sein menschlicher Körper wird sterben – aber seine Seele geht den neuen Weg. Einen Weg, dem wir alle folgen sollten, denn er kündet von Verheißung, Wärme und Liebe!«

Während er das sagte, breitete Bruder Fekk am Rand der Klippen beide Arme aus und richtete seinen Blick gen Himmel. Er sah nicht die hohen Wellen des Meeres, die sich unaufhörlich an den scharfen Felsen in der Tiefe brachen. Er registrierte auch nicht den langsam kreisenden Vogel hoch über sich, der immer wieder klagende Laute ausstieß. Nein, Bruder Fekk war ganz allein mit sich und seinen Gedanken.

Er wußte ganz genau, was er tat, als er einen Schritt nach vorn und ins Leere trat. Fekk stürzte in die gähnende Tiefe, und sein Körper zerschellte auf den scharfen Felsen, wurde wenige Augenblicke später von den tosenden Wellen erfaßt und einfach fortgespült.

Völlig lautlos war das vor sich gegangen – und das verlieh dem Ganzen einen seltsam feierlichen Anstrich. Auch Cyan spürte die Ehrfurcht der Bewohner des kleinen Fischerdorfes und deshalb wählte er die folgenden Worte sehr sorgfältig – denn davon hing viel, wenn nicht alles, ab. »Ihr habt gesehen, wozu ein Mensch bereit sein kann, wenn er davon überzeugt ist, den richtigen Weg zu beschreiten!« richtete er das Wort an die umstehenden Menschen. »Bruder Fekk hat seinen Leidensweg hinter sich – er hat soeben das Reich der *neuen* Götter betreten und wird dort als ein Freund empfangen. Wer will ihm folgen?«

Zögern war zu spüren. Stimmen murmelten erregt unverständliche Worte, und Cyan wußte, daß es noch nicht genügt hatte. Seine Botschaft war noch nicht klar genug!

»Seht her!« rief er und zog seinen scharfen Dolch aus der Schärpe. »Ich gebe mein Blut für diesen heiligen Moment!«

Ohne zu zögern, setzte er die Klinge an seinem linken Oberarm an und stieß sie sich ins Fleisch.

Mit heiliger Verzückung auf seinem asketischen Gesicht zog er die Klinge langsam durch das Fleisch nach unten, bis sie fast sein Handgelenk erreicht hatte. Blut trat aus der klaffenden Wunde, tropfte hinunter auf das rauhe Klippengestein – und Cyan stieß nicht den geringsten Laut des Schmerzes aus!

»Ja!« ertönten dann die ersten zaghaften Stimmen. »Die *neuen* Götter sprechen die Wahrheit. Laßt uns dieses Leben im Jammertal beenden – jetzt und hier!« rief einer und trat mit drei Bewohnern nach vorn. »Ich bin Argis. Meine gesamte Familie ist durch den *gefleckten Tod* umgekommen. Ich habe das Leben satt und bin gerne bereit, es für die *neuen* Götter zu geben. Wer will diesen Weg mitgehen? Ich bin jedenfalls fest entschlossen dazu!«

Weitere traten vor, bis die merkwürdige Todeseuphorie die meisten Bewohner des von der schlimmen Seuche so arg mitgenommenen Dorfes erfaßt hatte. Cyans Worte waren nur der Auslöser dafür gewesen – alles andere hatte sich dann von selbst entwickelt. Der blinde Bettler lächelte zufrieden.

Sein feines Gehör registrierte, wie in die kleine Schar der Dorfbewohner langsam Bewegung kam und sich dem Klippenrand näherten.

Der Mann namens Argis (ein Name, den Cyan spätestens morgen schon wieder vergessen haben würde) führte sie an, während die übrigen Bettler einen monotonen Singsang anstimmten. Wie Lemminge waren diese Menschen bereit, sich in den Tod zu stürzen, um die Schrecken ihres eigenen persönlichen Schicksals endlich als unangenehme Last von sich werfen zu können. Indem sie kollektiven Selbstmord begingen!

Thorin roch den Wind, der von Nordwesten kam und den frischen Geruch der salzigen See mit sich brachte. Die Küste des Großen Salzmeeres schien nicht mehr weit entfernt zu sein. Obgleich Thorin und Jesca ihren ursprünglichen Plan vorerst aufgegeben hatten, weiter in Richtung Süden zu ziehen und jenseits des ihnen bekannten Horizonts nach Antworten auf die vielen Fragen zu suchen, so ahnten sie doch, daß es richtig war, zunächst die Fährte der *Gläubigen* zu verfolgen – und diese führte ganz deutlich ins Küstenland! Die geflügelten Boten der *neuen* Götter und die blinden Bettler – alles hing irgendwie zusammen, und Thorin ahnte schon, daß mit jedem weiteren Tag sein bisheriges Weltbild immer stärker ins Wanken geraten würde. Odan, Thunor und Einar – die drei einstigen Götter des Lichts waren Garanten für Ordnung und Recht gewesen. Aber jetzt …?

Thorin zog den Umhang etwas fester um seine breiten Schultern. Der Wind bauschte den Stoff auf, zerrte auch an Jescas wilder Haarmähne, wirbelte sie mehrmals vor ihrem ebenmäßigen Gesicht hin und her. Irgendwo hoch über ihnen am wolkenverhangenen Himmel erklang das einsame Geschrei von Vögeln. Das spröde Vulkanland lag mittlerweile schon Stunden zurück, und Thorin war froh darüber, daß er endlich wieder frische, salzige Luft atmen konnte. Diese Gegend, die er und Jesca auf ihren Pferden jetzt durchquerten, wirkte auf ihn weitaus vertrauter als eine Region, deren Luft voller Schwefel war und sich bedrückend auf die Atemwege legte.

Sie erreichten eine Anhöhe, und von hier oben aus sahen sie das Große Salzmeer zum ersten Mal. Wellen brandeten ans zerklüftete Ufer, und auf ihren Spitzen tanzten weiße Schaumkronen. Der Wind war hier an der Küste noch etwas frischer geworden, und Thorin hatte sogar den Eindruck, daß sich weit draußen auf offener See allmählich ein Sturm entwickelte, dessen Ausläufer mit Sicherheit irgendwann auch diese Küstenregion streifen würden.

»Da drüben, Thorin!« riß ihn Jescas Stimme aus seinen Gedanken. »Siehst du die Fischerboote weiter oben am Strand?« Thorins Blick folgte rasch ihrem Fingerzeig, und dann sah er es auch. Er erkannte mehrere langgezogene Boote, die vor den gischtigen Wellen in Sicherheit gebracht worden waren. Die wenigen Häuser des kleinen Dorfes etwas oberhalb der Klippen sahen der Nordlandwolf und die Nadii-Amazone jedoch erst, als sie ihre Pferde die Anhöhe hinuntergetrieben hatten und ein Stück am Strand entlang geritten waren. Sie lagen zu versteckt, um schon von der Anhöhe aus sichtbar zu sein.

Obwohl Thorin darüber erleichtert war, inmitten dieses einsamen Landes endlich wieder einmal auf menschliche Behausungen zu stoßen, so war er dennoch innerlich sehr beunruhigt, daß die Fährte der *Gläubigen*, der sie die ganze Zeit über gefolgt waren, genau zu diesem Dorf führte. Diese seltsame Gruppe schien sich nicht die geringste Mühe zu geben, ihre Spuren zu verwischen. Als fürchtete sie sich vor nichts und niemandem!

Ein weiterer Hinweis ließ die Unruhe in Thorin anwachsen. Sein Blick glitt über die Fischerboote, als er und Jesca daran vorbeiritten. Die Boote sahen so aus, als wären sie schon seit Wochen nicht mehr benutzt worden. Seetang und Schlick klebten an den Außenseiten der Rümpfe, und die Netze lagen achtlos neben den Booten, halb von Sand und Schlick bedeckt.

Wovon leben diese Menschen eigentlich, wenn sie ihre Boote und Netze nicht mehr benutzen? schoß es Thorin mit Besorgnis durch den Kopf – und plötzlich spürte er ein beklemmendes Gefühl in seinem Magen, das sich noch verstärkte, als sie sich dem kleinen Dorf näherten.

Jesca runzelte die Stirn. Auch sie machte sich ihre Gedanken. Der Nordlandwolf und die Nadii-Amazone ritten jedoch rasch weiter, denn beide spürten auf einmal, daß sie das Dorf *schnell* erreichen mußten.

Wenige Minuten später konnten sie auch erkennen, warum das so war. Sie lenkten ihre Pferde zwischen den Sanddünen entlang, erreichten einen Pfad, der sich zwischen den Klippen entlangzog und dann aufwärts führte – direkt zu den ersten Häusern des Dorfes. Die Bewohner entdeckten sie aber erst, als sie diesen Pfad hinter sich gebracht hatten, denn die Klippen waren an vielen Stellen so unübersichtlich, daß sie von unten aus nicht erkennen konnten, welche dramatischen Ereignisse sich hier oben abspielten. Thorin zuckte zusammen, als er die Männer in den schmutzigen Gewändern sah, die nahe dem Rand der Klippen standen und alle ihre Hände emporgehoben hatten. Er und Jesca hörten das verzerrte Echo des monotonen Gesanges, das der Wind mit sich trug. Es klang unwirklich und grausam zugleich – aber jene Dorfbewohner, die sich auf seltsam tranceähnliche Weise dem Klippenrand näherten, schienen das ganz anders zu empfinden.

Thorin und Jesca wußten nicht, was hier geschah – aber sie ahnten, daß etwas sehr Schlimmes seinen Lauf nehmen würde, wenn sie nicht unverzüglich eingriffen und dieses makabre Schauspiel unterbrachen.

»Das sind diese geheimnisvollen blinden Bettler«, sagte Thorin hastig zu Jesca, während ein Gedanke den anderen jagte. »Komm, beeilen wir uns, sonst...« Er sprach den Satz nicht zu Ende, aber Jesca hatte auch so begriffen, was Thorin damit andeuten wollte. Rasches Eingreifen war nötig!

Thorin verfluchte die Tatsache, daß er das Götterschwert Sternfeuer nicht mehr bei sich hatte. Mit der Klinge hätte er sich sicherer gefühlt. Jetzt aber besaß er nichts anderes als einen Dolch, den er dem toten Bettler abgenommen hatte, bevor Jesca und er die sterblichen Reste des Unglücklichen mit Steinen zugedeckt und ihm so ein notdürftiges Grab bereitet hatten.

»Freut euch, Brüder und Schwestern!« trug nun der Wind die Stimme eines der hageren Männer zu Thorin und Jesca herüber. »Die *neuen* Götter des Lichts werden euch mit Liebe in ihrem Reich empfangen. Wer will als erster gehen?«

»Halt!« schrie Thorin jetzt so laut, daß es die Menschen drüben am Rand der Klippen hören *mußten* – und auch Jesca fiel in diesen Ruf mit ein. Beide trieben ihre Pferde rasch an. Offensichtlich hatten sich die Versammelten schon so mit ihrem Schicksal abgefunden, daß sie die näher kommenden Reiter erst bemerkten, als diese mit ihren lauten Rufen auf sich aufmerksam machten.

»Was geht hier vor?« rief Thorin und riß sein Pferd hart am Zügel, während Jesca bereits ihr Schwert aus der Scheide zog. Diese Frage galt nicht den verhärmt aussehenden Menschen des Dorfes, sondern vielmehr der Gruppe der *Gläubigen*, die sich nunmehr in ihrem Ritual unterbrochen sahen. Der Gesang verstummte. Thorin dachte sich sofort, daß dies die Männer seien, deren Fährte er und Jesca gefolgt waren – sie machten vom Äußeren her einen vergleichbaren Eindruck wie der arme Teufel, der sich selbst die Augen ausgestoßen hatte. Und er schien nicht der einzige Narr gewesen zu sein, der diese Art von Selbstverstümmelung für das größte Seelenheil hielt. Thorins Blick fand nun einen hageren Mann mit ebenfalls leeren Augenhöhlen.

Der Kopf des Betreffenden war beim Klang von Thorins Stimme herumgefahren.

Für einige Sekunden erschien es Thorin, als tauchte irgend etwas bis auf den Grund seiner Seele hinab und suchte dort nach etwas – aber dann verschwand dieser Eindruck wieder. »Verschwindet von hier!« erklang nun die Stimme des Anführers der *Gläubigen* des *einzig wahren Glaubens*. »Begreift ihr denn nicht, daß ihr eine heilige Zeremonie stört? Unwissende seid ihr – vielleicht sogar noch von dunklen Mächten geschickt, die diese Menschen daran hindern wollen, ihre Erfüllung zu finden!«

»Das... das ist doch...« entfuhr es der fassungslosen Jesca, als sie diesen Mann reden hörte – und am Schlimmsten daran war, daß seine Worte ganz offensichtlich auf fruchtbaren Boden fielen. Denn etliche der Dorfbewohner blickten nun noch eine Spur argwöhnischer und mißtrauischer zu den beiden Reitern her – ja, sogar Feindseligkeit war in einigen Augenpaaren zu erkennen.

»Warte«, raunte Thorin seiner Gefährtin zu, als er erkannte, wie Jesca sich mit dem Schwert in der Hand schon auf die *Gläubigen* stürzen und sie von diesem Ort vertreiben wollte. »Wir dürfen nichts überstürzen.« Er hob jetzt seine Stimme wieder, so daß jeder der Versammelten genau hören konnte, was er zu sagen hatte. Und diese Worte galten insbesondere dem blinden Anführer der *Gläubigen* – denn von ihm ging die meiste Gefahr aus!

»Wer bist du eigentlich, daß du dir anmaßt, über das Schicksal und die Zukunft eines ganzen Dorfes zu entscheiden, Alter?« fuhr er ihn mit donnernder Stimme an. »Wenn du dich von den Klippen stürzen willst, dann tu es einfach – aber laß diesen Menschen ihre eigene Zukunft. Über die sollen sie selbst bestimmen. Dein sogenannter Glaube ist nichts wert – es ist ein Irrweg, den du beschreitest, und...«

»Du Hund!« brüllte der Blinde. »Du wagst es, dich mir in den Weg zu stellen? Ich bin ein Gesandter der *neuen* Götter des Lichts – bist du dir überhaupt klar, was du da tust? Der Zorn der Götter wird dich treffen und dich vernichten!«

»Daran wage ich zu zweifeln«, antwortete Thorin mit einem höhnischen Lachen und provozierte damit den Anführer der *Gläubigen* um so mehr. »Wenn diese Götter wirklich so gerecht und weise wären, dann verlangten sie ganz sicher nicht den Tod von Dutzenden von Menschen. Du hast ihr Vertrauen gestohlen, Cyan – nur, weil diese Menschen vielleicht hilflos sind.«

»Woher weißt du meinen Namen?« hakte der Blinde sofort nach, denn er schien die Gefahr förmlich zu spüren, die von diesem Gegner ausging – auch wenn er ihn nicht sehen konnte. Aber dafür waren seine anderen Sinne um so stärker – er würde dagegen kämpfen, daß dieser *Unwissende* die Zeremonie verhinderte.

»Von einem, der ein Mitglied eurer seltsamen Glaubensgemeinschaft vom *einzig wahren Glauben* war – und den *du* in den Tod getrieben hast«, fuhr Thorin mit ungerührter Stimme fort und sah aus den Augenwinkeln, wie einige der Dorfbewohner die Köpfe zusammenzustecken und zu tuscheln begannen. Seine Worte lösten etwas aus, von dem er inständig hoffte, daß es dazu beitrug, der lethargischen Stimmung entgegenzuwirken.

»Du hast ihn gezwungen, sich selbst mit dem Dolch die Augen auszustoßen, *Bruder* Cyan!« fuhr Thorin anklagend fort. »Aber er hat noch gelebt, als du und deine götterfürchtigen Kumpane ihn in der Einöde zurückgelassen habt. Wir konnten ihm sein Sterben wenigstens etwas erleichtern – und bevor er seinen letzten Atemzug tat, bereute er all seine Selbstverstümmelungen und seinen Irrglauben. Er sagte, das Leben sei es wert, es jeden Tag aufs neue zu spüren!«

Natürlich hatte das der Unglückliche niemals so gesagt, aber genau diese Worte schienen den Führer der *Gläubigen* bis in seine Seele zu erschüttern. Und auch bei den Bewohnern des Fischerdorfes blieb das nicht ohne Wirkung. Diejenigen, die schon ganz vorn am Klippenrand standen, traten zögernd wieder einige Schritte zurück – als hätten sie erst jetzt begriffen, wozu Cyan sie hatte bewegen wollen.

Die meisten senkten beschämt die Köpfe, als würden sie vom sprichwörtlichen schlechten Gewissen geplagt. Das reichte für Thorin aus, um zu wissen, daß die unmittelbare Gefahr vorerst gebannt war. Die Dorfbewohner schienen aus ihrem schlimmen Traum zu erwachen – die *Gläubigen* würden es nicht mehr schaffen, sie auf ihre Seite zu ziehen.

»Du bist ein Dämon!« brüllte Cyan außer sich vor Wut, als die ersten zornigen Rufe der Dorfbewohner an sein Ohr drangen. »Die Hölle hat dich geschickt – aber du wirst es nicht schaffen, mich zu quälen und zu peinigen. Brüder, der Augenblick der *letzten Stufe der Vernunft* ist gekommen. Laßt uns diesen Schritt gemeinsam gehen – JETZT!«

Zuerst wußten weder Thorin noch Jesca, worauf der Anführer der *Gläubigen* hinauswollte – und als sie es dann schließlich begriffen, war es schon zu spät, um das Unheil zu verhindern. Cyan hob die rechte Hand und trat nach hinten über die Klippe. Mit einem lauten Schrei stürzte er in die Tiefe (und das verzerrte Echo klang in Thorins Ohren dennoch irgendwie triumphierend).

Noch im selben Moment folgten ihm seine Glaubensbrüder in den Tod. Ihre Körper wurden in das schäumende Meer gespült, nachdem sie im Fall mehrmals auf die harten Felsen geprallt und bis zur Unkenntlichkeit zerschmettert worden waren. Augenblicke später waren sie schon in den Fluten des Großen Salzmeeres verschwunden.

Thorin und Jesca stiegen hastig aus den Sätteln, eilten hinüber zum Klippenrand und blickten nach unten in die gähnende Tiefe. Lange Sekunden vergingen, bis der Nordlandwolf wieder Worte fand.

»Ich fasse es einfach nicht«, murmelte er. »Sind wir in diesem Teil der Welt denn nur von Verrückten umgeben? Erst dieser wahnsinnige Bracon von Nuymir – und jetzt das hier...«

Er schüttelte immer wieder den Kopf. »Ich kann nur hoffen, daß es nicht noch mehr von diesen Irren gibt.« Aber während er das sagte, ahnte er gleichwohl, daß sich diese Hoffnung nicht erfüllen würde.

»Es war vielleicht besser so«, erwiderte Jesca. »Komm jetzt – ich glaube, wir sollten mit den Bewohnern des Dorfes sprechen.«

Thorin nickte schließlich und wandte sich von den Klippen ab. Jesca war in diesem Augenblick die Besonnenere von ihnen beiden – was aber wohl auch daran lag, daß sie eine ganz andere Vergangenheit als Thorin hatte. Sie hatte niemals Kontakt zu übersinnlichen Mächten, Dämonen oder sonstigen Kräften gehabt. Bei Thorin stellte sich dies jedoch ganz anders dar. Seit er zum Träger des Götterschwertes Sternfeuer geworden war, hatte sich sein Leben von Grund auf verändert.

Nach der letzten Schlacht zwischen Licht und Finsternis – und erst recht nach dem Ende seiner langen Gefangenschaft in der Blase aus Raum und Zeit – hatte er gehofft, daß diese Welt sich von den finsteren Machenschaften dunkler Kräfte endlich wieder zu erholen begänne. Aber die Wirklichkeit erbrachte mit jedem Tag die sicherere Erkenntnis, daß sich diesbezüglich nichts geändert hatte – trotz des Eingreifens des mächtigen *FÄHRMANNS*.*

Für Thorin schien es, als öffnete sich von einem Tag zum anderen vor seinen Augen eine ganz andere Weltordnung – und die *neuen* Mächte des Lichts schienen mittlerweile ganz unverständliche Ziele zu verfolgen. Ob sich womöglich andere Kräfte hinter dieser Bezeichnung verbargen? Kräfte, die ähnlich unfaßbar waren wie die grausamen *SKIRR* von jenseits der Flammenbarriere? Thorin hätte sehr viel dafür gegeben, wenn er mehr darüber gewußt hätte. Er schob diese Gedanken schließlich beiseite und ging mit Jesca zu den wartenden Dorfbewohnern.

Die Sonne neigte sich allmählich als ein glühender Feuerball gen Westen, während Thorin und Jesca zusammen mit den Überlebenden des Fischerdorfes im Kreise um ein flackerndes Feuer saßen, dessen Flammen vom Meereswind immer wieder angefacht wur-

---

*s. THORIN-Heftserie Band 9: Welt am Abgrund

den. Die meisten der Menschen blickten immer noch ziemlich schuldbewußt – weil ihnen jetzt erst so richtig klargeworden war, daß diese *Gläubigen,* angeführt von Bruder Cyan, sie beinahe in den Tod geschickt hätten. Aber das Schicksal hatte dies im allerletzten Moment verhindert – und so schöpften wenigstens einige von ihnen nun wieder Hoffnung. Wenn es auch zunächst nur ein kleiner Funke war. Aber die Hoffnung würde wachsen, würde den Bewohnern des Dorfes hier die Kraft geben, die sie benötigten, um auch ihre weitere, nach wie vor recht ungewisse Zukunft meistern zu können.

Über den Flammen drehte sich ein Bratspieß mit Yeosha-Fischen. Während Argis die ersten gebratenen Stücke an Thorin und Jesca verteilte, kam er erneut auf das zu sprechen, was Thorin und seine Gefährtin eigentlich wissen wollten. Während der Nordlandwolf und Jesca aßen und den würzigen Fisch genossen, hörten sie gespannt zu, was Argis zu berichten hatte.

»Es muß diese *neuen* Götter geben«, meinte er, und auch die anderen Bewohner des Dorfes stimmten ihm zu. »Ich glaube, daß hier etwas geschieht, was wir nicht begreifen. Zuerst war da das *Dunkle Zeitalter* – und als es sich seinem Ende näherte, glaubten wir, daß alles anders, besser werden könnte. Wir lernten allmählich wieder zu hoffen – aber nur so lange, bis zum ersten Mal die Seuche unser Dorf heimsuchte. Sie wurde uns von den geflügelten Götterboten gebracht.«

»Genau wie bei dem Fürsten von Nuymir«, ergriff Jesca das Wort und sah, wie Argis sichtlich zusammenzuckte.

»So weit hat sich der *gefleckte Tod* also schon ausgebreitet«, sagte er mit einer Spur von Trauer in der Stimme. »Fast jeder der Bewohner des Küstenlandes hat jemanden aus seiner Familie sterben sehen – das war wohl der Wille der *neuen* Götter. Und als dann die *Gläubigen* kamen und uns dies bestätigten, dachten wir, daß es eben keinen anderen Weg mehr gäbe, als...« Er zögerte, das auszusprechen, woran er gerade gedacht hatte, aber Thorin hatte auch so begriffen, worauf Argis hinauswollte.

»Weißt du Näheres über diese Sekte des *einzig wahren Glaubens?*« wollte Thorin nun wissen und richtete diese Frage auch an die anderen, die um das Feuer herum saßen, während die Sonne inzwischen untergegangen war und sich die Dämmerung senkte. »Haben sie euch erzählt, woher sie kommen? Haben sie etwas über die *neuen* Götter gesagt?«

Argis blickte kurz in die Runde, erntete dabei aber nur hier und da ein verlegenes Achselzucken. »Sie erwähnten einen Ort namens *NIPUUR*«, fuhr er dann fort und bemerkte dabei den wachen Ausdruck in Jescas Augen. »Er muß irgendwo jenseits des Horizonts liegen – weiter im Süden, wo die Küste immer felsiger und unüberschaubar wird. Keiner von uns ist jemals so weit nach Süden vorgedrungen. Schon vor dem *Dunklen Zeitalter* war das eine sehr unzugängliche Region. Und so, wie ich die *Gläubigen* verstanden habe, ist dies auch jetzt noch so. Dieses *NIPUUR* – es muß sich um eine Art Brücke handeln. Aber ich weiß nicht, wohin sie führt. Hinaus aufs offene Meer, glaube ich. Da war auch die Rede von einer Insel – aber mir fällt der Name nicht mehr ein. Es tut mir leid, daß ich euch nicht mehr sagen kann, aber...«

Er rang mit den Worten, weil er noch immer ein wenig unter dem Schock der Ereignisse stand.

»Es paßt alles zusammen«, sagte Jesca zu Thorin. »Jetzt wissen wir, welchen Weg wir gehen müssen. Unser Ziel heißt *NIPUUR*.«

»Ich bewundere euren Mut«, sagte Argis. »Woher nehmt ihr eigentlich die Kraft, all diesen Gefahren ins Auge zu sehen?«

»Wir müssen diesen Weg gehen, wenn unsere Welt noch eine Chance haben soll«, erwiderte Thorin daraufhin. »Außerdem befindet sich in *NIPUUR* etwas, was mir gehört und was ich wiederhaben möchte. Selbst wenn ich tausend Klippen überwinden müßte – ich werde es schaffen.«

»Wir wünschen euch Glück dabei, Thorin«, sagte Argis. »Bleibt noch eine Nacht in unserem Dorf – wenn ihr morgen bei Sonnenaufgang aufbrecht, seid ihr wenigstens ausgeruht. Aber ich glaube dennoch, daß du dir zu viel vorgenommen hast, Thorin. Du hast noch nicht einmal eine richtige Waffe, wie deine Gefährtin eine besitzt. Bist du etwa ein Heiliger, der nur auf die Kraft seiner Worte und seines Willens vertraut?«

Bitterkeit erfaßte Thorin angesichts dieser Bemerkungen. Er

dachte an Sternfeuer – denn, bei aller Entschlossenheit, die er äußerte, die Götterklinge schien ihm weiter denn je entfernt.

»Warte einen Moment«, sagte Argis und erhob sich hastig, bevor Thorin auf die zuvor gestellte Frage antworten konnte. »Ich glaube, es gibt da etwas, was dir mehr helfen wird als einem von uns.« Er verschwand in einer Hütte und kehrte wenige Augenblicke später mit einem länglichen Gegenstand zurück, der in ein braunes Tuch gehüllt war.

»Hier«, sagte Argis. »Nimm es als Dank – auch im Namen aller anderen Bewohner dieses Dorfes. Du siehst so aus, als könntest du besser damit umgehen als jeder andere von uns.«

Während er das sagte, übergab er das Bündel Thorin. Dieser schlug rasch das Tuch auf und blickte dann im Licht der flackernden Flammen auf eine breite und wuchtige Klinge mit einem dicken Knauf, der eigenartig geformt war, aber, als er es probierte, dennoch sehr gut in der Hand lag.

»Dieses Schwert gehörte einem toten Krieger, den die Brandung an die Küste gespült hat«, hörte Thorin Argis' Worte, während er fast liebevoll über die blitzende Klinge strich. »Er und seine Gefährten sind wohl draußen im tosenden Meer bei einem Sturm ertrunken. Tage später wurden noch vereinzelte Planken am Strand gefunden. Wir konnten nur ahnen, was für ein Unheil sich abgespielt hatte – auf jeden Fall haben wir den Krieger begraben. Seitdem liegt sein Schwert in dieser Hütte – ich wußte, daß es eines Tages wieder einen neuen Besitzer finden würde. Und dieser Besitzer würde nicht ich sein...« Er lächelte bei diesen Worten. »Vielleicht ist es mehr als nur eine Fügung des Schicksals, daß du und Jesca unser Dorf vor einem großen Unglück bewahrt habt. Nimm dieses Schwert und benutze es – notfalls, um dieses Land vor solchem Übel wie den *Gläubigen* zu bewahren!«

Argis hielt inne. Es war zweifellos eine lange und ungewohnte Rede für einen einfachen Mann wie ihn gewesen. Thorin nickte nur, nahm das Schwert und schob es in die Scheide auf seinem Rücken – es paßte einigermaßen und hielt.

»Du ahnst nicht, wie sehr du mir jetzt geholfen hast, Argis«, sagte Thorin. »Ich danke dir – und ich werde es nicht vergessen.

Ja, es gibt noch einige Hinterlassenschaften der finsteren Mächte auf dieser Welt. Und wir müssen diesen Mächten rechtzeitig Einhalt gebieten, wenn wir das Schlimmste verhindern wollen. Vielleicht wissen ja die *neuen* Götter Antworten auf unsere Fragen – wenn Jesca und ich ihnen begegnen sollten, werden wir nicht zögern, ihnen diese Fragen zu stellen.«

Kapitel 8: Die Fackel des Widerstandes

Hortak Talsamon hob vorsichtig den Kopf und spähte durch den Riß in der Mauer des alten, leerstehenden Hauses. Zum Glück war es eine mondlose Nacht, und die vor ihm liegende Straße lag größtenteils im Dunkel. Was aber auch zur Folge hatte, daß Talsamon nicht viel erkennen konnte.

Tys Athals Wachen durchstreiften immer noch jede Nacht die Straßen von Mercutta, hielten Ausschau nach verdächtigem Gesindel und würden nicht zögern, sofort einzugreifen, wenn ihnen irgend jemand auffiel, der den Anschein machte, als könnte er Tys Athal und seiner Herrschsucht gefährlich werden. Diese Absicht würden die Schergen dieses verdammten Bastards sofort im Keim ersticken!

Deshalb wartete Talsamon noch einen Moment ab, spähte immer wieder zu beiden Seiten die Straße entlang und entschloß sich dann erst dazu, den Weg fortzusetzen, als er wirklich sicher sein konnte, daß sich dort draußen (zumindest in der Nähe) niemand aufhielt. Der dunkelhäutige Schmied drehte sich kurz zu Markosh und Tulan um, nickte ihnen zu – und dann erst wagten die drei Männer, das alte Haus zu verlassen.

Geduckt schlichen sie an der Mauer entlang, suchten jeden noch so kleinen Vorsprung, der ihnen Deckung geben konnte, verschmolzen mit den Schatten der Nacht. Jeder konnte sich auf den anderen verlassen – und auch Hortak Talsamon hatte nicht lange gebraucht, um Anerkennung in den Reihen der Diebesgilde zu finden. Es war eine verschworene Gemeinschaft, wo jeder auf den anderen zählen konnte – und es auch mußte. Denn Athal kannte den Dieben gegenüber keine Gnade.

Es war jetzt die dritte Nacht seit seiner Rückkehr nach Mercutta, und Talsamon war schon zum zweiten Mal in den nächtlichen Straßen von Mercutta unterwegs. Gleich zu Beginn hatte er sich als wertvolle Hilfe erwiesen, als sie unerwartet auf eine Patrouille gestoßen und in einen kurzen, aber hart geführten Kampf verwickelt worden waren. Die Diebe hatten es nur Talsamons ungestümem Eingreifen zu verdanken, daß diese unerwartete Begegnung für sie nicht viel folgenschwerer ausgegangen war. Es war bei einigen unbedeutenden Streifwunden geblieben – die Schergen Athals dagegen hatten einen ihrer Männer verloren, und ein anderer war schwer verletzt zusammengebrochen und liegengeblieben. Zumindest soweit das Talsamon noch hatte sehen können, bevor er zusammen mit seinen Gefährten rasch im Dunkel der Nacht untergetaucht war – in einem der vielen unterirdischen Schächte, die in einem weitverzweigten und unübersichtlichen System unter Mercutta verliefen.

Deshalb mußten sie heute um so vorsichtiger sein, denn Athal würde ganz sicher seine Leute verstärkt durch die Straßen schicken. Diese schmerzhafte Niederlage würde er nicht so ohne weiteres hinnehmen – denn der (unsichtbare) Widerstand der Gilde der Diebe wuchs mit jedem Tag. Von den *normalen* Bewohnern der Stadt bekam das kaum jemand mit; sie merkten es lediglich daran, daß Athals Schergen nervöser und teilweise sogar zornig durch die Straßen der Stadt marschierten.

Den fetten Herrscher von Mercutta selbst bekamen die Menschen jedoch in diesen Tagen kaum zu sehen. Es schien fast, als hätte er sich in seinem festungsartigen Palast verschanzt und wollte erst einmal abwarten, wie sich die Dinge weiterentwickelten.

Er zeigt allmählich erste Schwächen, dachte Hortak Talsamon, als er sich diese Dinge vor Augen führte. *Seine unumschränkte Herrschaft gerät immer mehr ins Wanken – und ich werde so lange nicht aufgeben, bis ich Jarvis' sinnlosen Tod gerächt habe. Und den einiger anderer mit dazu.*

Seine Gedanken brachen ab, als plötzlich in der Nähe dumpfe Schritte zu vernehmen waren. Sofort hielten Talsamon und seine Gefährten inne und duckten sich.

Ein rasches Weglaufen wäre jetzt der größte Fehler gewesen – das hätte in diesem Moment nur die Wachsamkeit der Schergen erregt. Nein, sie mußten die Nerven bewahren, sich ganz ruhig hinter der hüfthohen Mauer verbergen und ihre Widersacher herankommen lassen.

Talsamon wandte kurz den Kopf zur Seite und bemerkte, daß Markosh und Tulan sichtlich nervös waren. Kein Wunder, denn diese Art der Kampfesführung war ihnen immer noch fremd und nicht selbstverständlich. Sie hatten bisher immer zugeschlagen, dabei den direkten Angriff gesucht und sich dann rasch wieder zurückgezogen. Seit Talsamon jedoch bei ihnen war, ging das anders vonstatten. Alles nahm nunmehr die Züge eines großen Planes voller Taktik und Strategie an – und deshalb hatte der *ERSTE DIEB* auch zugestimmt, daß Talsamon diesen nächtlichen Erkundungstrupp anführte. Der alte, weißbärtige Mann war mehr als zufrieden mit ihm.

Talsamon legte kurz die Hand auf die Schulter von Tulan, um ihn zu beruhigen. Der Dieb atmete ganz flach, hielt den Dolch fest mit beiden Händen umschlossen und schickte wahrscheinlich in diesen Sekunden ein stummes Stoßgebet zu seinen Göttern, erflehte deren Beistand.

Jetzt kamen die wuchtigen Schritte immer näher, und Talsamon hörte nun auch schon die ersten Stimmen in der Nacht. Er wagte es, kurz den Kopf zu heben, und riskierte einen Blick, duckte sich dann aber sofort wieder hinter die Mauer. Was er gesehen hatte, reichte ihm aus, damit er seine weiteren Entscheidungen treffen konnte.

Er berührte Tulan und Markosh jeweils viermal an der Schulter, um ihnen zu signalisieren, wie viele Gegner da draußen auf sie warteten. Also alles andere als eine Übermacht, vor der sie sich fürchten mußten. Nein, wenn sie es geschickt anstellten und den richtigen Augenblick abwarteten, war das Überraschungsmoment voll auf ihrer Seite. Vielleicht blieben ihnen nur wenige Sekunden

– aber die mußten ausreichen, um das zu tun, wozu sie sich entschlossen hatten.

»Verdammt, ich wäre lieber zur Wache im Palast eingeteilt worden«, hörten Talsamon, Markosh und Tulan die Stimme eines der Schergen (sie klang so schrecklich nah!). »Da kann man wenigstens sicher vor Übergriffen sein.«

»Diese elenden Bastarde«, sagte ein anderer mit wütend klingender Stimme. »Sie haben Gyon einfach abgeschlachtet – er hatte nicht die geringste Chance! Und bei Losen wissen wir nicht, ob er durchkommt.«

»Sie legen es darauf an, unseren Herrn zu reizen«, meldete sich ein dritter Scherge nun zu Wort. »Ich sage euch, unter diesen verfluchten Dieben geht irgend etwas vor, was mir nicht gefällt. Als gäbe es da plötzlich jemanden, der ihnen Mut zuspricht und sie förmlich dazu aufpeitscht, den Kampf mit uns zu suchen. Ich sage euch – mir ist die ganze Sache nicht mehr geheuer.«

Die Stimme erklang jetzt mehr seitlich von Talsamon und seinen beiden Gefährten – ein Zeichen dafür, daß die Schergen gerade ihr Versteck passierten. Das war der Moment, auf den Talsamon gewartet hatte!

Einem riesigen Schatten gleich erhob er sich gespenstisch leise aus seiner Deckung, sprang einen der vier Schergen von hinten an, umschloß dessen Kehle mit dem linken Arm und riß ihn zurück.

»Was…?« Mehr konnte Athals Gefolgsmann nicht mehr sagen, denn als nächstes querte etwas brennend Heißes seine Kehle – und dann tauchte der Wachmann in ein Meer aus Blut und Schmerzen, das seine Sinne überspülte. Er fiel, losgelassen, vornüber und starb, noch bevor er überhaupt begreifen konnte, was in diesen Sekunden mit ihm geschehen war.

»Bei allen…!« schrie jetzt einer der übrigen drei Wachmänner, als er den Gefährten an seiner Seite zusammenbrechen und sterben sah – und dann stand er sauf einmal drei bedrohlichen Schatten gegenüber, die ganz plötzlich aus der Nacht aufgetaucht zu sein schienen.

Ein kurzes Schwert bohrte sich ins Bein des Mannes, ließ ihn wanken. Er brüllte vor Schmerz, gab sich aber dennoch nicht geschlagen. Während er taumelte, gelang es ihm, seine Waffe aus der Scheide zu reißen. Wenigstens verteidigen wollte er sich gegen die Angreifer aus dem Hinterhalt.

Es war ein kurzer, aber um so heftigerer Kampf. Talsamon, Tulan und Markosh wußten, daß ihnen nicht viel Zeit blieb. Schließlich war nicht sicher, ob nicht schon zwei Straßen weiter andere Schergen umherstreiften. Ganz sicher waren der Kampfeslärm und die Schmerzensschreie nicht ungehört geblieben – aber zumindest blieben die Fenster der nächstgelegenen Häuser dunkel. Bestimmt hatten die Anwohner mitbekommen, daß hier unten auf der Straße ein Kampf um Leben und Tod ausgetragen wurde – jedoch zogen es die Bewohner Mercuttas in der Regel vor, Augen und Ohren vor der Wirklichkeit zu verschließen.

Auch das wird sich bald ändern, dachte Talsamon und wehrte den kräftigen Hieb eines Wachmannes ab. In diesem Augenblick zerriß das dichte Wolkenband, und das helle Licht des Mondes ergoß sich über die nächtlichen Straßen von Mercutta, streifte auch kurz das Gesicht des dunkelhäutigen Schmiedes. Der Wachmann blickte sichtlich überrascht drein und hielt für Bruchteile von Sekunden inne, als er dieses Gesicht erkannte.

Dieses kurze Zögern wurde ihm jedoch zum Verhängnis, denn Talsamon wußte nun, was die Stunde geschlagen hatte. Der blutige Dolch, mit dem er den ersten Gegner getötet hatte, war ihm im Verlauf des Kampfes aus der Hand geschlagen worden. Jetzt schwang er die große, zweischneidige Axt, die fast schon ein Teil seiner selbst geworden war.

Es gab ein häßliches Geräusch, als die Axt auf Sehnen und Knochen traf und sie zertrennte. Der Todesschrei des Mannes erstickte in einem Schwall von Blut, die Wucht des Schlages hatte die Axt bis in den Brustraum getrieben. Talsamon riß die Axt kraftvoll wieder heraus, wirbelte herum und wollte Tulan und Markosh beistehen – aber die hatten mit dem dritten Gegner bereits kurzen Prozeß gemacht. Tulan humpelte etwas, schien im Kampf verletzt worden zu sein.

Viel entscheidender war jedoch der vierte Mann des Wachtrupps, der sein Heil in der Flucht suchte und mit lauter Stimme um Hilfe schrie. Er hatte sein Schwert einfach fallen gelassen und rannte die Straße hinunter, blickte dabei mehrmals zurück zu der Stelle, an der seine Gefährten getötet worden waren.

»Haltet ihn auf, verdammt!« fuhr Talsamon Markosh und Tulan an, die in diesem so wichtigen Moment gezögert hatten. Das konnte Talsamon unter Umständen zum Verhängnis werden, denn auch der Flüchtende hatte während des Kampfes für Bruchteile von Sekunden das dunkelhäutige Gesicht des Schmiedes gesehen – und auch er hatte ihn wiedererkannt.

Markosh und Tulan setzten dem Flüchtenden nun nach, Tulan so gut es ging, aber zumindest jetzt war das Glück nicht mehr auf ihrer Seite. Denn schon erklangen andere Schritte, und am Ende der Straße tauchten sechs Bewaffnete auf.

Talsamon fluchte – aber jetzt ließ es sich nicht mehr ändern. Er sah, wie seine Gefährten kehrtmachten und rasch auf ihn zugelaufen kamen – und die Verfolger ihnen hinterher!

Jetzt blieb ihnen nur noch eine Chance – sie mußten sich trennen. Und das begriffen zum Glück Markosh und Tulan sehr schnell. Während seine beiden Gefährten im Dunkel einer schmalen Straße zwischen zwei Häusern verschwanden, zog Talsamon die Aufmerksamkeit der meisten Schergen auf sich, als er wie zum Hohn seine gewaltige Axt hoch emporhob und dann ebenfalls losrannte. Wenige Augenblicke später erreichte er das Ende der Straße, wandte sich willkürlich nach links und duckte sich hinter der nächsten Biegung, wo er gespannt abwartete, was die Schergen nun weiter unternehmen würden. Er lächelte grimmig, als er deren zornige Rufe vernahm, und atmete erleichtert auf, als er erkannte, daß auch die Wachmänner sich in zwei Gruppen aufteilten.

Jetzt konnte er erst einmal Luft holen und sich den Schweiß von der Stirn wischen. Der Kampf war kurz, aber dennoch sehr anstrengend gewesen. *Nur Ruhe bewahren*, redete er sich selbst gut zu und lauschte weiter so lange in die Dunkelheit hinein, bis er sicher sein konnte, daß ihm zumindest keine unmittelbare Gefahr mehr drohte. Die Wächter schienen ihn wohl in einer ganz anderen Richtung zu suchen.

Der dunkelhäutige Schmied wartete einen kurzen Moment ab

und setzte seine Flucht dann fort. Auf Umwegen erreichte er das alte, leerstehende Haus, den Ausgangspunkt ihres Streifzuges, in dem sich der Schacht befand. Athals Schergen mochten zwar harte Männer und gefährliche Kämpfer sein, wenn man ihnen Auge in Auge gegenüberstand. Aber Beharrlichkeit zeigten sie ganz sicher nicht, wenn es darum ging, einen Flüchtigen zu verfolgen und zu stellen. Er selbst wäre da weitaus hartnäckiger gewesen.

Er erreichte die Stelle, wo der Schacht in die Tiefe führte, und schob hastig die Bretter beiseite. Dann zwängte er seinen massigen Körper durch die Öffnung. Bevor er seinen Weg nach unten nahm, zog Talsamon die Bretter wieder so darüber, daß selbst jemand, der dieses Haus durchsuchte, nur durch Zufall auf die Öffnung stoßen würde. Und selbst das würde wenig weiterhelfen. Talsamon hoffte, daß auch seine beiden Gefährten ihre Widersacher hatten abschütteln können.

»Gnade, mein Herr und Gebieter!« kam es mit zitternder Stimme über die Lippen des Mannes, der sich direkt vor Tys Athals Füßen zu Boden geworfen hatte und ihn flehentlich anschaute.

»Es ging... alles so schnell, viel zu schnell, und ich wußte nicht, wie ich am besten gegen...«

»Schweig, du Memme!« fiel ihm der dicke Tys Athal mit mürrischer Stimme ins Wort. »Ich sollte dich gleich ...« Er brach mitten im Satz ab und deutete dem Knieenden an, daß er keine Lust mehr hatte, mit ihm über dessen Versagen zu reden.

Der Herrscher von Mercutta war mehr als schlecht gelaunt, nachdem ihn seine Diener mitten in der Nacht aus dem Schlaf gerissen hatten. Ein Schlaf, der ihn gewärmt und geborgen gehalten hatte – dank einer jungen Sklavin von samtener Haut, die ihm so lange zu Willen gewesen war, bis Athal nicht mehr konnte und die Erschöpfung ihren Tribut gefordert hatte. Und das völlig verschüchterte Mädchen hatte nicht gewagt, sein Lager zu verlassen – aus Angst, daß der Herr das womöglich falsch auffassen könnte.

Der dicke Kaufmann hatte sich hastig sein Gewand übergeworfen und war den Dienern nach unten in die Halle gefolgt, wo sich ein Großteil seiner Bewaffneten versammelt hatte – mit Ausnahme derjenigen, die Tag und Nacht die Zugänge und Mauern seines Palastes bewachten. Diese Wachen hatte er seit zwei Tagen deutlich verstärkt. Und was er dann von dem völlig eingeschüchterten Mann zu hören bekommen hatte – das hatte ihn bis auf den Grund seiner Seele erschüttert.

Athal hatte sichtlich Mühe, diese Empfindungen vor seinen Männern zu verbergen. Aber allein die Erwähnung des Namens Hortak Talsamon ließ ihn innerlich erzittern. Er war also still und heimlich nach Mercutta zurückgekommen, dieser schwarze Hund. Und niemandem von seinen Leuten war das aufgefallen!

Schon allein deswegen hätte er die Verantwortlichen für diese unverzeihliche Schlappe am liebsten alle auspeitschen lassen – aber damit schwächte er nur seine eigenen Reihen. Er mußte es also mit einer ordentlichen Standpauke und wenigstens *einer* Züchtigung bewenden lassen.

»Dafür bekommst du zwanzig Peitschenhiebe!« donnerte Athals Stimme. »Damit du lernst, in Zukunft besser deinen Mann zu stehen. Wenn ich noch ein einziges Mal zu hören bekomme, daß du wieder solche unverzeihliche Feigheit an den Tag legtest, werde ich dich mit meinen eigenen Händen erwürgen. Hast du das verstanden, du Wurm?«

»Ja... ja...«, murmelte der Wächter mit leiser und zugleich *sehr* erleichterter Stimme. Er war mehr als froh darüber, daß er noch einmal mit einem sprichwörtlichen blauen Auge davongekommen war. Tys Athal war in den letzten Tagen und Wochen härter geworden und ließ kaum noch etwas durchgehen. Und seit er sich vor den Augen der ganzen Stadt so blamiert hatte, als der fremde Krieger namens Thorin ihn als Geisel genommen hatte, war das noch schlimmer geworden.

Es gab keinen Tag, da Athal nicht wenigstens einen seiner Leute anschrie und ihn vor den anderen beschimpfte. Das betraf nicht nur die bewaffneten Wächter, sondern auch große Teile der Dienerschaft. Mal war es das Essen, das Athal ungenießbar fand, mal war es die Kleidung, die die Frauen nicht sauber genug gewaschen hatten – und noch einiges mehr. »Gut, dann haben wir uns verstanden«, sagte Athal und gab drei weiteren Männern ein Zeichen. »Bringt ihn hinaus und verabreicht ihm seine Strafe – jetzt gleich. Und sorgt dafür, daß er gleich in der Frühe wieder auf seinem Posten steht. Er soll darüber nachdenken, was es heißt, Feigheit vor dem Feind zu zeigen.«

Damit war die Sache für Tys Athal erledigt. Er achtete auch nicht mehr darauf, wie der Wachmann zu seiner Bestrafung aus der Halle gebracht wurde. Athal gingen in diesem Moment ganz andere Dinge durch den Kopf. Irgendwie braute sich etwas über der ganzen Stadt zusammen – es war eine unsichtbare Bedrohung, die er dennoch mit jedem verstreichenden Tag immer deutlicher wahrnehmen konnte.

Es sind diese verfluchten Diebe, dachte der fette Kaufmann, als er die Halle durch einen Seitenausgang verließ und sich auf den Rückweg in seine Gemächer machte. *Sie haben sich besser organisiert. Früher bekamen wir wenigstens mal den einen oder anderen zu fassen – aber auch das hat sich geändert. Es scheint fast, als gäbe es da jemanden, der ihnen genau sagt, was sie tun sollen. Und jetzt ist dieser schwarze Rebell auch noch zurückgekehrt. Wenn ich nicht aufpasse, werden sie mir eines Tages das Zepter aus der Hand reißen, und…*

Das war ein geradezu unvorstellbarer Gedanke für den Mann, der schon so lange über Mercutta und seine Bewohner herrschte und ihren Verhältnissen den Stempel seiner Macht aufgedrückt hatte. Daß es auch einmal anders sein könnte – damit konnte und wollte sich Tys Athal nicht abfinden.

Ich weiß jetzt, wer einer der Drahtzieher ist, sinnierte Athal auf seinem Weg durch den langen Flur, der zu dieser späten Stunde nur hier und da spärlich von einigen Fackeln beleuchtet wurde. *Und wenn man seinen Gegner kennt, kann man ihn um so leichter besiegen*, vollendete er diesen Gedanken.

Er war so mit sich befaßt, daß er den Diener überhaupt nicht beachtete, der gerade seinen Weg kreuzte und in der Hand einen irdenen Krug hielt. Athal stieß ihn einfach beiseite, daß der Mann mit einem erschrockenen Ruf das Gleichgewicht verlor und zu

Boden stürzte. Dabei zerbrach der Krug, und das Wasser ergoß sich über den steinernen Boden.

»Kannst du nicht aufpassen, du nichtsnutziger Tölpel?« fuhr ihn Athal mit donnernder Stimme an. »Diesen Krug ziehe ich dir selbstverständlich von deinem Lohn ab! Na los, kehr die Scherben zusammen und sieh zu, daß du verschwindest. Mir wird übel bei deinem Anblick!«

Der Mann nickte und und beeilte sich, nun den Zorn seines Herrn nicht noch mehr zu erregen. Er bückte sich hastig, kehrte mit den Händen die Scherben zusammen – aber das registrierte Athal schon gar nicht mehr. Denn in diesem Augenblick erklang von draußen ein langgezogener Schrei, gefolgt von drei weiteren. Die Auspeitschung war also schon in vollem Gange! Und diese Tatsache entlockte dem dicken Kaufmann ein zumindest halbwegs zufriedendes Grinsen.

Er hat nur bekommen, was er auch verdient, dachte Athal und öffnete die Tür zu seinen Gemächern. Den Wächter, den er davor postiert hatte, wies er an, auch für den Rest der Nacht keinen einzigen Fußbreit zu weichen. Der Bewaffnete versprach, ihn mit seinem Leben zu schützen – und das stellte den fetten Kaufmann zufrieden.

Das Mädchen schien erst jetzt aus tiefem Schlaf erwacht zu sein. Verwirrt hob sie den Kopf und blickte den Herrscher von Mercutta mit schlaftrunkenen Augen an.

»Was siehst du mich so an?« brummte Athal mißmutig. »Ist was?«

»Nein... nein, mein Gebieter«, kam es ihr rasch über die Lippen, weil sie seinen Zorn fürchtete. »Ich habe nur gar nicht gemerkt, wie Ihr aufgestanden seid, und...«

»Das macht nichts!« fiel ihr Tys Athal ins Wort und riß die Decke beiseite, so daß der Blick frei war auf den nackten Körper des jungen Mädchens. »Dafür bist du ja jetzt wach und kannst gleich etwas für mich tun. Na los – worauf wartest du noch? Dreh dich endlich um!«

Die Sklavin, deren Namen Athal bereits vergessen hatte, beeilte sich, seinem Befehl nachzukommen. Sie drehte sich auf den

Bauch, wandte ihm ihr rundes Gesäß zu, und Athal legte hastig sein Gewand ab. Seine Erregung konnte er kaum noch zurückhalten, und sein geschwollenes Glied begann zu zucken, als er sich über die Sklavin kniete und sie von hinten nahm. Er ging dabei so heftig und ungestüm vor, daß es ihr Schmerzen bereitete. Aber das war Tys Athal vollkommen gleichgültig – für ihn zählte nur seine eigene Lust.

Metate lächelte geheimnisvoll, als er die Ungeduld in den Augen Hortak Talsamons bemerkte. Er hob den Kopf, und das Licht der flackernden Teerfackel, die den Raum erhellte, schien sich in den intensiven blauen Augen des alten Mannes widerzuspiegeln.

»Ich weiß, daß du Tys Athal am liebsten noch in dieser Nacht töten möchtest, mein Freund«, sagte der Alte zu ihm. »Ich traue dir dies auch zu – aber vielleicht solltest du doch besser noch warten. Dein Blut ist heiß vor Zorn – ich spüre die Wut, die dein Handeln bestimmt. Statt dessen solltet du und und deine Gefährten froh darüber sein, daß ihr Athals Schergen noch einmal entkommen konntet. Es hätte auch ganz anders ablaufen können...«

»Nicht, wenn man alles vernünftig plant und die Nerven behält, Metate«, erwiderte der dunkelhäutige Schmied daraufhin. »Ihr hattet recht, daß Athals Schergen nichts von unseren Verstecken ahnen. Aber ich will nicht immer nur angreifen und wieder im Dunkel der Nacht verschwinden. Jeder Tag, den Tys Athal länger lebt, wäre eine große Ungerechtigkeit für diejenigen, die er schon umgebracht hat.«

»Du gehst leichtfertig mit deinem eigenen Leben um, Hortak Talsamon«, tadelte ihn Metate mit eindringlicher Stimme. »Dabei ist es doch so kurz – willst du es wirklich unnötig riskieren?«

»Ich habe meine Entscheidung in dem Moment getroffen, als ich mich dazu entschloß, nach Mercutta zurückzukehren, Metate«, antwortete Talsamon. »Ich habe mich Eurer Gilde angeschlossen und einiges gelernt, was mir helfen wird, meinen Plan zu verwirklichen. Es ist zuviel Unrecht geschehen – ich werde damit Schluß machen. Und zwar bevor die Sonne aufgeht. Es ist einzig und allein meine Entscheidung – Ihr werdet mich nicht daran hindern können.«

Mit diesen Worten erhob er sich hastig, bevor der alte Mann darauf etwas erwidern konnte (und vielleicht wollte das Metate ja auch gar nicht...).

»Ich werde für dich beten, Hortak Talsamon«, murmelte er, aber das hörte der dunkelhäutige Schmied nicht mehr – er hatte den Raum verlassen, und seine Schritte entfernten sich draußen im Gang.

Metate erhob sich, spürte das Bedürfnis nach Bewegung. Er wußte, daß die Dinge nun langsam zu eskalieren begannen. Eigentlich hatte er vorausgeahnt, daß es so kommen würde – aber nicht *so* bald. Erfüllte sich jetzt seine eigene Bestimmung? Er lebte schon so lange in diesen unterirdischen Gewölben, daß er sich höchstwahrscheinlich erst einmal wieder daran gewöhnen mußte, in das Licht der Sonne zu blicken. Denn schon wenn er seine Augen direkt auf die Flammen der Teerfackel richtete, blendete ihn das so sehr, daß er den Blick sofort wieder abwenden mußte. Dabei hatte es einmal eine Zeit gegeben, da es eher eine Ausnahme gewesen war, daß Dunkelheit und Nacht sein Leben bestimmten.

Erneut begannen die Gedanken des alten Mannes abzuschweifen, drifteten zurück in eine Zeit, die ihm so unendlich weit entfernt zu sein schien. Weil sich in der Zwischenzeit wirklich *alles* verändert hatte – und zwar von Grund auf. Auch sein eigenes, von zahlreichen Erfahrungen geprägtes, langes Leben, das er seltsamerweise erst jetzt so richtig zu spüren und zu erfassen schien.

Plötzlich zuckte ein greller Blitz durch sein Gehirn, der ihn wanken ließ. Ein Stöhnen kam über seine faltigen Lippen, als er unwillkürlich die Augen schloß und sich mit beiden Händen den Kopf hielt, der ihm für Sekunden fast zu zerspringen drohte. Metate wankte und wäre beinahe auf den steinigen Boden gestürzt, wenn er sich nicht noch im letzten Moment mit der rechten Hand an der Mauer abgestützt hätte.

»Nein... nein...«, murmelte er fassungslos, da er die grellen Bilder, die für Bruchteile von Sekunden in seinem Gehirn aufgeblitzt waren, dennoch deutlich hatte erkennen und unterscheiden können – und zu begreifen begann. »Das kann doch nicht... das *darf* einfach nicht sein!«

Hätte ihn jemand in diesem verhängnisvollen Moment beobachtet, so hätte derjenige den Eindruck haben können, als wäre der alte Mann plötzlich von einem Schlaganfall heimgesucht worden. Er murmelte unzusammenhängende Worte und versuchte, sich zur Ruhe zu zwingen – aber das gelang ihm nicht. Zu groß war die Erregung, zu mächtig die Flut der Emotionen, die nun von allen Seiten auf ihn eindrangen und vor seinen Augen weitere, neue Bilder explodieren ließen.

Er konnte einfach nicht glauben, was er vor seinem geistigen Auge sah – allein diese Bilder waren schon von solch einem unbeschreiblichen Frevel, daß er am liebsten vor Zorn laut aufgeschrien hätte.

Sein Herz raste wie wild, und die Luft wurde ihm knapp. Der alte Mann spürte auf einmal die Last seines hohen Alters, und Panik erfüllte ihn bei dem Gedanken, daß er ausgerechnet jetzt sterben könnte. Nein, das durfte nicht geschehen – zu ungeheuerlich war das alles!

Metate wankte jetzt stärker – die Hände verloren ihre Kraft, und sein Herzschlag ging immer schneller. Und ausgerechnet in diesem Augenblick schienen sich die inneren Bilder noch deutlicher zu manifestieren.

Ein Name kam über Metates Lippen, einem lauten Schrei gleich, der von den rauhen Steinwänden als vielfaches Echo widerhallte und die übrigen Diebe draußen in den Gängen und weiteren Gewölben alarmierte. Metate bemerkte jedoch nicht mehr, wie Tulan und einige andere Gefährten zu ihm gerannt kamen und fassungslos mit ansehen mußten, wie sich der *ERSTE DIEB* in Krämpfen auf dem Boden wand. Seine Augen waren so verdreht, daß man die Pupillen kaum noch sehen konnte. Weißer Schaum zeigte sich auf seinen Lippen, während der alte Mann immer wieder einen einzigen Namen herausschrie.

Dann aber wurde seine Stimme zunehmend schwächer, und Metates Geist stürzte in einen tiefen, dunklen Schacht der Bewußtlosigkeit, die für die nächsten Stunden sein Gefängnis darstellen sollte.

Es waren die Stunden zwischen Mitternacht und Morgengrauen – die Zeit, da der Schlaf des Menschen bekanntlich am tiefsten ist –, als eine einsame, schwarzgekleidete Gestalt, die Schatten und Nischen der Häuser ausnützend, durch Mercutta glitt.

Hortak Talsamon hatte ein Ziel vor Augen – und dies bestimmte von nun an sein weiteres Handeln. Er hatte sich entschlossen, das Problem Tys Athal ein für allemal aus der Welt zu schaffen. Der massige Schmied konnte und wollte nicht länger warten, bis die Gilde der Diebe die Wächter des fetten Kaufmannes soweit eingeschüchtert und verunsichert hatte, daß es leichter würde, ihnen eine Schlappe nach der anderen beizubringen. Dies war die Politik der kleinen Schritte, die Talsamon zu Beginn ebenfalls für vernünftig gehalten hatte. Aber die Geißel dieser Stadt blieb auf dem Thron – Athal fuhr fort, die Menschen zu peinigen und zu quälen. Dieses Unrecht konnte Talsamon nicht länger mit ansehen.

Auch wenn Markosh, Tulan und einige andere Diebe ihn davor gewarnt hatten, jetzt einen Alleingang zu unternehmen, so konnten sie Talsamon dennoch nicht von seinem Vorhaben abbringen. Unmittelbar nach dem Gespräch mit Metate hatte der dunkelhäutige Schmied den Unterschlupf der Diebesgilde durch einen der zahlreichen verborgenen Schächte verlassen und durcheilte jetzt die nächtlichen Straßen von Mercutta, näherte sich auf Umwegen dem schwer bewachten Palast von Tys Athal.

Seine schwarze Kleidung ließ ihn eins werden mit den Schatten der Nacht. Der Mond war wieder hinter den dichten Wolken verschwunden – und es sah ganz danach aus, als würde die Wolkendecke in nächster Zeit nicht mehr aufreißen. Der Wind frischte auf und zerrte an den Gewändern Talsamons. Es war ein kühler Wind, der die in der Stadt angestaute Hitze des Tages längst vertrieben hatte, und ihn unwillkürlich frösteln ließ. Oder war das ein Anzeichen von Furcht, die über seinen Rücken kroch angesichts seines riskanten Planes? Talsamon wußte es nicht. Es war sein Vorteil, daß er die patrouillierenden Wächter jedesmal rechtzeitig bemerkte, bevor sie ihn sahen. Nach wie vor hielten sie sich für die Herren der Straßen Mercuttas und waren deshalb schon von weitem zu hören. Rauhe Stimmen, schwere Schritte und das Klirren von Schwertern und Lanzen – all diese Geräusche warnten Talsamon sofort, demzufolge konnte er sich rasch im Schatten eines Hauses verstecken.

Talsamon blieb stehen und rührte sich nicht, behielt gleichwohl die Hand an seiner Axt. Er würde sich zu verteidigen wissen, wenn es hart auf hart kam. Aber nichts geschah. Die Wächter setzten ihren Weg fort und bemerkten Talsamon nicht. Er verharrte jedoch trotzdem noch einige Minuten in seiner Deckung, bevor er es wagte, sie zu verlassen.

Nirgendwo brannte ein Licht im Fenster. Der Tag war für die Bewohner dieser Stadt schon hart genug. Wenigstens während der Nacht versuchten sie, die Sorgen und Probleme zu vergessen, denen sie durch Tys Athals Herrschaft ausgesetzt waren. Der dunkelhäutige Schmied konnte das nur zu gut verstehen. Allerdings begann er sich in dieser Situation selbst zu fragen, warum er eigentlich so lange vor diesem Unrecht die Augen verschlossen hatte.

Heute nacht wird sich jedoch alles ändern, dachte er, während er weiter an den Mauern der alten Häuser entlangschlich und jede noch so geringe Deckung für sich ausnutzte. *Heute schlägt deine letzte Stunde, Tys Athal...*

Auf diese Weise kam er langsam, aber sicher, immer näher an die Festung des Despoten heran. Natürlich mußte er davon ausgehen, daß oben auf den Brüstungen Wächter postiert waren, so daß er auf direktem Wege nicht eindringen konnte. Nein, es mußte ganz anders vonstatten gehen – und auch darüber hatte sich Talsamon schon seine Gedanken gemacht.

Er schlich seitlich an Athals Palast vorbei, erreichte auf diese Weise den rückwärtigen Teil, der von einer mehr als mannshohen Mauer umschlossen wurde – und einigen Schuppen und Stallungen, deren Rückwand hier die Mauer bildete.

Talsamon duckte sich, als er das Schnauben und Wiehern von Pferden hörte. Die Tiere waren unruhig. Er fluchte und zog sich zurück, und erneut gaben die Tiere unruhige Laute von sich. Was natürlich nun die Aufmerksamkeit von Athals Männern erregte. Hastige Schritte erklangen auf der anderen Seite der Mauer, Aufregung schien zu herrschen – und Talsamon entschloß sich impulsiv, es JETZT zu wagen.

Die Mauer war überall uneben und wies einige Vorsprünge auf, mit deren Hilfe sich ein kräftiger Kletterer nach oben ziehen konnte. Talsamon setzte alles auf eine Karte und wagte es – obwohl er von der Möglichkeit ausgehen mußte, daß er jeden Augenblick auf einen der Wächter stoßen konnte. Und wenn er dann in halber Höhe an der Mauer hinge, und sich das letzte Stück nach oben ziehen wollte, wäre er völlig schutzlos!

Talsamon schickte ein stummes Stoßgebet zu seinen Göttern (obwohl er nicht genau wußte, ob diese Götter überhaupt noch existierten) und kletterte hoch. Bei den Stallungen herrschte immer noch ein Durcheinander. Einige Männer fluchten, schienen große Mühe zu haben, die aufgebrachten Tiere zu beruhigen. Hinterher sollte sich herausstellen, daß ein streunender Hund die Ursache für die Unruhe der Pferde gewesen war. Talsamon auf der anderen Seite hatte es geschafft, denn in diesem Moment erreichten seine Finger den oberen Rand der Mauer!

Hastig zog er sich so weit nach oben, bis er über den Brüstungsrand blicken konnte, und atmete erleichtert auf, als er zumindest in seiner unmittelbaren Nähe keine Wächter entdeckte. Nun kam der entscheidende Moment. Er stemmte sich hoch, überwand die Brüstung und duckte sich sofort wieder.

Bange Sekunden verstrichen, während er sich auf leisen Sohlen davonschlich, schnell über eine Treppe nach unten lief und dabei darauf achtgab, nicht den geringsten Laut zu verursachen. Kurz darauf hatte er einen Säulengang erreicht, der in die inneren Räume des großen Herrenhauses führte und der von der Mauer aus nicht einzusehen gewesen war. Talsamon atmete heftig – die erste Hürde hatte er genommen. Aber das war erst der Anfang, denn nun befand er sich in der Höhle des Löwen.

Talsamon hatte seine Axt griffbereit, hoffte aber inständig, daß er dennoch nicht schon jetzt davon Gebrauch machen mußte. Denn wenn die Männer Tys Athals ihn hier schon entdeckten, war es aus und vorbei mit der Hoffnung, den verhaßten Herrscher jemals nahe zu kommen.

Er ließ den Säulengang hinter sich und betrat einen weiten Flur, von dem aus mehrere Gänge abzweigten. Sofort duckte er sich in den Schatten einer Nische, als er von weiter vorn Schritte hörte. Er preßte sich ganz fest an die Mauer und wartete ab, bis die Schritte ganz nahe und fast schon vorbei waren. Dann erkannte er einen bewaffneten Wächter, der an Talsamons Versteck vorbeiging, ohne ihn zu bemerken.

Also war er auf dem richtigen Weg. Athals Gemächer mußten sich irgendwo in der Nähe befinden – denn sonst wäre Talsamon kaum so schnell auf einen bewaffneten Wächter gestroffen.

Talsamon wartete ab, bis der Mann um die Ecke gegangen war, dann setzte er seinen gefährlichen Weg fort. Er nahm die Richtung, aus der der Wächter gekommen war, und betrat Augenblicke später eine Säulenhalle, die in gespenstischer Leere vor ihm lag. Dennoch konnten sich hier irgendwo Wächter verbergen, die er vom Eingang der Halle aus vielleicht nicht sehen konnte. Also hieß es, besonders wachsam zu sein. Er hielt kurz inne, lauschte in die Dunkelheit und versuchte, irgendwelche verdächtigen Geräusche auszumachen. Aber es blieb alles still – als wäre das Gebäude menschenleer.

Talsamon schlich weiter, eng an die Mauer gepreßt, und hatte so die Hälfte des Weges hinter sich gebracht, als ein Säulengang abzweigte. Dieser wiederum mündete in einen etwas breiteren Gang, an dessen Ende sich eine wuchtige Tür befand, vor der zwei Männer schweigend Wache hielten. Erleichterung erfaßte Talsamon, als er begriff, daß es sich um einen der Zugängen zu den Gemächern des verhaßten Tys Athal handeln mußte.

Auf direktem Wege konnte er nicht eindringen – also mußte er eine andere Möglichkeit finden. Es durfte ruhig etwas riskanter, mußte aber dennoch zu schaffen sein, wenn er es geschickt und vor allem schnell bewältigte. In seinem Hirn formten sich die Umrisse eines Planes, der schon Minuten später ganz konkrete Formen annahm.

Talsamon zog sich zurück bis zum äußeren Säulengang, den er gekommen war und der auf der linken Seite den Blick auf den Innenhof frei gab (auf der rechten Seite befanden sich die Schuppen und Stallungen). Es war ein weitverzweigtes und mit vielen Winkeln und Giebeln versehenes Gebäude – wie Talsamon schon früher mehrmals festgestellt hatte. Und genau diese Tatsache würde es ihm jetzt ermöglichen, sich auf anderem Wege Athal zu nähern. Die Lage der Gemächer hatte sich Talsamon gut gemerkt.

Kurz entschlossen stieg er über die Brüstung des Säulenganges, nachdem er sich noch einmal vergewissert hatte, daß niemand in der Nähe war. Er steckte die Axt in den Gürtel, um beide Hände frei zu haben, umfaßte den oberen Mauervorsprung und zog sich rasch hinauf. Für einige bange Sekunden baumelten seine Beine im Freien, dann fanden auch sie einen sicheren Halt auf dem rauhen Gestein – und wenig später war Talsamon auf dem Dach.

Sofort duckte er sich nieder, holte tief Luft und versuchte, die fast unerträgliche Spannung loszuwerden, die ihn in diesen Sekunden erfaßt hatte. Das gelang ihm auch. Sein Atem ging jetzt ruhiger, als er auf dem Dach entlangschlich. Im Gegensatz zu vielen anderen Gebäuden der Stadt hatte Athal seine Festung mit flachen Dächern errichten lassen. Genau dies erleichterte Talsamon nun das Vorwärtskommen, denn er brauchte sich auf keine halsbrecherische Kletterpartie einzulassen.

Kurz orientierte er sich noch einmal, um sicher zu sein, daß er auch auf dem richtigen Weg sei. Dann nickte er zufrieden, legte sich auf den Bauch und kroch in Richtung Dachrand.

Dort wurde es noch einmal kritisch, als er sich über einen schmalen Sims nach unten gleiten lassen mußte. Denn diese Stelle konnte man von der Mauerbrüstung direkt über dem Eingangstor aus gut erkennen. Allerdings schien der dort stehende Wächter seine Aufmerksamkeit mehr den Dingen zu schenken, die jenseits von Tys Athals Festung lagen. Mit anderen Worten gesagt – er rechnete nicht im geringsten damit, daß es irgend jemandem gelingen könnte, hier einzudringen, ohne daß das einem der zahlreichen

Wächter auffiel. *Hochmut kommt vor dem Fall*, dachte Hortak Talsamon, ließ mit den Händen los und kam federnd auf dem tiefer liegenden Dach auf. Sofort huschte er weiter und atmete erleichtert auf, als ihm bewußt wurde, daß der Wachposten über dem Tor tatsächlich nichts gemerkt hatte.

Hier irgendwo unter ihm mußten sich die Gemächer des Despoten befinden. Ein letzter Blick, eine nochmalige Orientierung – dann wußte Talsamon Bescheid. Er robbte bis zum Rand des Daches und blickte hinab in die Tiefe. *Immer noch hoch genug, um sich bei einem Sturz alle Knochen zu brechen*, sagte ihm eine warnende Stimme in seinem Kopf. *Jetzt nur nichts überstürzen, ich bin doch schon so nahe!*

Er vergewisserte sich, daß der schmale Sims direkt unterhalb des Dachrandes stark genug war, um sein Gewicht tragen zu können – dann wagte er es. Talsamon ließ sich hinabgleiten, hing jetzt nur noch mit den Händen am Dachsims und pendelte für einen endlosen Moment in der Leere. Dann aber fanden seine Füße Halt am Vorsprung des Balkons, der zu Athals Räumen führte.

Er erreichte den Balkon und sah sofort, daß das Glück in dieser Nacht mit ihm war – die Balkontür stand einen Spaltbreit offen. Um so besser für Hortak Talsamon, denn alles andere würde jetzt ein Kinderspiel werden!

Er zog sich in einem letzten Kraftakt über die Brüstung und stand dann fest mit beiden Beinen auf sicherem Boden. Er eilte auf die Tür zu, schob sich hindurch und brauchte einige Sekunden, bis sich seine Augen an die Lichtverhältnisse in diesem Raum gewöhnt hatten.

Dann erst sah er das breite Bett und die Konturen der beiden Menschen darin. Auf leisen Sohlen schlich er näher heran und zog jetzt einen scharfgeschliffenen Dolch. Die Axt würde nur verräterische Geräusche verursachen, die die beiden Wachen draußen vor der Tür alarmieren konnten. So weit durfte es erst gar nicht kommen.

Ein tiefes Schnarchen war zu hören – es kam aus der Kehle von Tys Athal, dessen nackter Körper nur dürftig mit einem Tuch bedeckt war. Das traf auch für das junge Mädchen zu, das an seiner Seite lag und dessen nackte Haut noch vor Schweiß glänzte. Im Raum hing ein schwerer, moschusähnlicher Geruch und ließ keinen Zweifel daran, was hier vor einiger Zeit geschehen war.

Das Mädchen war noch sehr jung, wie Hortak Talsamon fand. Er konnte sich nicht vorstellen, daß es Athal aus freien Stücken in sein Bett gefolgt war. Um so mehr ein Grund, diesen Despoten ein für allemal vom Erdboden zu tilgen!

Talsamon war jetzt so nahe ans Bett gekommen, daß er mit der ausgestreckten rechten Hand die Schlafenden beinahe hätte berühren können. Dennoch wartete er noch einige weitere Sekunden, bis er ganz sicher war, daß die beiden nach wie vor fest schliefen und nichts bemerkt hatten. Ein grausames Lächeln umspielte seine dunkelhäutigen Züge, als er dann mit dem Dolch zu Tys Athal trat.

Jetzt ist der Augenblick gekommen, auf den ich schon so lange gewartet habe, dachte er voller Triumph, als er mit der scharfen Klinge zustieß. Der Dolch traf Tys Athal mitten in die Kehle, während sich Talsamons linke Hand gleichzeitig auf den Mund des Herrschers von Mercutta preßte, um ihn am Schreien zu hindern. Aber es wurde ohnehin nur ein kurzes, ersticktes Gurgeln, während der massige Körper mehrmals hin und her zuckte.

Blut trat aus der klaffenden Kehle hervor und tief, schwarz in der Dunkelheit, dickflüssig über die weißen Laken, sammelte sich auch unter dem nackten Körper des Mädchens, das von einem Augenblick zum anderen aus ihrem tiefen Schlaf erwachte und im ersten Moment überhaupt nicht begriff, was hier geschah. Dann aber wandte es schlaftrunken den Kopf und sah direkt in das Weiß der starren, leeren Augen von Tys Athal, erkannte einen Herzschlag später, daß er tot war.

Das Mädchen schrie laut auf, bevor Talsamon es daran hindern konnte. Zwar versetzte er dem Mädchen sogleich einen Schlag, der es bewußtlos zurückschleuderte – aber die Wachen draußen vor der Tür mußten bereits etwas bemerkt haben. Talsamon hörte ihre erregten Stimmen.

»Herr und Gebieter – was ist mit Euch?«

Als niemand eine Antwort darauf gab, waren die Wachen auch

schon dabei, in die Gemächer einzudringen. So lange gedachte Hortak Talsamon aber nicht zu warten. Er hatte bereits vom Balkon aus den Dachsims erreicht und zog sich so geschmeidig hoch wie eine Katze, als die beiden Wächter in den Schlafraum stürmten und mit Entsetzen ihren Herrn vorfanden, der in seinem Blute lag.

»Alarm!« erklang eine laute Stimme. »Unser Herr und Gebieter ist tot – ergreift den Mörder!«

Talsamon wußte, daß er keine Zeit verlieren durfte. Irgendwo schräg unter sich hörte er die zornigen Schreie der beiden Wächter, die mittlerweile wohl erkannt hatten, auf welchem Wege er sich Zutritt zu Athals Gemächern verschafft hatte. Er hastete auf dem Dach entlang, erreichte wenig später auch das höher liegende Dach ohne große Probleme und wollte schon weiter, als er eine durchdringende Stimme drüben von der Brüstung her hörte.

»Dort oben auf dem Dach ist er – fangt ihn! Schießt die Pfeile ab!«

Etwas zischte durch die Luft, strich gefährlich nahe an Hortak Talsamon vorbei, der in diesem entscheidenden Augenblick losspurtete. Die Pfeile der anderen Wachposten waren viel zu hastig abgeschossen worden und erreichten ihn nicht mehr. Sie kamen ihm zwar nahe genug, um ihn zusätzlich zur Eile anzutreiben – aber wirklich gefährlich wurde ihm kein einziger Pfeil.

Schon hatte er die rückwärtige Mauer des Palastes erreicht, die ihn noch vom Entkommen trennte. Talsamon stieg rasch über die Brüstung und ließ sich dann die wenigen Meter nach unten fallen. Er stöhnte, als er hart auf dem steinigen Boden aufkam und atmete auf, als er sich außer Hautabschürfungen nichts zugezogen hatte. Eilends stand er auf und rannte los – gerade noch rechtzeitig, denn genau in diesem Moment öffnete sich das Tor von Tys Athals Festung, und eine Handvoll Bewaffneter stürzte heraus.

Die Wächter hatten beobachtet, in welche Richtung er geflüchtet war, und erspähten ihn jetzt, als er gerade zwischen einigen Häusern verschwinden wollte.

»Dort drüben – mir nach!« erklang eine wütende Stimme, und Talsamon fluchte bitter, als ihm klar wurde, daß er seine Verfolger so schnell noch nicht abschütteln können würde. Der Haß auf den hinterhältigen Mörder ihres Herrn saß tief, und jetzt reagierten sie auch dementsprechend.

Dumpf polterten Talsamons schwere Schritte auf dem unebenen Pflaster, als er weiterlief. Er mußte Zeit gewinnen, um einen der Schachtzugänge zu erreichen, bevor ihn die Schergen erwischten.

Markosh spürte innere Unruhe, wenn er hinüber zu Tys Athals Palast blickte. Er sah die Konturen der Wächter oben auf der Mauerbrüstung und verfluchte sich selbst, weil es ihm und seinen Gefährten nicht gelungen war, Hortak Talsamon von seinem wahnwitzigen Plan abzuhalten. Aber wenn der dunkelhäutige Schmied sich etwas in den Kopf gesetzt hatte, war dies eine unwiderrufliche Entscheidung.

Am liebsten wären er und einige Beherzte Hortak Talsamon gefolgt – aber dann war diese seltsame Sache mit Metate geschehen. Der *ERSTE DIEB* war ein Opfer merkwürdiger Anfälle geworden. Für eine kurze Zeitspanne hatten sie alle geglaubt, daß der alte Mann sterben würde – aber mittlerweile schien er über den Berg zu sein. Zwar war er immer noch nicht aus seiner Bewußtlosigkeit erwacht – jedoch hatte das Fieber nachgelassen, und er zuckte nicht mehr mit den Gliedern.

Markosh hätte eine Menge dafür gegeben, wenn er gewußt hätte, was dies zu bedeuten hatte. Er war ein einfacher Mann, genau wie die meisten seiner Gefährten, für die Metates Anfall ebenfalls unerklärlich war. Und doch spürte Markosh, daß dies irgendwie mit Ereignissen zusammenhängen mußte, die tief in der Vergangenheit des alten Mannes begraben lagen und jetzt wohl wieder zum Vorschein gekommen waren. Den Namen, den Metate während seiner Anfälle immer wieder ausgestoßen hatte, kannte Markosh nicht, und deshalb konnten die Diebe auch nichts anderes tun, als die Schmerzen Metates zu lindern und sein Fieber zu senken – und das hatte geholfen. Hoffentlich erwachte der *ERSTE DIEB* bald wieder aus seiner Bewußtlosigkeit und konnte ihnen endlich sagen, was das alles zu bedeuten hatte! An dieser Stelle brachen Markoshs Gedanken ab, als er plötzlich laute Stimmen von jenseits der Mauer hörte. Es waren zornige Rufe, wütendes Brüllen, was die Stille der Nacht zerriß. Und dann überschlugen sich die Ereignisse, als Markosh und seine Gefährten, die sich gegenüber dem Palast verborgen hielten, laut und deutlich jene Worte vernahmen, die sie zusammenzucken ließen. »Unser Herr und Gebieter ist tot – ergreift den Mörder!«

Zuerst glaubte sich Markosh in einen Traum versetzt und blickte ungläubig und fassungslos zu seinen Gefährten hin. Aber spätestens dann, als sie eine massige, schwarz gekleidete Gestalt draußen an der Mauer herunterspringen sahen, wußten sie, daß sie richtig gehört hatten.

»Dieser Hundesohn«, murmelte Markosh kopfschüttelnd und voller Bewunderung zugleich, als ihm klar wurde, daß Hortak Talsamon sein Ziel tatsächlich erreicht hatte. »Er hat es geschafft – wir müssen ihm helfen! Kommt!« rief er dann.

Tys Athals Tod schien die Gilde der Diebe förmlich zu beflügeln – vor allen Dingen, als auch in einigen der umliegenden Häuser plötzlich Lichter angingen. Einige der Bewohner schienen mitbekommen zu haben, was gerade drüben im Palast des Despoten geschehen war. Da wußte Markosh, daß sich ihm und seinen Gefährten solch eine Gelegenheit nie wieder bieten würde. Er mußte sie unbedingt nutzen!

»Der Tyrann ist tot!« schrie er mit lauter Stimme und hoffte, daß es so viele Menschen wie möglich in dieser Straße hörten. »Wehrt euch gegen die Peiniger! Machen wir sie nieder!«

Mit diesen Worten zückte er sein Schwert, verließ die Deckung und rannte Hortak Talsamon nach, der inzwischen von einer Gruppe Bewaffneter verfolgt wurde. Auch Tulan und der Rest der Gruppe stürmten jetzt den Schergen entgegen.

Talsamon wunderte sich im ersten Moment über die rasche und unerwartete Hilfe – aber dann begriff er, was die Stunde geschlagen hatte. Denn in diesen Sekunden und Minuten wurde die Kunde vom Tode Tys Athals einem Lauffeuer gleich durch die Straßen der Stadt getragen.

Markosh hieb einen der Bewaffneten nieder, und Talsamon tat es ihm gleich. Die Mitglieder der Diebesgilde kämpften wie Löwen und setzten den eigentlich weitaus erfahreneren Wächtern einen ungewohnten Widerstand entgegen. Falls Athals Schergen geglaubt hatten, die Diebe mit wenigen Schwertstreichen niederstrecken zu können, so fanden sie sich rasch eines Besseren belehrt.

Zweifelsohne machte sich auch die Präsenz Hortak Talsamons bemerkbar. Als Tys Athal noch gelebt hatte, waren die Wächter eine verschworene Gemeinschaft gewesen, nun aber, nach seinem Tod, schienen sie untereinander keinen Halt mehr zu finden. Als zwei der Schergen bereits gefallen waren und Talsamon einen dritten mit einem wuchtigen Axthieb enthauptete, geriet merklich Unruhe in ihre Reihe. Zwei von ihnen warfen ihre Waffen weg und wandten sich zur Flucht. Ein dritter folgte ihnen, stolperte dabei mehr als einmal. Sie kamen jedoch nicht weit, denn plötzlich tauchten ganz andere Bewaffnete auf, die weder zur Gilde der Diebe gehörten noch zu den Schergen. Es waren Handwerker, Arbeiter und andere einfache Menschen – und jeder von ihnen hatte eine Waffe in der Hand: einen Dolch, einen Dreschflegel – oder einfach nur ein solides Stück Holz.

Haßerfüllte Rufe klangen durch die Nacht, als Athals Schergen von mehreren Seiten in die Zange genommen und niedergekämpft wurden. Der jahrelang aufgestaute Zorn der Bewohner Mercuttas entlud sich jetzt – und Hortak Talsamon wäre töricht gewesen, wenn er versucht hätte, die ehemals geknechteten Menschen daran zu hindern, endlich Vergeltung für die Qualen zu üben, die sie hatten erdulden müssen.

Die restlichen der Schergen fielen, dann stürmte die Menge durch das Tor in den Palast des toten Kaufmanns. Weitere Wächter hatten sich dort zusammengeschlossen, versuchten, Herr über das Chaos zu werden, das nun von allen Seiten hereinzubrechen drohte. Aber sie waren viel zu wenige, um den unvermeidlichen Gang der Dinge noch aufhalten zu können. Der einstige Herrscher von Mercutta war tot – und seine Macht war gebrochen!

Männer und Frauen stürmten den Palast, plünderten in allen

Räumen und töteten jeden der Wächter, den sie noch lebend antrafen. Es gab keine Gnade, und der gerechte Zorn des Volkes entlud sich auf diese Weise. Pferde und Vieh wurden aus den Stallungen getrieben, und die Lagerhäuser fielen einer systematischen Plünderung anheim.

Von draußen sahen Hortak Talsamon und seine Gefährten zu, wie das Schicksal seinen Lauf nahm und endlich für die so lange ausgebliebene Gerechtigkeit sorgte. Dutzende von brennenden Fackeln erhellten jetzt die Straßen, und die rachsüchtige Menge veranstaltete ein Freudenfest. Hortak Talsamon und die Diebesgilde wurden allmählich zum Zentrum dieses Festes. Erste Rufe ließen Talsamon hochleben, und dann setzten sich die Rufe immer weiter fort.

Der dunkelhäutige Schmied empfand jedoch zumindest in diesen Momenten weder Triumph noch eine Spur von Genugtuung. Er hatte seinen Schwur erfüllt und den Tod seines Gehilfen Jarvis gerächt. Aber im Augenblick fühlte er nur eine große Leere tief in seinem Inneren. Mercutta und seine Bewohner hatten zwar einen großen Sieg errungen, aber es hatte, wie meist in der Geschichte, des Anstoßes durch einen einzelnen bedurft. Hätte Talsamon nicht alles gewagt, so würde Tys Athal jetzt noch seine Herrschaft des Schreckens ausüben. Die Bewohner hatten nämlich erst dann Mut gezeigt, als ihnen keine Gefahr mehr drohte.

Metate erwachte aus seiner tiefen Bewußtlosigkeit ungefähr zu der Zeit, als die Bewohner von Mercutta das Ende der Herrschaft von Tys Athal feierten. Aber das bekam er, unten in den Gewölben, nicht mit – er spürte jedoch, wie ihn auf einmal eine nur schwer zu beschreibende Kraft erfüllte und Stärke in jeden Muskel seines alten Körpers fließen ließ. Seine Stirn war noch feucht vom kalten Schweiß des Fiebers, das ihn geschüttelt und geschwächt hatte – aber auch das war mittlerweile abgeklungen. Der Tod schien ihn noch einmal verschont zu haben.

»Er ist wach!« hörte Metate jemanden hoch erfreut rufen. »Der

ERSTE DIEB ist wieder erwacht. Los, holt Talsamon und Markosh hierher!«

Die Stimme brach ab, hastige Schritte entfernten sich, und Metate erhob sich indes unter den staunenden Blicken dreier Diebe von seinem Lager, als wäre in den letzten Stunden überhaupt nichts weiter vorgefallen. Der alte Mann bemerkte natürlich, wie sie ihn dabei anschauten, aber er sagte dazu nichts. Statt dessen lächelte er ihnen nur stumm zu. Er fühlte sich selbst so, als wäre eine unsichtbare, zentnerschwere Last endlich von seinen Schultern gefallen.

Schnelle Schritte erklangen draußen vor dem Gewölbe, und wenig später traten Hortak Talsamon und Markosh ein. Letzterer blickte hocherfreut drein, als er den *ERSTEN DIEB* so gestärkt vor sich stehen sah.

»Den Göttern sei Dank«, murmelte er. »Metate – Ihr wißt es vielleicht noch nicht. Aber wir haben durch Hortak Talsamons Hilfe gesiegt. Er hat Tys Athal getötet, und wir haben zusammen mit den Bewohnern auch dessen Schergen vernichtet. Mercutta ist frei, und das Volk feiert oben auf den Straßen.«

Der alte Mann nickte nur, aber sein Blick war irgendwie – geistesabwesend. Als gingen ihm in diesem Moment ganz andere Dinge durch den Kopf.

»Ich wußte, daß es eines Tages gelingen würde«, sagte er schließlich mit einem Seufzer. »Du wirst diesen Menschen helfen, ihre Zukunft zu meistern, Hortak Talsamon«, wandte er sich dann an den dunkelhäutigen Schmied. »Die Stadt und ihre Bewohner brauchen dich jetzt. Du bist stark, mutig und entschlossen – ich bin ganz sicher, daß du in meinem Sinne handeln wirst, und deshalb ist es höchste Zeit für mich, daß ich gehe.«

»Wie?« fiel ihm Markosh hastig ins Wort. »Ich verstehe nicht – Ihr wollt uns verlassen, Metate? Aber... warum? Dies ist doch auch Eure Stadt, und...«

»Jetzt nicht mehr«, winkte der alte Mann mit einem geheimnisvollen Lächeln ab. »Auf mich warten andere Aufgaben, die es zu lösen gilt. Selbst wenn ich es wollte – ich kann nicht länger hierbleiben. Ich muß gehen – jetzt sofort. Es ist noch ein weiter Weg, den ich zurückzulegen habe, und hoffentlich komme ich nicht zu spät.«

»Aber, das...« Wieder und wieder schüttelte Markosh verständnislos den Kopf, angesichts dieser unerwarteten Entscheidung. Metate würde allerdings wissen, was er tat – und Markosh konnte sich ihm nicht in den Weg stellen. Auch wenn er nicht begriff, warum Metate Mercutta verlassen wollte.

»Aber er wird nicht ohne Proviant und Wasser gehen«, ergriff nun Hortak Talsamon das Wort. »Markosh, sorge dafür, daß man ihm Vorräte einpackt. Es wird ganz sicher eine lange Reise sein.« Insbesondere bei den letzten Worten sah er den alten Mann lange an und glaubte, in dessen Augen etwas zu erkennen, was ihm vertraut vorkam. »Laßt uns kurz allein, Markosh«, bat er den Dieb, und dieser fügte sich, ohne weitere Fragen zu stellen. Talsamon wartete ab, bis die Kampfgefährten den Raum verlassen hatten und sprach dann Metate erneut an.

»Was für ein Ziel habt Ihr, Metate?« wollte Talsamon wissen. »Ich habe irgendwie das Gefühl, als würde ich... einen Teil von Eurem Plan kennen, und...«

»Du verstehst einiges, mein Freund«, erwiderte der alte Mann. »Mein Weg führt mich wirklich an einen anderen Ort. Ich hoffe dort jemandem zu begegnen, den auch du kennst. Mehr will ich dir aber nicht sagen, denn du hast hier deine Aufgabe zu erfüllen. Sorge dafür, daß in Mercutta nie wieder ein Tyrann wie Tys Athal an die Macht kommen kann. Es gibt viel zu viele schlechte Dinge auf der Welt – und die Finsternis ist immer noch nicht zurückgedrängt. Ich weiß, daß du nicht alles verstehst, was ich jetzt sage. Aber es sollte dich nicht belasten. Wenn ich weiß, daß Mercutta in guten Händen ist, fällt es mir leichter, Abschied zu nehmen. Ich vertraue auf dein Wirken, Hortak Talsamon.«

Er streckte die Hand aus und ergriff Talsamons Hand, umschloß sie mit seinen Fingern, die in diesem Moment ungewohnt kräftig wirkten. Der dunkelhäutige Schmied erwiderte den Händedruck. »Ihr sucht Thorin, nicht wahr?« fragte er unvermittelt und erkannte den überraschten Ausdruck in den Augen des alten Mannes. »Ich habe gleich gespürt, daß es mit diesem Krieger eine besondere

Bewandtnis hat«, sprach Talsamon weiter, bevor ihn Metate unterbrechen konnte. »Von ihm geht etwas aus, was ich auch gespürt habe – aber ich kann es nicht mit Worten beschreiben.«

»Ich sehe, du beginnst zu verstehen«, antwortete Metate. »Deshalb ist es um so wichtiger, daß diese Stadt hier wieder Frieden erlebt. Laß Mercutta zu einem neuen Zentrum dieses Landes aufblühen und denke nicht an Thorin oder mich. Wir haben unsere Aufgaben an einem anderen Ort zu erfüllen – und eins kannst du mir glauben: Es wird alles andere als einfach werden.«

»Geht in Frieden, Metate«, sagte Talsamon. »Auch wenn wir uns erst kurze Zeit kennen, so freue ich mich, daß wir uns überhaupt begegnet sind. Vielleicht begegnen wir uns ja noch einmal – an einem anderen Ort und zu einer anderen Zeit.«

»Die Zukunft ist ungewiß«, meinte Metate daraufhin und blickte auf Markosh, der mit einigen anderen wieder hereinkam. »Wirkliche Freunde vergessen gemeinsame Erlebnisse nie. Und jetzt laßt mich ziehen – es ist an der Zeit.«

»Draußen steht ein gesatteltes Pferd, Metate«, sagte Markosh, der nur die letzten Worte des Gespräches zwischen Talsamon und dem alten Mann mitbekommen hatte. »Es ist außerdem mit Vorräten beladen – sie werden lange reichen, wenn Ihr sparsam damit umgeht. Wir danken Euch von ganzem Herzen für alles – Ihr werdet in unseren Augen immer der *ERSTE DIEB* bleiben!«

Der alte Mann lächelte und drückte kurz die Hände seiner ehemaligen Gefolgsleute. Obgleich es die Stunde des Abschieds war, überwog in seinen Zügen doch die Freude, endlich aufbrechen zu können. Aber Hortak Talsamon war der einzige, der das erkannte – und irgendwie beneidete er den alten Mann ein wenig. Wahrscheinlich, weil er zu ahnen begann, daß Metate noch ganz andere Dinge sehen und erleben würde. Dinge, die womöglich jenseits von Talsamons eigenem Fassungsvermögen lagen. Aber vielleicht war es wirklich besser, daß er nicht alles wußte. Sonst wäre ihm klar gewesen, daß nach Tys Athals Tod diese Stadt dennoch nur eine *sehr kleine* Insel des Friedens auf dieser Welt darstellte. An anderen Orten sah es ganz anders aus...

Liebe Leser,

hiermit präsentieren wir Ihnen den zweiten Band unserer THORIN-Saga und freuen uns darüber, daß bereits das erste Buch unserer neuen Fantasy-Reihe auf so positive Resonanz bei Ihnen gestoßen ist. Wir versprechen Ihnen, daß wir in diesem Sinne weitermachen werden. Auf unseren Nordlandwolf warten noch etliche Abenteuer und Rätsel, die es zu lösen gilt.

Der vorliegende Band eröffnet den Lesern nun einen weiteren Einblick in die neue Welt Thorins, die sich nach der Schlacht zwischen Licht und Finsternis so sehr verändert hat. Wie sehr, das wird vor allem der dritte Band *Das schwarze Schiff* zeigen.

Somit bietet sich den Autoren noch mehr Gelegenheit, Ihnen, den Lesern, Thorins Welt in epischer Breite zu schildern und Stück für Stück zu öffnen.

In diesem Buch wurden Zeilen des Songs *Seemann* der Band *Rammstein* verwendet. Wir danken *Rammstein* für die Genehmigung zum Abdruck. Der Song *Seemann* ist auf der ersten CD *Herzeleid* zu hören.

Live aus Berlin, die neuste *Rammstein*-Veröffentlichung, ist als CD, MC und in einer limitierten Auflage als Doppel-CD bereits seit Ende August 1999 erhältlich. *Live aus Berlin* wurde im August 1998 während zweier Konzerte in der Parkbühne Wuhlheide in Berlin aufgezeichnet. Das Video und die DVD zu *Live aus Berlin* werden zeitgleich mit diesem Buch erscheinen.

Al Wallon & Marten Munsonius, im Oktober 1999

THORIN – der Nordlandwolf
Band 3
DAS SCHWARZE SCHIFF

Al Wallon & Marten Munsonius

Nach vielen Gefahren erreichen Thorin und Jesca nun die Steinerne Brücke von NIPUUR – und hier begegnen sie zum ersten Mal den *neuen* Göttern des Lichts. Der Gott Loki und Sharazar, die dunkle Hexe von Moon'Shon, bestimmen von nun an über das Schicksal dieser Welt – und sie verlangen von Thorin, daß er einen neuen Eid auf sie schwört. Sternfeuer wird er erst zurückbekommen, wenn er die letzten *Sternensteine* auf SchaMasch vernichtet hat – einer geheimnisvollen Insel am Ende der Brücke vonNIPUUR. Aber bis dahin lauern noch viele Gefahren.

Währenddessen ist eines der schwarzen Schiffe von SchaMasch in See gestochen – auf der Suche nach den Ordensrschwestern Kara Artismar und Rica. Es kommt zu einer verhängnisvollen Begegnung mit dem Schiff, auf dem General Kang und seine Getreuen als Sklaven gefangen gehalten werden. Ein Schiff, dessen Kapitän von einem unheilvollen Schicksal gezeichnet ist...

Al Wallon, seit 1981 als Autor tätig und Marten Munsonius, langjähriger Rezensent in der SF-Fantasy- und Horrorszene, präsentieren eine neue Fantasy-Saga voller Spannung, die nun zum ersten Mal als Paperback erscheint!

Nachbestellungen und Abonnement-Verwaltung:
ROMANTRUHE-BUCHVERSAND
Hermann-Seger-Straße 33-35 · 50226 Frechen
Telefon: 02234/273528 · Fax: 02234/273627
Internet: www.Romantruhe.com · E-Mail: Info@Romantruhe.com

DAS LIEFERBARE VERLAGSPROGRAMM

RAUMSCHIFF PROMET - CLASSIC
1101, Kurt Brand **Als der Fremde kam**
1102, Kurt Brand **Gestrandet auf Suuk**
1103, Kurt Brand **Raumsprung nach Moran**
1104, Kurt Brand **Planet der Hoffnung**
1105, Kurt Brand **Sternen-Gespenster**
1106, Kurt Brand **Als die Götter logen**
1107, Kurt Brand **SOS von Mira-Ceti**

RAUMSCHIFF PROMET - NEUE ABENTEUER
1201, Thomas Ziegler **2107-Vorstoß nach Katai**
1202, Thomas Ziegler **Die Meister des Lebens**
1203, Thomas Ziegler **Das Haus des Krieges**
1204, Thomas Ziegler **Entscheidung auf Toschawa**
1205, Thomas Ziegler **Das Tribunal der Häuser**
1206, Thomas Ziegler **Die Stunde der Verräter**
1207, Thomas Ziegler **Invasion der Biomechs**
1208, Thomas Ziegler **Die oberste Instanz**
1209, Thomas Ziegler **Planet der Propheten**

RAUMSCHIFF PROMET - STERNENABENTEUER
1301, Manfred Wegener **Am Abgrund der Zeit**
1302, Konrad Schaef **Cy**
1303, Ronald M. Hahn **Psychotransfer**

STAR-GATE - TOR ZU DEN STERNEN
1401, W. K. Giesa & Frank Rehfeld **Das Transmitter-Experiment**
1402, Uwe Anton **Wasser für Shan**
1403, Frank Rehfeld & W. K. Giesa **Botschafter von den Sternen**

T.N.T. SMITH - DER JÄGER DER UNSTERBLICHEN
1601, Ronald M. Hahn **Der Club der Unsterblichen**
1602, Horst Pukallus **Die Stadt unter den Bergen**
1603, Ronald M. Hahn **Das Kommando Ragnarök**
1604, Horst Pukallus **Stahlgewitter Khalkin-Gol**

UTOPISCHE KLASSIKER

1502, William Voltz **Die letzen Menschen der Erde**
1503, Kurt Mahr **Der lange Weg zur Erde**
1504, Manfred Wegener **Die Verbannten**
1505, Thomas Ziegler **Alles ist gut**
1506, Konrad Schaef **Operation Sagittarius**
1507, Martin Eisele **Das Arche Noah Prinzip**
1508, Ernst Vlcek **Das Galaktikum**

MACABROS - CLASSIC

2201, Dan Shocker **Der Monstermacher**
2202, Dan Shocker **Die Geisterhöhlen**
2203, Dan Shocker **Molochs Totenkarussell**
2204, Dan Shocker **Knochensaat**

LARRY BRENT - CLASSIC

2301, Dan Shocker **Im Kabinett des Grauens**
2302, Dan Shocker **Die Treppe ins Jenseits**
2303, Dan Shocker **Die Mörderpuppen der Madame Wong**
2304, Dan Shocker **Im Todesgriff der Schreckensmumie**

LARRY BRENT - DIE GEHEIMEN X-AKTEN DER PSA

2401, Manfred Weinland **Das Kind der Toten**
2402, Martin Eisele **Der Blutengel von Tschernobyl**
2403, Manfred Weinland **Die Masken des Bösen**

DAVID MURPHY

2501, Al Wallon & M. Munsonius **Jenseits der Finsternis**
2502, Al Wallon, M. Munsonius & W. Hary **Blutiger Alptraum Paris**
2503, Malte S. Sembten u.a. **Die Handgranate Gottes**

H. P. LOVECRAFTS BIBLIOTHEK DES SCHRECKENS

2601, Frank Festa (Hg.) **Lovecrafts dunkle Idole**
2602, Frank Festa (Hg.) **Die Saat des Cthulhu**

THORIN - DER NORDLANDWOLF

1701, Al Wallon & M. Munsonius **Stadt der verlorenen Seelen**
1702, Al Wallon & M. Munsonius **Der Weg nach NIPUUR**

EDITION METZENGERSTEIN

2704, Thomas Ligotti **Teatro Grottesco**
2705, Frank Festa **Wucherungen**
2706, Kai Meyer **Giebelschatten**
2707, Eddie M. Angerhuber **Die verborgene Kammer**
2708, Ramsey Campbell **Dämonen bei Tag**
2709, Terry Lamsley **Geistergeschichten aus Buxton**
2710, Eric Count Stenbock **Studien des Todes**
2711, Brian Hodge **Von Heiligen und Mördern**

ALLGEMEINE REIHE

2101, Ronald M. Hahn **Auf der Erde gestrandet**
2102, Peter Terrid **Im Reich der Jadegöttin**
2103, Horst Pukallus **Der Moloch von Moordendijk**
2104, Werner K. Giesa **Mutabor**
2105, Jörg Kaegelmann **Twister**
2106, Hugh Walker **Das Signal**
2110, Thomas Ziegler **Eine Kleinigkeit für uns Reinkarnauten**
2111, Rainer Castor **Gea, die vergessene Welt**
2112, Hugh Walker **Drakula**
2113, Hugh Walker **Die Hölle in mir**
2114, Hugh Walker **Die Totenweckerin**
2115, Ronald M. Hahn & Horst Pukallus **Alptraumland**
2116, Marcel Feige & Frank Festa (Hg.) **Schatten über Deutschland**
2117, Markus Mayer **Der Rattenmann**
2118, Roman Sander (Hg.) **Kontakte**

Sollte Ihre Bezugsquelle einige dieser Titel nicht vorrätig haben, so bestellen Sie bitte im Internet unter www.blitz-verlag.de oder bei:

ROMANTRUHE-BUCHVERSAND

Hermann-Seger-Straße 33-35 · 50226 Frechen

Fon: 02234/273528 · Fax: 02234/273627

Internet: www.Romantruhe.com · E-Mail: Info@Romantruhe.com